もしも俺たちが天使なら

伊岡 瞬

幻冬舎文庫

もしも俺たちが天使なら

「人生最大の教訓は、愚かな者たちでさえ時には正しいと知ることだ」

――ウィンストン・チャーチル

インターチェンジを降りれば、あたり一面がぶどう畑だ。

中央高速道勝沼の料金所を抜け、谷川涼一（たにがわりょういち）は迷うことなくハンドルを切った。

視界を遮るような建物がないせいか、やけにだだっ広く感じる甲州街道を少し西へ進んでから、すぐに北へと折れ、なだらかな勾配を上っていく。

青く晴れ渡った空に、クロワッサンのような形をした雲が浮いている。

ゴールデンウィーク明けの平日ということもあってか、賑わいというものを感じない。ぶどう棚で作業をしている人の姿はちらほらと見えるが、道を歩く人はまばらだ。道の両側につぎつぎ現れる《ぶどう狩り、食べ放題》の看板も、どこか色あせて見える。観光地としてのハイシーズンは、まだ先だ。

ただ、品種にもよるが五月のいまは花の最盛期だ。間引きをしたり、房の形を整えたりと、いろいろ忙しい――。

涼一は、そんなことを考えている自分に気づいて、小さく笑った。ほんのひと月前までぶどうに関する知識といえば、種ありと種なしがある、ぐらいのものだったのに。

《勝沼ぶどう郷駅まであと一キロ》の看板が見えた。

高台にあるこの駅の周辺は県内でも屈指の桜の名所で、花見の季節には、かなり賑わうらしい。いまはもう、葉桜と呼ぶのさえ時期遅れだが。撤収し忘れたのか、臨時駐車場の案内掲示板が、やや傾いてぽつんと立っている。

涼一は、駅を目前にして右手の山側へ折れ、さらに傾斜角度の増した道を上る。シフトダウンしなくとも、V8エンジン搭載のレクサスは息切れすることもない。

もう少し派手な外車を借りる手もあったが、はじめからあまり目立ちすぎてはいけない。いや、むしろ存在を消すぐらいでなければいけない。

亡き師匠の教えだ。

民家がほとんど見当たらなくなった。人間の背丈ほどのぶどう棚が見渡すかぎりに広がる中を、さらに高台へと上る。

景色のすべてが眼下になるころ、ようやく目的地に着いた。

「このあたりに、停めるか」

つい、ひとりごとを漏らした。ふだんはあまり口にしないのだが、のどかな風景のせいかもしれない。

勾配のゆるやかなあたりに車を停めた。ほとんど車も通らないので、邪魔になることもないだろう。エンジンを切り、ドアを開ける。降り立った瞬間、どこかでうぐいすが鳴いた。

標高は五百メートルちょっとのはずだが、視界を遮るものがないので見晴らしはかなりいい。盆地を広く見下ろし、天下を睥睨(へいげい)している気分になる。

涼一は軽く伸びをしてから、丘の下へ目を転じた。いま通ってきた道が、筋になって見えている。農作業用らしき軽トラックがのんびり走っていく。ついさっきまでいた都心の雑踏から、車で一時間半ほどの場所とは思えないのどかさだ。

「さてと」

涼一は腰を折って、車内へ顔を突っ込んだ。

「捷(しょう)ちゃん、着いたぜ。そろそろ起きてくれ」

助手席のシートをめいっぱい倒していびきをかいていた松岡(まつおか)捷が、両手をあげてあくびをした。寝ぐせのついた髪を二度ほど梳(す)いて、長身を折り曲げるようにして車から降り立つ。

「くそう、よく寝た」

もう一度派手なあくびをする。その気配に驚いて、近くの木から鳥が飛び立った。

はたからは機嫌がいいのか悪いのかよくわからない松岡は、仕立てのいいスラックスのポケットに両手を突っ込んだまま、周囲を睨みまわしている。

「へっ、相変わらず田舎だな」口から漏れたのは、そんな愛想のないせりふだった。

「十年ぶりなんだろう？　懐かしくないか」涼一がたずねる。

こんどは山でかっこうが鳴いた。

松岡が、「いまの、聞こえただろ」という顔で涼一を見た。

「こんなど田舎、百万年経ったって懐かしくなんかねえよ」

「そうかな、たまにはこんなのどかな土地での仕事も悪くないけどね」

涼一は、斜面をやや下ったあたりに建つ大きな白い家に視線を戻した。軽い口調とは裏腹に、気持ちを引き締める。

あの平穏に見える白い家に棲みついたものの正体、それをたしかめるために来た。

ただの善人か、どこにでもいそうな小悪党か、それとも——。

まあいいさ、と思う。たとえどんな相手だろうと、すぐに素顔をさらけ出させてみせる。

1　涼一

谷川涼一は、春物のコートの襟を立てて夜の住宅街を急いでいた。

四月になって一週間が経つというのに、まだまだ夜風は冷たい。風に乗ってちらほらと舞う桜の花びらが、よけいに肌寒さを感じさせる。

早いところ渋谷の街に戻って熱々のラーメンでもかきこみたい。さっきから、そんな気分になっている。

このあたりは松濤地区と呼ばれ、渋谷駅西口の繁華街や都内屈指のラブホテル街に隣接してはいるが、日本を代表する高級住宅街だ。人の背丈よりはるかに高い塀が続き、その奥に豪邸が建ち並んでいる。近づくことを拒まれているようで、涼一はこの街があまり好きではない。

その片隅にある公園に、彼らはいた。

この場所は、昼間に何度も通ったことがある。中央には小さいながら池があり、植え込みも多い。鬼ごっこやかくれんぼをするには最適なので、公園の少ないこの界隈では、子どもたちの希少な遊び場だ。

　涼一は歩道に立ち止まり、そっと植え込みの隙間からのぞいてみた。もちろん、こんな時刻に遊んでいる児童などおらず、いかにもガラの悪そうな若者数人が、ベンチに座った中年の男を取り囲んでいる。

　若者のひとりが短く何か怒鳴って、ベンチの足を蹴った。ごすん、という低い音が響く。中年男はうなだれたまま反応しない。陰になって、顔がよく見えない。

　いまどきオヤジ狩りか。

　周囲を見まわしたが、瀟洒(しょうしゃ)なマンションか要塞のような邸宅があるばかりで、人の気配というものがない。

　さて、どうしたものか。――いや、考えるまでもない。気づかなかったふりをしてさっさと通り過ぎるだけだ。金になりそうもないトラブルになど、巻き込まれたくない。

　涼一はコートの襟をしっかりと立て、ポケットに両手を突っ込み、ふたたび歩きだした。

　少し進んだところで、巻き舌で罵る声が公園内に響いた。

「だからよ、謝るんだったら、誠意を見せろっての」

　またもごすんという鈍い音が聞こえ、つい足が止まった。

　やめとけ、かかわるな――。

自分に言い聞かせる。あと五分も歩けば、半熟煮卵入りのあったかいラーメンにありつけるのだ。

「てめえ、なに見てんだよ」

思わず振り返ってしまった。

しかし、その怒声は涼一に向けられたものではなかった。五人組の視線は、いつのまにか現れた、白いブルゾンを着た背の高い若者に集まっている。ポケットに両手を突っ込んだまま、たったひとりで、五人を睨みつけている。

また少し興味が湧いた。ラーメンをもう少しだけ先に延ばすことにして、樹木の陰を伝い、会話が聞きとれそうなあたりまで移動した。

双方の風体を観察する。五人組は、背中に海賊の旗印のような髑髏(どくろ)がプリントされた、揃いの黒いジャンパーを着ている。高円寺や下北沢あたりの店先にぶら下がっていそうなしろものだ。一方の白いブルゾンは、デザインや質感からしておそらくハイブランド製だろう。洋服の趣味以上に両者の大きな違いは人相だ。

五人組は、因縁をつけてまわるためにここまで育ちました、という顔つきをしている。対して、白ブルゾンは、モデルかタレントで通りそうな二枚目だ。このあたりには芸能人も多く住んでいる。そう思ってみれば、どこかで見たような気がしてきた。有名人だろうか。だとすれば、多少は金になるかもしれない。

「もしかしてきみ、浜口君だよね」

白ブルゾンが、ポケットから出した左手で五人組のひとりを指差した。多勢に無勢だが、気負いのようなものがまったく感じられない。一方、最初にからまれていた中年男は、腰を下ろしたまま、逃げるでもなくぼんやりとなりゆきを見ている。

「なんだこいつ」

浜口君と呼ばれた金髪の男が、一歩近づいた。黒いジャンパーの下から、見ているほうが恥ずかしくなるような、派手な黄色いTシャツが見えた。

「あっ、おまえ松岡だな。この――」

浜口は最後まで言うことができなかった。白ブルゾンが無駄のない動きで、浜口の胸を左足で蹴り飛ばしたからだ。瞬きするほどの間に、一メートル以上も吹っ飛ばされて、尻餅をついた。

涼一はすぐに、《松岡、二十代半ば、身長百八十五センチ前後》と頭の中に書き留めた。

「きみたち、このあいだ、おれのお友達を可愛がってくれたらしいじゃん。だから、そのお礼。もうしないでね」

松岡と呼ばれた男の、人を食った物言いに、浜口は地べたに座ったまま口を半開きにしている。

「くそ野郎」

「ぶっ殺してやる」

残った仲間四人が、口々に汚い言葉を吐いて松岡に飛びかかっていった。松岡は薄笑いを浮かべたまま、ひとり目の拳(こぶし)をかわし、ふたり目の足をすくって転ばし、残りのふたりを殴りつけた。

その間、わずか数秒。結局、五人全員が土の上に尻をついていた。

「じゃあ、そういうことで」

松岡は顎の先を軽くしゃくり上げると、さっさと歩きだした。

「あ、待て」

気をとりなおした五人組が立ち上がって、松岡を追いかける。行く手をふさぎ、ふたたび揉み合いになった。こんどはさすがに五人組も油断していないせいか、さきほどのように簡単には決着がつかない。

それでもやはり、松岡のほうが数段喧嘩慣れしていた。

一対五の勝負にもかかわらず、まったく引けをとっていない。公園灯に照らされて、白いブルゾンが派手に翻るようすは、歌舞伎の立ち回りを連想させた。

涼一は、この松岡という若者がすっかり気に入った。あの顔立ち、あの度胸、あの身のこなし。そのうえセレブとなれば、めったにいない上ものだ。

こいつは使える。ぜひ、お近づきになりたい――。

ところが松岡は、少しも困っていないようだ。これでは、恩を売るきっかけがつかめない。どうしたものかと見守るうちに、松岡の正体を思い出しかけてきた。やはり、最近どこかで会っている。だが、もう少しというところで答えが出てこない。いらいらする。

「ふざけやがって」

痩せてひょろっとした赤Tシャツがとうとうナイフを出した。公園灯の光を受けて刃先が鈍く光る。それを合図に、あっという間に五人全員が凶器を手にした。三人がナイフ、ふたりが伸縮タイプの特殊警棒だ。

涼一はあきれながらも、その一方で「よしよし」と思った。これで松岡も少してこずることになるだろう。手助けできるチャンスがありそうだ。

「おまえら、もうそのへんにしとけよ」

声の主は、ベンチに座ったきりの中年男だ。よけいな口出しをするなと思いつつ、涼一は首をかしげた。低めだがよく通るこの声にも覚えがある――。何年か前に、似たような場面で、まったく同じせりふを聞いた。

「なんだ、てめえ」

　ナイフを持ち出したことで、さらに逆上してしまったらしい赤Tシャツがすごむ。

　中年男が、ゆっくりと立ち上がった。黒っぽい、そしてあまり高級そうに見えないスーツを着ている。公園灯の白い光を受けて、ようやく、顔が見えた。うっすら無精ひげを生やし、髪の毛もぼさっとしているが、眼光は鋭く精悍な顔つきだ。

「染井(そめい)さん」と涼一は小さく声に出した。

　忘れるはずもない。中年男は染井義信(よしのぶ)という名で、少し大げさにいえば、涼一にとって命の恩人だ。顔を見るのは五年ぶりだろうか。

「きみたち、こっちのことも忘れないでね」

　松岡が背後から挑発する。五人の視線は、松岡と染井を行き来している。

「おい、石崎さんは、まだ来ねえのか」

「ばかやろ、こんなやつら相手にてこずってたら、おれらが焼き入れられっぞ」

「そうだ。さっさとやっちまおうぜ」

　そう言うなり、緑Tシャツの男が染井に飛びかかっていった。染井はあっけないほど簡単に男を蹴り倒し、すかさずその右手を踏みつけた。

　浜口が、言葉にならない雄叫(おたけ)びとともに、ナイフの先を染井に向けて突き出した。染井はこれもあっさりとかわし、右の拳の甲を浜口の顔面に当てた。

浜口はくぐもった悲鳴をあげ、その場にうずくまった。両手で顔を覆う。指のあいだから鼻血が流れ出てきた。

さすが、と胸の内で賞賛する。

それはそれとして、と首をかしげた。こんなところでいったいなにをやっているのだ。

べつなうめき声が聞こえた。

染井に気をとられていた隙に、松岡と残り三人組の勝負もついていた。ひとりは地面にへたり込み、ひとりは腹を抱えて苦しみ、最後のひとりは立っているがすっかり戦意を喪失して腰が引けている。

あっけなく勝負がついてしまった。これでは、恩を売る口実がない。まったく最近の若いやつらは根性がない。

ざわざわとした気配にあたりを見渡すと、通行人や近所の住人たちがいつのまにか集まってきて、遠巻きに見物している。

ここは一旦、退散することにした。警察に通報する者がいるかもしれない。ふたりに挨拶するのは、またべつの機会を待つのがよさそうだ。

そっと歩きだした涼一の行く手から、ひとりの男がやってくる。

この寒空に、上半身はトレーニング用の濃いグレーのTシャツ一枚しか着ていない。身長は涼一とほぼ同じ——百七十五センチ程度だが、鍛え上げられた肉体のためか実際より大きく見える。さっきの五人組とは存在感が違う。涼一が思わず身をかわして道をゆずると、男は涼一を軽く睨んだだけでそのまま歩いていく。

「石崎さん」

「よかった」

五人組からほっとしたような声が漏れた。遅れて登場したのは、さっき名の出ていた石崎という男らしい。

「おっ、ほかのみんなも来た」

見れば、似たような雰囲気の男たちがさらに四人歩いてくる。ちんぴら軍団は総勢十人となった。

やれやれ、ようやく出番だ——。

少し手こずるかもしれないが、と思いながら、涼一は、スーツの内ポケットに手を入れた。

「よし、そのまま動くな」

涼一が声を張り上げると、その場にいた十二人全員の視線が集まった。気持ちいいが緊張する瞬間でもある。効果を計算しながら、ポケットから出したものをゆっくりと高く掲げる。

なんだよ、マジかよ、という声があがる。あわてて凶器を隠す者もいる。涼一はちらりと染井の顔に視線を走らせたが、まったく表情を変えない。こちらを覚えているのかどうかさえもわからない。

「警視庁組対課だ。全員、いますぐに散れ。こっちはべつな案件があって忙しい。このまま引き上げれば、今夜のところは見逃してやる」

ちんぴらたちの視線が石崎に集まる。

石崎はあわてるようすもなく、ちょっと待ってろ、と答えて涼一に近づいてくる。

頭はきれいな三分刈りで、両耳にいくつかピアスが光っている。涼一の手にした身分証をちらりと睨んでから、すぐそばに顔を寄せ視線を合わせた。怒ってもいないが、恐れてもいない。あえていえば、獲物を値踏みする野生の動物の目だ。尻のあたりが、なんとなく涼しくなった。

「刑事にしちゃ、ひ弱そうだ」涼一の目を見たまま、石崎が静かに言う。

「うるさい。よけいなお世話だ。早く行け」

声が上ずらないよう、ゆっくりとしゃべった。それを聞いた石崎は、なぜかふっと笑った。くるりと背を向け、仲間のところへ戻っていく。

「警察だ」

「おい、行くぞ。こんなやつら相手にするな」

石崎が宣言すると、ちぇっという声と同時に、やろう、とか、ざけんなよ、という声がそちらこちらからあがった。それでも遅れてきた四人は、あっさりと石崎のあとに続く。

最初からいる黒ジャンパー五人組は、引っ込みがつかないようだ。あれだけ一方的にやられたのだから、気持ちはわからなくもない。てんでに、唾を吐いたり砂を蹴り上げたりして、なかなか立ち去ろうとしない。

雑魚(ざこ)どもは無視すればいいと思ったとき、制服警官が二名、公園の中まで自転車で乗りつけてくるのが見えた。

「おいっ、そこ。なにをしている」

公務用の白い自転車のスタンドを立てながら、体が大きいほうの警官が声をあげた。階級章を見る。巡査だ。

「じゃ、ぼくは行きますから」

涼一は、染井に小さく敬礼した。染井がこちらを覚えているかどうか、たしかめる暇はない。足早に立ち去ろうとしたところを、小柄で年上の警官に見とがめられた。

「おい、そこのあんた。ちょっと待って」

こちらは巡査部長だ。

「いや、ぼくは急ぎの用事があるから」

「用事があるなら、こんなところでなにしてる。集団乱闘していると住民から通報があった。いま、応援のパトカー呼んだから、ちょっと待ってなさい」

巡査部長が睨む。

松岡が服の砂を払い、警官のことばを無視して歩きだした。

「こら、待て」

巡査が、装備品をがちゃがちゃ鳴らしながら松岡を追いかけていき、肩に手をかけた。

「うるせえな」

松岡は、吐き捨てるように言って巡査の手を払いのけた。

「な、なにをするか。こ、公務執行妨害で逮捕するぞ」巡査が顔を硬直させて、ケースに差さった警棒に手を伸ばす。

松岡はばかにしたように鼻先で笑い、巡査を見た。

「おれは被害者なの。そっちの刑事に聞いてみろよ」

「刑事？」

警官ふたりが揃って声をあげ、涼一を見た。どう答えたものかと迷ううち、年上の巡査部長が近づいてきた。

「警察関係者ですか」あまり信用していない口ぶりだ。

「いや、今日は非番で、たまたま通りかかっただけなんだけど」

「どちらの署ですか」

「本庁だけど、そんなことはいいよ。騒ぎも収まったし、もうお開きにしようよ」

「お開き？」

しまった、と心の中で舌打ちする。きのう、与党代議士の息子の結婚式に紛れ込んだのが災いした。巡査部長は、ますます疑うような目つきになった。

黒ジャン五人組が、まだ突っ立ったまま、涼一たちのようすをうかがっている。

染井が、警官に声をかけた。

「その人は関係ないから、見逃してやってくれ。おれたちがからまれてるのを助けてくれただけだ」

「そうそう。そうなの」

涼一は、染井に笑顔で応え、何度もうなずいた。染井のほうでは挨拶を返してこない。やはり涼一を覚えていないのかもしれない。

「あとで事情は聞くから、あんたはちょっと、そっちで待って」

巡査部長が、染井を制した。

若い巡査は、松岡をとどまらせようと苦心している。松岡が、うっせえよ、と吐き捨ててその手を振り払った。

「きさまっ」巡査が血相を変えた。

「だから、うぜえんだよ」

とうとう松岡は、警官の胸を突いてしまった。まさか手を出されると思っていなかった巡査は、あっけなく尻餅をついた。それを見ていた巡査部長が叫んだ。

「逮捕っ！　公務執行妨害の現行犯で逮捕っ」

「ばーか。なにがコームシッコーボーガイだ」

松岡は、警官たちに悪態をついて、そのまま走りだした。

「あ、こら」巡査があわてて起き上がる。「待て、この」

「あんたらは、ここを動くなよ。いいな」巡査部長が、涼一と染井に指を突きつけてから、一緒になって追いかけた。

松岡は、あっという間に公園の出口近くまで走っている。喧嘩も強いが、逃げ足も速い。

惜しい――。

やはり、これっきりになってしまうのは惜しい逸材だ。しかし、今は感心して見とれている場合ではない。

「ぼくも、これで失礼します。また、あらためて」

涼一は、松岡とは反対方向に歩きはじめた。

ようすをうかがっていた黒ジャン五人組のひとりが、涼一の動きに気づいた。

「おい、待てこら」

面倒だな——。

まだ公園の外には、石崎とその仲間もいる。暴力沙汰は苦手なのだ。

「待てよ」

走り寄ってきた黒ジャンのひとりが、涼一のコートの肩のあたりをつかんでぐいと引いた。その勢いでバランスをくずし、足がもつれた。危なく転びそうになったとき、急に相手の体が離れた。

「あいてて」

見れば、染井が黒ジャンの髪をつかんで引き離すところだった。染井が足をかけると、若者は簡単に転がった。しかし、まだ後ろから残りのメンバーが走ってくる。

「きりがない。行くぞ」そう言って染井が走りだす。

「ちょっと。置いていかないでください」あわててあとを追う。

後方から、追ってくる足音が聞こえる。思ったよりも足の速い染井に遅れをとらないよう、必死で走った。松岡の姿はとっくに消えている。

全力で走った。公園の植え込みを踏みにじり、パイプでできた柵を飛び越え、通行人の野次馬を突き飛ばして、路地を駆けた。

なんとか染井にくっついてひとけの少ない住宅街を走るうち、突然思い出した。

「わかったぞ」

叫んだはずみに転びそうになった。

あの松岡とかいう若造。どこの誰だかようやく思い出した。走りながらポケットに手を突っ込み、拾ったスマートフォンがちゃんとそこにあるのをたしかめた。さっき、立ち回りのときに松岡の尻ポケットから落ちるのを見逃さなかった。

よし、今夜はまだツイてる——。

心の中で小さくガッツポーズを作った。

2 捷

まったくひどい目にあった——。

松岡捷は、足早に歩きながら、しきりに振り返った。どうやら警官はまいたらしい。あんなものを連れて帰ったら、さすがの絵美も怒るだろう。喧嘩のことは内緒にしておこう。

「タコ、アホ」

人影のない暗い路地に向かって、悪態をつく。

腹立ちは、浜口一味に対してと同じぐらいに、からまれていた中年男にも向いた。あれだけ喧嘩が強いなら、どうして最初から反撃しないのか。本当は強いくせに弱いふりをしている偽善者は、きざみネギの入った納豆と同じぐらい嫌いだ。

さらに、だ。途中で割り込んできたあの変な刑事、あいつはいったい何者なのか。制服警官が現れたとたん、急にそわそわしはじめた。そもそも刑事というより、金持ちおばさん相手にインチキ宝石でも売りつけているほうが似合いそうな、やわな二枚目だった。もし偽者だとしたら、なぜ首を突っ込んできた？

それにしても、どうして世の中ろくでなしばっかりなのだ――。

遠くから、パトカーのサイレンが近づいてくる。つかまってたまるか。帰るべき屋敷は目の前だ。早くシャワーを浴びてビールが飲みたい。

つい最近になって知ったのだが、このあたりは高級住宅街と呼ばれているらしい。近所づきあいを拒絶したような、高い塀や生け垣をめぐらせた家ばかりだ。「すかしてんじゃねえぞ」と犬の糞でも投げ込んでやろうかと思うが、道端には糞どころか吸殻（すいがら）ひとつ落ちていない。

その一角にあっても、《敷島（しきしま）》という表札の掛かったこの屋敷は、とりわけ存在感があった。

高さ二メートル五十センチもある、むき出しのコンクリートの壁にぐるりと囲まれている。下からは見えないが、壁の上には、侵入者よけの尖（とが）った硬質ガラスが隙間なく埋め込まれていると聞いた。そのほか、高性能の監視カメラがそこらじゅうにある。こうしておけば、泥棒も生半可な気持ちでは忍び込む気にはなれないのだそうだ。

捷は、大型乗用車が二台同時に出入りできる自動車専用扉の脇に立った。

電動シャッターの隣に、人がひとり通れるだけの通用門があって、そこから出入りするよう言われている。車庫に比べて人間用のドアがやけに小さいのは、この家の住人が歩いて外出などしないからだ。

壁に埋め込まれた暗証番号を押してキーボックスを開け、さらに指紋認証してようやくロックが解除される。最近は慣れたが、最初のころはエラー表示ばかり出た。一度など、腹立ちのあまり革靴のかかとで叩いたら、アラームが鳴りだして大変な騒ぎになった。あげくの果てに、警備会社ばかりでなく、近くの交番から制服警官まで駆けつけてきたのには驚いた。

　人間用の扉を押し開け、するりと中に入る。すぐに、低い唸り声をあげて、放し飼いにしているドーベルマンが近づいてきた。

　二頭のドーベルマンは、いつもより興奮しているようだった。捷の切り傷から流れたわずかな血の臭いをかいだのかもしれない。それでも吠えかかることはなく、頭を垂れて捷に近づく。

「よう、レックスにマックス。機嫌はどうだ」

　そう声をかけて交互に耳の後ろと首を撫でてやると、二頭は満足したように鼻を鳴らし、防犯用の砂利がびっしりと敷き詰められた広い庭へ戻っていった。

　無意味に大きいジャグジーバスに大の字になって浮かんでみたが、股間のあたりがくすぐったいだけで少しも面白くない。ときどき湯を吐き出す金色のライオンの頭を蹴ると、あやうく足の指を折りそうになった。

　熱めのシャワーを浴びる。顔の切り傷にシャンプーが少ししみる。

「痛(いて)えな、ちくしょう」

広々としたバスルームに、エコーのかかった悪態が吸い込まれていく。

なんとなくすっきりしない気分のまま、風呂からあがった。はずしておいた、唯一の装飾品ともいえる、シャチのペンダントヘッドがついたネックレスをはめる。襟にブランドロゴの入ったふかふかのバスローブに袖を通し、濡れた髪を拭きながらリビングに顔を出した。

ソファにもたれて、敷島絵美がなにか考えごとをしている。

「テレビがつきっぱなしだぜ」

捷の声に、はっとしたように絵美が顔をあげた。ほんの一瞬、とまどったような表情を浮かべたが、捷の顔を見るなりすぐに形のいい眉をひそめた。

「そんなことより捷ちゃん。また、喧嘩したでしょ」

「してねえよ」

「じゃあ、あのブルゾンはなによ。ぼろぼろにして。もう着られないじゃない、八万もしたのに」

「もともと趣味じゃねえから、捨てといてよ」

「またそんなこと言って」

絵美はソファに膝立ちになって、捷に顔を近づけた。肌触りのよさそうな、ピンク色のジャージの部屋着が、柔らかい曲線を作っている。

「それに、顔が傷だらけじゃない。ナイフで切られたの？　顔は傷つけないって約束したのに」

「だったら、絆創膏でも貼ってくれよ」

「まったく」

絵美は、広いリビングを横切って嵌め込み式のサイドボードの中をごそごそと探し、小ぶりの救急箱を持って戻った。

「捷ちゃんがこの家に来るまで、ほとんど使ったこともなかったのに」

絵美は、ピンセットで挟んだ脱脂綿を消毒液で湿らせ、傷口を叩いた。下側半分だけのブラジャーをつけた胸の、柔らかそうな谷間が視界に入る。見慣れたはずなのに、つい目が行ってしまう。敷島のおやじはこの谷間にいくら金を出したのだろうと、少しむかついた。

「痛てててて。消毒なんていらないって。ここと、ここに、貼ってくれればいい」

「痛いんだったら、喧嘩なんかするなっていうの。ばか」

絵美は絆創膏を二枚顔に貼ると、はいできあがり、と頬を軽く叩いた。

「あんまりひどい傷はいやよ。わたし、亭主以外の男には、顔と体以外は求めてないんだから」

「わかったから、ビール」

ソファにどさっと尻を落とした。はずみで、絵美の体がふわっと浮き上がった。メンテナンスに金をかけているだけあって、三十二歳にしては贅肉が少ない。

「なによ、いばって。テーブルの上のクーラーに入ってるわよ」

捷はうなずいて、バケツほどもあるクーラーからビールの小瓶を抜き取り、置かれたタオルで雫(しずく)をぬぐった。

「ちぇっ。なんだこれ、また外国産か。国産にしてくれって言ってんのに」

「しょうがないじゃない、外国からのお客さん用なんだから。銘柄にこだわらないのは日本人だけよ」

絵美がにじり寄ってきた。腰や太ももが密着する。薄い部屋着を通して、体温を感じる。

「そんなことより、今日はストーカー変態野郎は来てないのか」

「来てないみたい。それに、ちゃんと手は打ったから」

「手なんか打たなくたって、おれが追い返してやるって」

「捷ちゃんを巻き込みたくないから人を頼んだんでしょ。ねえ、そんなことより、ビール控えめにしといてね」

「なんでだよ」

「だって、酔っぱらって運動したら、傷口から血が出るかもしれないじゃない」

「今日は運動はしない」

いきなり耳に唇を当てられたので、小さな悲鳴をあげて二十センチほど逃げた。逃げたぶんだけ、絵美がにじり寄る。

「顔が傷つくのはやだけど、男の血って興奮するのよね」

「かんべんしてくれよ。そういう気分じゃない」

「気分なんて、なりゆきにまかせたらいいのよ」

絵美の体がまたくっついた。手が、捷の太ももに伸びた。それをすぐに払いのける。

「ばかを相手にしてきたから、疲れてんだよ」

「ねえ、ぐずぐず言ってないで、さっさとビール置いて——」

捷がまた逃げようとしたとき、来訪者を告げるチャイムが鳴った。絵美の上半身が離れる。

「誰かしらこんな時刻に」不安げだ。

「あいつじゃないのか。ストーカー野郎」

「やなこと言わないでよ」

顔をしかめながら、テーブルに置かれた電話機に手を伸ばす。小さなモニターがついていて、インターフォンの子機機能にも切り替えられる。

「あ、警察だったら、おれはもう寝てるから」捷が、あわてて釘を刺す。「今日はずっと家でテレビを見てました」

絵美の目がきつくなった。

「やっぱりなにかしたのね」

「してない、してない」

絵美は捷を睨みながら通話ボタンを押し、受話器を耳に当てた。警戒した声で応答する。

「はい、敷島です。——ええ、そうです。——はい、おりますけど、失礼ですが、どちら様でしょう。——え？　公園で？——ええっ。まあ、ほんとに」

捷は、そっと立ち上がった。ビールの瓶を手にしたまま忍び足で絵美に背を向ける。

「少々お待ちくださいね」

保留ボタンを押した絵美が声をあげた。

「ねえ捷ちゃん、待ちなさいよ。ストーカーでも警察でもないわよ」

捷が振り返る。

「じゃあ、誰だよ」

「通りすがりの人。捷ちゃんのスマートフォン拾ってくれたんだって」

「スマホ？」

ふだん携帯電話はほとんど使わないので、気にもとめていなかった。尻のポケットに入れておいた気がするが、走って逃げる途中で落としたのかもしれない。

まったく今夜はついてねえな、とぼやきながら、脱ぎ捨てたままになっていたスラックスを拾い上げ、ポケットを探ってみた。

「あ、ほんとだ。どっかで落とした」

「よかったじゃない」

絵美は、保留にしていた子機を取り上げた。じゃあ、とりにうかがいます。通用口のロックをはずしますが中に入らないように、なぜなら、放し飼いのドーベルマンが二頭いるから、とつけ加えた。

「松永さんは帰っちゃったから、自分で行ってね」

松永というのは、午後三時以降の家事を受け持つ今年六十歳になる家政婦だ。

「あ、麻亜沙(まあさ)ちゃんだ」

捷は大型テレビの画面に見入った。バラエティ番組に登場したアイドルの麻亜沙が、アップになっている。一年前にはじめて見て以来、大ファンなのだ。

「ねえ、待たせたら悪いわよ」

「悪いけど、代わりに受け取ってくれよ」

「ええっ、なによそれ。捷ちゃんのスマホでしょ」

「だってほら、麻亜沙ちゃんが出てんだよ。いま邪魔されたら、おれ、そいつのこと、ボコボコにしちまうよ」

「どんな理屈よ。わたしだって、もう着替えてこんな恰好だし」

「ぜんぜん、オッケーだ。世界一色っぽい」

絵美には目もくれずに、捷はテレビに一番近いソファに腰を下ろしてしまった。

「まったくもう。誰の家で、誰のビール飲んで、誰のテレビ見てんのよ」

「全部、あんたの旦那のもの」

絵美が、ぶりぶり怒りながらも、ソファに放り出してあったカーディガンを羽織るのが視界の隅に入った。

「あとで、償ってもらうからね」

捷の背中に声をかけて、絵美がリビングを出ていった。

「――あらやだあ、やっぱりわかっちゃうかしら」

楽しそうな絵美の声が近づいてくる。

「そりゃあ奥さんのような美貌には、めったにお目にかかれませんから」

調子のよさそうな、聞き覚えのある男の声が応える。一緒にこちらへ来るらしい。家にあげたということは、絵美の知り合いだったのだろうか。人間を、見た目と懐具合だけで判断するだけあって、絵美には妙に猜疑心の強いところがある。この夜更けに、見知らぬ男を家に入れるとは考えにくい。

「まったく、お上手なんだから」

「いえいえ。これだけ魅力的な女性に対して、生半可なお世辞はかえって失礼にあたるというものです」

「面白いかた。さ、どうぞ。散らかってますけど」

捷には、絵美の愛想のふりまきかたが、なんとなくいつもと違うように感じられた。

絵美に促されて入ってきた男の、紳士然とした顔を見た。

「おまえ、さっきの――」

変な刑事、と言いかけて、ことばを呑んだ。

「あら、知り合いなの？」

絵美の目がわずかに細くなった。

なんとなく本当のことは口にしないほうがいいような気がして、適当にごまかそうと思ったとき男が先に応えた。

「さっき、公園ですれ違っただけです」

男のほうでも正体を隠したいらしい。捷は話を合わせておくことにした。

「まあ、そんな感じだ」

「あら、そうなの」絵美が微笑んだが、まだ何か疑っているようだ。

「はい、これ。公園で落としたでしょ」

捷は、男の目を睨みつけたまま、差し出されたスマートフォンを受け取った。

「わざわざたずねてくださったの。交番に届け出たら、受け取りが面倒だろうって」

「どうも」

とりあえず礼は言った。男に向けていた視線を、絵美に移動させた。

「なんでこんなやつ家に入れたんだよ。スマホだけ受け取って、追い返せばよかっただろ」

「まあ、捷ちゃん、そんな失礼なこと言って」

絵美が腕を組んで軽く睨みつけた。

「いえいえ、しょうがありませんよ。こんな夜分ですものね。わたしも、つい、おことばに甘えてあがりこんでしまって」

男は、怒るようすもなく、にこにこ笑いながら手を振っている。ますます油断がならない。

人前で侮辱されても笑っているような人間は、よっぽどのばかか、腹になにかあるやつだと、死んだ祖父さんがよく言っていた。現に、口先では詫びているくせに帰ろうとしない。

それに、これまでに何度となく警察のお世話になっているが、刑事には独特の匂いというものがある。このにやけた男にはそれがない。だいたい、笑顔が爽やかすぎる。こんな、歯ブラシのCMに出て口もとをキラリとさせていそうな刑事は見たことがない。これ以上かかわらないほうがいいと本能が告げている。もちろん、半殺しにして叩き出していいというのなら、話はべつだが。

捷は、男を威嚇するようにもうひと睨みしてから、ふたりに背を向けてテレビを見ることにした。

「申し遅れました、わたくし、谷川と申します」

「あら、ご丁寧に」

名刺でも渡したらしい。

「あらら、奥さん。いや、これはすごいお料理じゃないですか」

谷川と名乗った男は、ダイニングテーブルに出しっぱなしの料理を褒めはじめた。たしかにご馳走だが、捷にとってはすっかり見飽きた料理だ。最近では見ただけでげっぷが出る。

「お料理も上手なんですね」

「やだわ、谷川さんたら。わたし、こんな料理作れないわよ」

絵美がしなを作っているようすが、巨大なテレビ画面のはしに映っている。

「そうですよね。そのお手入れされたネイルが傷みますものね」

「そうなのよ。これ、意外に不便なの」

「ぐだぐだうっせえな。テレビ見てんだよ」

捷は、テレビに顔を向けたまま大声で悪態をついた。

「ごめんなさいね」絵美がほんの少しだけ、声をひそめた。「さっき、どっかで喧嘩してきたみたいで、ご機嫌斜めなの。ワンちゃんと一緒」

「ああ、そうなんですか。喧嘩ですか。それはそれは」

男は、まるでいまはじめて聞いたかのような顔をして、しきりにうなずいている。

捷は、大好きな麻亜沙の出番が終わってしまったこともあって、テレビを見るふりをしながら、意識はほとんど背後のふたりに注いでいた。飽きもせずに「ほんとに素晴らしい料理で」だとか「いいえ、それほどでも」などと、ぐずぐずやっている。

言いたいことも聞きたいこともどっさりあるが、あえてひとつをあげるなら、さっきから何度も湧き上がってくる疑問だ。こいつはいったい、何者なのだ？

いくら面食いで男にだらしないとはいえ、初対面の絵美をこれだけ手なずける手腕は、只（ただ）

者ではない。少なくとも、刑事というのは嘘だろう。

「ねえ、捷ちゃん、このかたすごいのよ」

「へえ、そりゃすごい」

「またあんなこと言って。——あのね、レックスとマックスが、ぜんぜん吠えないのよ。さっき、わたしが門のところへ行く前に、谷川さんたら中へ入っちゃってたんだけど、あの子たちがおとなしく頭を撫でられてるのよ。びっくりしちゃった。だから、悪いかたじゃないってすぐわかったの」

「犬にそんなことわかるかよ」

「あら、わかるわよ。捷ちゃんなんて、最初のころ吠えられまくって、わたしが見てない隙にパパのゴルフクラブで、あの子たちのこと殴り殺そうとしたじゃない」

「しつけだよ、しつけ。おれなんてな、子どもんとき親父にげんこつで殴られたぞ」

「あらら、それはいけない」

谷川が、大げさな口調に身振りを交えて言う。

「動物も子どもも可愛がらないと。わたしは、子どもはいませんが、いつも動物には愛情を注いでいます。だから犬に吠えられたことがないんです」

「まあ、ほんと？　やっぱり動物にも、紳士かどうかわかるのね」

絵美が、冷蔵庫からシャンパンを持ってきた。谷川はせっかくですからと応えて、グラスに注いでもらっている。

捷は、すっかり白けてしまってベッドルームにでも行きたかったのだが、その前に、絵美の隙を見てこの谷川という男を一発殴らないと、気が済まないところまで来ていた。成金趣味のこの気色悪い家から、何百万円盗もうと知ったことではないが、自分がコケにされるのは許せない。できそこないのジャムパンみたいな顔にしてやる。

しばらく、ソファで寝たふりをすることにした。

ふたりは、最近は銀座の質も落ちて、どこそこの店員のしつけもなっていない、などと盛り上がっている。

「ちょっとごめんなさい」

絵美がトイレに立った。捷はソファに寝そべったまま手を伸ばし、テーブルに載ったおしぼりを、谷川の顔めがけてすばやく投げつけた。

谷川が、計ったようなタイミングでテーブルの料理をのぞきこんだため、命中したと思ったおしぼりは頭の上をかすめていった。

谷川は嬉しそうにフォークの先に刺したローストビーフをひらひら振ってから口に運ぶ。

「うん。これはいい肉を使ってる。最近はパーティーで出る肉もひどくなってね。まあ、呼ばれもしないのに顔出してるんだから、文句は言えないんだけどね」

　あははは、と笑ってもうひと切れ口に入れた。もぐもぐ嚙みしめる顔が、いかにも嬉しそうだ。

　捷はソファから起き上がって、正面から谷川を睨みつけた。

「おまえ、誰だよ」

　谷川は、ゆっくり左右を確認したあとで、驚いた表情になって「自分のことか」と胸のあたりを指差した。

「そうだ、おまえだ」

「谷川涼一というんだ。投資コンサルタントなんかをしてる」

「なんか？　刑事ってのは嘘か」

　谷川は、カルパッチョの切れはしにキャビアを山盛りに載せて口に放り込んだ。

「嘘だなんてひどいな。方便って言ってよ。きみらを見かねて助け船を出したのさ。あ、これはモノはよさそうだけど鮮度がちょっとな」

　キャビアの瓶を裏返して賞味期限をたしかめている。捷は、こめかみあたりの血管が破裂するのではないかと思った。

「なんでおれのこと知ってる」自制心を総動員して、どうにか声を抑えて聞いた。「どうして、この家のことも知ってる」

「知らないよ」

静かに応えて、口のまわりをナプキンでぬぐった。

「嘘つくな。知ってただろうが。どうして携帯を拾っただけでここの家がわかるんだよ。おれのスマホには、住所なんて載ってなかったはずだ」

「じゃあ勘かな」

「てめえ」

間合いを詰めた捷の鼻先に、谷川が手にしたフォークの先端があった。

予想外のすばやい反応に一瞬たじろいだが、偶然に決まっている。気をとりなおし、目の前のフォークを払いのけ、谷川の胸ぐらをつかんだ。

谷川は顔色も変えず、口の中のサーモンをゆっくり飲みくだした。

「なめてると、本気でぶっ殺すぞ」

「きみには、まだ人は殺せないな」

谷川は平然と応え、胸ぐらをつかまれたままもう一枚サーモンを口に入れた。捷の視線を正面から受け止めても怯むようすがない。

「うん。うまい。これは養殖じゃないね」

捷は、なんだか急にばからしくなって、突き飛ばすように谷川を解放した。谷川は、スーツの胸元に寄った皺（しわ）を手のひらで払い、小さく咳払いしてから話しだした。

「きみの名前は知らなかったよ。それは本当だ。ただ、この家のことはいろいろと知っていた。美容整形やエステを手広くやってる『シキシマHD（ホールディングス）』の会長、敷島祐三郎（ゆうざぶろう）氏の自宅だということとか、祐三郎氏はふだん赤坂のマンションに住んでいて月に一度くらいしか帰ってこないこととか、再婚相手の絵美さんは氏より二十五歳も年下で三十二歳の美味しい盛りだってこととか、ふたりとも打算で結婚した関係だってこととか、中学一年になる先妻の娘をカソリック系の全寮制の女子学校に入れてることとか、それをいいことに若い情夫がここ三カ月ばかり居候状態になっている、なんてこともね」

「なんだ、やっぱり詐欺師か」

そんなことを詳しく調べ上げているのは、税務署の職員か詐欺師ぐらいなものだろう。警戒心が消え、代わって軽蔑の気持ちが湧き上がる。

「この家から金をだまし取るのはいいけどな、おれになめた口をきくな。ジョーフとか呼ぶのもやめろ」

「がってん承知。あ、ちょっと古いか」

あはは、と白い歯を見せて笑う。

絵美が戻ってきた。

「谷川さん、お宅はどちらなの？」

「じつは関西のほうでして。知人をたずねた帰りなんです」真面目な表情に戻っている。

「あらあ、それは大変ね」

「ええ、これから都内でビジネスホテルでも探そうかと思っていたんです。食事もまだでした
し」

「だったら、うちに泊まっていったら」

「え、よろしいんですか」

「そうよ、そうして。どうせもうひとり、いばってばっかりの居候がいるし」絵美が顎の先
を捷に向けた。

「あ、ご家族かと思いました。ハンサムだから、てっきりご姉弟かと」

「やだあ」絵美が谷川の肩をなれなれしく叩く。「ただの居候よ。捷ちゃんていうの。ちょ
っと野性味のあるところがいいのよね。——あら、でも谷川さんみたいな、知的なイケメン
も悪くないわ」

「光栄の至りです」

たったいま捷に詐欺師だと指摘されたばかりなのに、よくもこれだけ平気な顔をしていら

れるものだと、殴るのも忘れて感心していた。

「ほら捷ちゃん。いつも『けっ』とかばっかり言ってないで、少しは谷川さんから紳士の振るまいを見習いなさいよ。さ、そうと決まったら、飲もう、飲もう」

「ねえ、捷ちゃん」

絵美にしつこく勧められて谷川がシャワーを浴びに行ったとたん、絵美が体をすり寄せてきた。

「なんだよ」

「二階に行きましょ」

太ももに置かれた手が熱を帯びている。

「あの野郎をどうするつもりなんだ。あんたが引っぱり込んだんだぞ」

「だって、いい男だったんだもん。わたし、ほら、病的に面食いでしょ。つい、気を許しちゃうのよね」

「そんなんだから、変態につけまわされるんだよ」

「関係ないじゃない」

「あいつはどうすんだ」谷川のいるバスルームを顎で指す。

「ほっときゃ、ひとりで飲んでるわよ。どうせ、現金や金目のものは、わたしでも持ち出せないようになってるし。――ね、そんなに気になるなら、あとで様子を見にくればいいじゃない。早く行こう、捷ちゃん」

それでもまだぶつぶつ言いながら腰をあげようとしない捷を見て、絵美の目からぬるさが消えた。

「あのさ、携帯拾っただけでこの家の場所がわかるわけないでしょ。どうせ怪しいなら、捷ちゃんがいるときに、なにを企んでるのかたしかめといたほうがいいじゃない。ひとりっきりにすれば正体を現すかもしれないでしょ。これ以上、変な男につきまとわれるのはこりごりなの」

まだなにか隠しているような気もしたが、とりあえず納得してみせた。

「考えてはいたのか。あいつは詐欺師だよ。おれがぶん殴って追い出してやる」

「ふうん、詐欺師ね。――でも、暴力はだめよ」

「じゃあどうしろっていうんだよ」

「料理のしかたは、あとでゆっくり考えましょ」

絵美に耳を引かれ、立ち上がった。とりあえず、少しだけ運動につきあうことにした。あまり気乗りはしなかったが、放っておくと、この場でしなだれかかってきそうだったからだ。

3　義信

思わぬ騒ぎに巻き込まれた。

染井義信は、さっきから同じ道をゆっくり行きつ戻りつしている。公園にいられなくなったので、問題の邸宅が視界に入るあたりをつかず離れず、といったところだ。時計を見れば午後八時三十五分、すでに警戒時間帯に入った。あのとき、もう少しで現れたかもしれないのに、とんだ邪魔が入った。

夜の公園で、カップラーメンをすすっている不審な男がいる、という情報を得たのはきのうだ。松濤界隈の住人に、そんな真似をするやつはおそらくいない。〝観察対象者〟に違いない。そこで、こちらも目立たないようにベンチで時間をつぶしていたのだ。あのちんぴらどもにいいがかりをつけられ、邪魔されるまで。

知人に頼まれて三日前からこの仕事に就いている。まずはストーカーを追っ払う役だ。『稲葉(いなば)A G(エージェンシー)』という探偵調査会社の社長、稲葉鉄雄(てつお)から持ちかけられた話だ。稲葉の説明によれば、妻を病気で亡くした敷島とかいう大金持ちの後妻に、三十そこそこの美しい女がおさまった。この絵美という女は、もとは銀座のホステスで、当時は屈指の売れっ子だったらしい。まだ現役のころ、短期間だがかなり彼女に入れあげた藤井という男がいた。中堅の印刷会社の営業だったらしいが、取引先の社長に連れてこられ、一度で熱病にかかった。

絵美に会うため、よせばいいのに借金までして通い、当然のごとくあっさりふられた。絵美にしてみれば、半年足らずのあいだ通ってきた客のひとりにすぎず、十万円ほどのバッグをひとつもらっただけだ。結婚を機に店を辞めると同時に、藤井のことなど頭から消えていた。しかし、金が続かなくて通えなくなったこともあって、藤井のほうではますます情熱が燃え上がっていたらしい。

結婚相手を知られ、それがなまじ有名人だったばかりに、家もつきとめられた。最初は、貢ぐために作った借金を返せなどと、脅迫まがいの電話をかけてきたり手紙を送りつけてきたが、絵美のほうでは無視していた。するとこんどは直接家までやってきて、塀に落書きをしたり汚物を投げ込んだりするようになった。

それなら立派な犯罪だから警察に相談すればいいはずだ。しかし、絵美によれば夫の敷島祐三郎は留守がちでまだその事実を知らないという。絵美は夫には内緒で始末をつけたいらしく、トラブルを水面下で解決する会社を探していて、知人に稲葉の会社を紹介された。

話を受けた稲葉の判断で、義信に白羽の矢が立った。多少手荒なことをしてでも、その男を脅して二度と絵美に近づかせないように、と命じられている。

気乗りのする仕事ではなかったが、食っていかねばならない。それに、稲葉には拾ってもらった恩義もある。

ひと晩でけりをつけようと周辺で聞き込みをし、ようやく藤井らしき男が出没する公園をつきとめたところだった。それが予想もしない大騒ぎになってしまった。だいたい、あの谷川とかいう詐欺師は、どうしてこんなところに現れ、刑事のふりまでして首を突っ込んできたのだ。

まったくおかしな夜だ。

藤井は、さっきの騒ぎに感づいて、警戒してしまっただろうか。

大丈夫だ、と自分に言い聞かせる。ストーカーになるような男は、物事を自分に都合のいいようにしかとらえない。あの騒ぎをすぐそばで見ていたとしても、自分を叩きのめそうと待ち伏せしていた男が、中に混じっているなどとは思いもしないだろう。

足音がこちらへ近づいてくる。革靴ではない。

ゆっくりと電柱の陰に身を隠す。下腹に力を入れ、拳に力を入れては抜く。すぐに体が動くよう準備をする。

風体を確認する。男だ。黒っぽいジャンパーに黒っぽいズボン、黒っぽいショルダーバッグ、聞いていたとおりの服装だ。

二十メートル、十メートル、五メートル。まっすぐこちらへ向かってくる。

男が立ち止まり、左右を確認している。この時間に歩いている住人はいない。気配を殺している義信には気づかないようだ。

男の顔をもう一度見た。藤井に間違いない。

藤井がショルダーバッグからスプレー缶のようなものを取り出し、壁に向けて構える。

義信は静かに踏み出した。

4 涼一

谷川涼一は、シャワーを浴びながらつい顔がほころんでしまうのを止められなかった。めずらしく、鼻歌まで出てしまう。

今日一日の出来は、かなりいい。

まずは、偽物のインド国債を、額面で五百万ほど売りつけることに成功した。しかも、それを買った主婦が自分の目利きを自慢したかったらしく、有閑マダム仲間を紹介してくれた。

明日にもその友人をたずねて、成約にこぎつける手はずになっている。ぼろい稼ぎだ。

それにしても、インターネットで金銭の移動ができるようになって、詐欺師にとっては天国になった。昔は、実際に銀行へ足を運んで金を引き出させたり、振り込みの手続きをさせたりしなければならなかったので、最後の詰めの、実際に行動を起こさせるまでが大変だったのだ。

しかし今日やったように、リビングで紅茶を飲みながら手続きをしてしまえば、躊躇（ちゅうちょ）する暇すら与えない。あまりにあっさり手続きが完了すると、人間不思議なもので大金を動かしたという実感が湧かないらしい。どうせ夫には内緒だろう。いまこの瞬間も、五百万円をだまし取られたなどと、夢にも考えていないはずだ。

あとは頃合いを見て、手駒にしている出し子を使って引き出すだけだ。いまさらながら、こんなに楽に稼げていいのだろうかと思う。

ただし、涼一は最近大流行の〝振り込め詐欺〟には手を出さない。師匠に叩き込まれた美学に反するからだ。

《なけなしの金を奪ってはいけない。善意を逆手にとってはいけない。弱者の恐怖心を利用してはいけない》

詐欺師としては、手枷足枷（てかせあしかせ）の上に鉛のベストを着せられたような制約だが、師匠の教えなので忠実に守っている。

だから、息子のふりをして「痴漢をしてつかまったから示談金を振り込んでくれ」などと耳の遠い老婆をだますことは、どうしてもできない。

それに今夜は、多少の義俠心を出したおかげで、こうして敷島家にやすやすと入り込むことができた。真面目にコツコツやっていればいいこともある、という証だ。

顔つなぎができたなら、仕事の第一段階は成功だ。おまけに、宿代と飯代が浮いた。家が大阪にあるなどはもちろん真っ赤な嘘だ。本当は住処にしている目黒のマンションまで十五分もかからないのだが、今夜は帰れない事情があった。どうやって探り当てたのか、たかだか百万ばかりの金を返せ返せとうるさい女が、ここ数日、谷川のマンションの前で見張っているのだ。

今日もホテルの手配をしなければと思っていた矢先だった。よけいなことに一円でも金を使うことは主義に反するので、どうしたものかと頭を痛めていたところが、この展開になった。カモがネギをしょって、ジャグジーつきの宿まで案内してくれた。

いや――。

ふいに、鼻歌が止まる。

頭を冷やせ谷川涼一。話がうまく運びすぎはしないか。こんなときは、大きな落とし穴が口を開いて待っているものだ。

《慢心は敵だ》

師匠の口癖が耳によみがえる。

あの女、それほど間抜けには見えない。もしかすると、だまされたふりをしているのかもしれない。敷島祐三郎の後妻におさまるくらいだから、そこらの尻軽女と同じに見ては火傷する。

松岡という若造も、金銭が目的であの女とつきあっているわけではないようだ。居候のツバメ身分で満足しているようには見えない。目標が見つからず、エネルギーの消費方法に困っているというところか。敵に回すか、味方に引き入れるか、あいつの扱いは難しいところだ。

シャワーの栓を閉め、用意してもらったふかふかのバスタオルを手にとる。髪の毛をごしごしこすりながら、今後のことに思いを馳せる。

念入りに準備さえすれば――いや、天賦の才に恵まれていれば、準備などほとんどなくとも――、素人をだますことはそれほど難しくない。難しいのは、だましとおすことだ。効率のいい切り上げどきを計り、多少うまい汁が残っていてもきっぱり見切りをつけられるかどうか。そこで詐欺師の腕が試される。

あの絵美とかいうフェロモンまき散らし女から、いくら巻き上げてやろうか。おそらく、こういう夫婦の常として、女は大金をあずけられてはいまい。せいぜいが、上限を設けられたカードで自由に買い物ができる程度だろう。百万やそこらとっても面白みはない。せっかく懐に潜り込めたのだ。せめて千万単位の札束を拝んでみたい。そしてさっさと消える。

定番の『M資金』でいくか、このところ好調な『CO_2排出権取引投資』か、あるいは『東京湾新埋立地の利権』もいいかもしれない——。

バスタオルを腰に巻き、大きな鏡の前でドライヤーを当てていると、さっき公園で手助けした染井のことが浮かんだ。

あれは、かれこれ五年前のことになる。

当時まだ現役の刑事だった染井に、ちょっとした世話になった。

JR大崎駅近くの路地裏で、ちんぴら三人組にからまれて、逃げる間もなく袋叩きにされた。通りかかる人はいない。いたのかもしれないが近寄ってこない。三人はクスリでもキメているのか、まったく手加減、いや足加減なしだ。涼一は体を丸め急所をかばいながらも、命の危険すら感じはじめていた。

そのとき、ひとりの男が助けに入った。みごとな立ち回りで、あっという間に三人をのしてしまった。三人はこけつまろびつという体(てい)で逃げてゆく。救いの神は、涼一の礼を待たずに背中を向けた。

　ありがとうございました、と涼一が声をかけると、振り返った男が値踏みするように涼一を睨んだ。

「おれのシマで仕事はするな。こんど顔を見たらパクる」

　ただそれだけ言って歩き去った。しばらく立ち上がるのも忘れて、後ろ姿に見とれていた。

　それが南大崎署に転属になって間もない染井義信だった。

　面識があったわけではないし、染井のほうで涼一を知っていたとも思えない。だが、わずか数秒で涼一の素姓を見抜いたのだ。有能な人物は大好きだ。それがたとえ敵側の人間であっても。

　いつかこの借りを返し、お近づきになっておこうと思った矢先に、世間をゆるがすとんでもない事件が起きた。

　涼一を救った四日後、染井はふたたび人通りの少ない道で、三人の若い男がひとりの若者を足蹴にしているところに出くわした。涼一の一件があったばかりで、またか、という思いがあったかもしれない。涼一がほんのわずかでも負い目を感じるのはその点だ。

　染井は仲裁に入って、三人の首根っこをつかまえた。暴行を加えていた側の三人は訴えた。

「あいつのほうから、つっかかってきやがったんだ」

た。

「わけわかんねえこと叫んでた」

染井は耳を貸さず、三人を追い払った。目を離した隙に、助けてやった若者もいなくなった。

その二日後、南大崎署管内で、通り魔殺人事件が起きた。

商店街の路上で、若い男がいきなり意味のわからないことをわめきだした。ショルダーバッグから大型のナイフを取り出し、居合わせた通行人に切りかかった。ほとんどは無事だったが、ベビーカーを押していた若い母親が逃げ遅れた。犯人は、赤ん坊をかばう母親の背中にナイフを突き立てた。彼女は、息絶えるまでわが身に代えて乳児をかばい続けたが、結局は赤ん坊も犠牲になった。

通報を受けて駆けつけてきた警察官と通行人の協力で、犯人はその場で逮捕された。犯行に使われたのは、刃渡り二十センチもある短剣型ナイフだった。

犯人は二十歳の無職青年で、精神科に通院歴のあることがすぐにわかった。投稿サイトにさらされた犯人の顔写真を見た若者三人が、この男に見覚えがあると警察に届け出た。それは、染井が追い払った三人であり、救ってやった若者こそが通り魔犯だった。

事実関係がマスコミで叩かれ、染井は警察にいられなくなった。

もちろん涼一にとっては、すべてあとから知った事実だ。

シャワーを浴び終えリビングに戻ってみると、誰もいなかった。

二階から、かすかに声と物音が聞こえる。組体操でもはじめたのかもしれない。

サイドボードに並んでいる洋酒の中から、一番値の張りそうなスコッチを選ぶ。グラスに琥珀(こはく)の液体を半分ほど満たし、高級ソファに身をあずけた。テーブルに並んだ料理をふたつみっつつまみ、アイスペールの中のほとんど溶けかかった氷をひとつかみグラスに入れた。

顔をしかめて、琥珀色の液体を飲みくだす。

大漁の予感に乾杯、とひとりごちたとき、また染井の顔が浮かんだ。公園で手助けしたことで、染井に対する借りは返せただろうか――。

いや、足りない。ぜんぜん足りない。

ふたたび、喉を鳴らしてスコッチを飲む。冷たい液体が、喉を焼きながら胃に落ちた。染井の生気のない目がちらつく。夜目ではっきりとはわからなかったが、くたびれたスーツを着ていた。しかも、ずいぶん生地が薄そうだった。

気になりだすと、つぎつぎ連鎖的に想像がふくれる。どう考えても、このあたりの住人ではないだろう。すっかり日の落ちた時刻になって、あの公園でなにをしていたのか。

「だめだ、気になってしかたない」

がった。

涼一は、グラスに残ったスコッチをひと息であおると、座り心地のいいソファから立ち上がった。

夜の静かな庭に、涼一のくしゃみの音が響いた。はなをすすりあげると、ドーベルマンが寄ってくる。

「無駄にだだっ広い風呂場のせいで湯冷めしたかな。——なあ、レックスにマックス」

別れの挨拶代わりに、寄ってきた犬たちの鼻や頭を撫でてやる。されるがままで気持ちよさそうだったが、急に鼻先に皺を寄せ唸りだした。唇がめくれ、牙がのぞいている。

「どうしたレックス、いやおまえはマックスか。外になにかいるのか」

門を開け、顔を出してようすをうかがった。

すぐ近くで揉み合っているふたりの男がいた。すばやく観察すれば、ひとりがもうひとりの首根っこをつかまえて、敷島邸から遠ざかっていくところだ。押さえているほうは、あろうことか染井だ。つかまっているのは、黒っぽいジャンパーに黒っぽいズボン、手際の悪いコソ泥といった雰囲気だ。犬たちに座れと命じておいて門を出た。そっとあとをつける。

「てめえ、離せこら」ジャンパーの男がもがいている。

「いいから、ちょっとそこまで来い」

「なにもしてねえだろ」

「さっき塀に吹き付けたのはなんだ」

　襟ぐりをつかまれた男は、手にしていたスプレーの先を染井に向けて、いきなり噴射した。しかし、染井ははじめから予測していたようで、すっと左に体をかわし、男の足を払った。缶がアスファルトに落ちる甲高い音がしたと思った次の瞬間には、男も道に寝そべっていた。

　染井が振り返りもせずに声をかけてきた。

「スプレー缶を拾ってくれ」

　涼一の存在に気づいていたようだ。

「あ、はいはい」

　染井は、ねじ上げた男の腕を押して歩きだす。

「どこへ行くんです」

「このあたりは声が響く。もう少しひとけのない場所だ」

「さっきのガキどもや警官、いませんかね」

「どっちでもいい」

　後ろ手に捕えられた男は、最初こそ悪態をついていたが、そのたびに染井に腕をひねり上げられて、とうとう静かになった。

　あらかじめ調べてあったのか、すぐ近くに更地になっている一角があった。染井が男を押すと、男はつんのめって草むらに両手をついた。染井が低めの声で告げる。

「おまえの住まいも家族構成もわかっている。さっき、スプレーを吹き付けた瞬間の写真も撮った。二度と彼女に近寄らないと約束すれば、警察には届けない、賠償金も請求しない。その代わり、あと一度でも、彼女の視界に入ったら、仮にそれがスカイツリーの展望台からのぞいた双眼鏡の中だったとしても、ただではおかない。意味がわかるか」

　男はふくれつらをしている。

「意味がわかるかと聞いている」

「わかんねえな」ぷいっと横を向いた。

「利口な馬は、鞭を見ただけで走るというが」

　染井は涼一から受け取ったスプレー缶を、手のひらでくるりと一回転させ、側面をいきなり男の顔面に叩きつけた。

　だいぶ手加減はしたようだが、それでもふてくされていた男は仰向けに倒れ、鼻を押さえてうめいた。男のすぐ脇に、染井が白い封筒を投げる。落ちる音を聞いて、万札で二十枚、と涼一はあたりをつけた。

「それで酒でも飲んで忘れろ。二度と来るな」

「ひまへん、もうひまへん」と男は詫び続けた。

5　捷

いきなりの大きな歌声に、眠りを破られた。いつのまにかソファで寝込んでしまったらしい。

テーブルに置いたスマートフォンが、ぶるぶると震えながら、麻亜沙の歌声をがなりたてている。機能などはほとんどいじっていないが、着信音だけは麻亜沙の新曲『恋はトツゲキ』にセットしてあった。腹が立ったが、自分でしたことだからしかたない。

松岡捷は、くらくらする頭を押さえながら、表示を見た。

「なんだこりゃ」

発信人は『紳士』と表示されている。まったく覚えがない。どこのどいつだと考えて、あの谷川という男のしわざだと気づいた。ここへ届けに来る前に、勝手に登録しておいたのだろう。つくづくふざけた野郎だ。

迷わず切ったのに、すぐにまたかかってきた。ここは一度、脅しておいたほうがいいだろう。通話状態にする。

「てめえ、ぶっ殺すぞ」

〈あ、捷ちゃんおはよう〉

「おはようじゃねえだろ」

〈だって、朝の八時だよ〉

「そんな時間に起こすな」

〈お近づきのしるしに、ホテルのレストランで昼食なんてどう？〉

「もう一度かけてきたら、マジでぶっ殺す」

通話を切って、テーブルの上に放り出した。

悪い夢を見たのだと思うことにした。

ソファに寝そべって二度寝しようとしたとき、どたどたと階段を降りてくる足音が響いた。

「ねえ、ちょっと捷ちゃん大変」

絵美が駆け寄ってきて、体をゆする。

「なんだよ。ダイヤの指輪でも飲み込んだのか」

「パパが、来るのよ」

パパって誰だ、と一瞬考えた。すぐに、この家の本当の主、敷島祐三郎だと気づいた。

頭を掻きながら上半身を起こした。

「ずいぶん急だな。なにしに来るんだよ」

「なにって、自分の家に帰ってくるんでしょ」

「来月まで戻らないはずだったろ」

「それがなんだか事情が変わって、外国からお客さんが来て、ホテルじゃなくて、この家にステイさせるんだって。三、四日滞在するらしいわよ」

「めんどくせえな。レックスとマックスに嚙みつかせて追い返せよ」

「わたしだって、そうしたいわよ。そんなことよりさ、いまから、ハウスクリーニングの業者が来るって――」

そう言う先から、来訪者を告げるチャイムが鳴った。

「あ、もう来ちゃった。ねえ、パパさんもお昼には帰ってくるっていうから、捷ちゃんしばらくホテルにでも泊まってくれない？　お金出すから」

「ホテルなんて趣味じゃねえよ。いいよ、出ていくよ」

顔も洗わず、服を着た。朝のコーヒーくらいは飲みたい気分だったが、面倒に巻き込まれるのはごめんだ。

さっさと玄関で靴を履きはじめた捷に、追ってきた絵美が声をかけた。

「ねえ、捷ちゃん。連絡するから。絶対電話に出てよ」

スマートフォンを差し出す。これも、金は絵美が払っている。

「わかったよ」素直に受け取った。

「これっきりじゃ、いやだからね」目がいつになく真剣だ。

「しつけえよ」

靴を履き終えて振り向いたところに、絵美が飛び込んできた。裸足のままタイルの上に立って抱きつき、キスをしてきた。腹のあたりに弾力のある胸が当たるのが心地よくて、少しの時間されるがままにしていた。

「逃げたら、追っかけるから」

絵美は唇を離すと、捷の目を睨んだ。絵美の、こんな色の目を見るのははじめてだった。

「じゃあ」手を振って玄関を出た。

カバーオールのポケットのあたりががさがさするので、取り出してみると札の入った封筒だった。二十万かそこらありそうだ。絵美が差し込んだのだろう。尻のポケットに入れた。

別れがわかるのか、通用門を出るとき、レックスとマックスがなんとなく悲しそうな目で寄ってきた。

順に首をさすってやりながら、やっぱり、ゴルフクラブで殴らなくてよかったと思った。

そして、初対面でもこの犬たちが吠えかからなかったあの谷川という男のことを思った。不思議なやつだ。暇つぶしに、あの詐欺師をぶっ飛ばしてやるか。そうだそれがいい——。

スマートフォンを出して、さっき着信のあった番号に発信する。

〈はいはい、谷川です〉

「おい詐欺師。昼飯、一緒に食ってやってもいいぞ」

〈おっ、どういう風の吹き回し？〉

「ただし、全部おまえのおごりだからな」

〈了解、了解〉

なぜかすごく嬉しそうだ。

まさかそっちの趣味じゃないよな、と少しだけ心配になった。

6　涼一

「それで、お仕事はなにをされてるの」

うずらの卵かと見紛うばかりの巨大なパールのネックレスを首に巻いた夫人がたずねた。目の前のステーキはナイフがいらないくらい柔らかいのに、ちびちびと刻んで口へ運ぶから、一向に減らない。

一方、質問された松岡は、三分の一ほど残っていたステーキ肉にフォークを突き刺し、まるごと口へ放り込んだ。もぐもぐ咀嚼しながら応える。

「建築関係です。働きながら勉強して、今年、二級建築士の試験を受けます。それが受かったらジュゲムが飛んでから一級をめざします」

まるで棒読みだが、もっとひどいのはせりふの中身だ。間違えたというより、わざといいかげんなことを言う。

「寿限無？」

オーダーメイドの明るいグレーのスーツを着た夫が、案の定聞き返す。

「実務です」あわてて谷川涼一が割り込む。「実務を積んで一級をめざすそうです」

夫が、ああなるほど、と感心してうなずいた。

松岡が小声で「どうしてもビール頼んじゃだめか」と聞いてきたので、足を蹴飛ばした。

恵比寿ガーデンプレイス内にある、高級フレンチレストランで昼のコースを食べている。ひとり二万円で小銭のおつりが来る程度の金額だ。とりあえず支払いは涼一持ちだが、これからの収穫を考えたら、安いものだ。

涼一はナプキンで口もとをぬぐって、さらにひと押しする。

「いかがです。松原健君、好青年だとは思いませんか。正直申しまして、ごらんのとおり多少マナーに欠けるところはございます。ございますが、彼の育ったあの劣悪な環境を考えたとき、わたしは感慨に涙を禁じえません」

ここでハンカチを取り出し、さっと目じりをぬぐう。

松原健というのは松岡捷の偽名だ。もちろん適当につけた。経歴もまったくのでっちあげだ。赤ん坊のころ父と死別し、母の再婚相手の継父からことばにできないような虐待を受け、非行に走り、小学生のときには、放火、窃盗、恐喝、傷害などの凶悪犯罪をひととおり経験した。児童養護施設や少年院にも何度か出入りしたが、一向に改善されない。そんなとき、問題児童矯正塾『きぼう』と出会った。

住み込み式のこの塾は、親や教師はもちろん、公的機関の係官までもがあきらめた問題児をまともな社会人に矯正する。

いま目の前に座る篠田夫妻には中学二年生の息子がいる。名門私立校に幼稚園から通っているが、思春期の訪れとともに、自分の人生がぜんぜん自分自身のものでないことに気づいた。反抗期のはじまりだ。涼一からすれば、それこそまっとうな青春だと思うのだが、夫妻には気に入らないらしい。何人も家庭教師を呼んだりしたものだから、ますます荒れた。学校は休学で済んだが、写真で見ただけでも家庭内の荒れかたは半端ではない。なんとか矯正してくれる施設を探していたところ、涼一の網にかかった。

「自立心を育てるために、お小遣いだって、ちゃんと自分で管理しなさいと言って口座を作ってあげて、いつも三十万円だけ入っているようにしてあるんです。厳しすぎたのかしら」

「そんなことはない。金銭感覚を身につけるのは早いほどいい」

夫婦揃って、こんなに熱心に子育てしてきたのになにがいけなかったのか、と言わんばかりだ。あきれるしかない。そんな環境にいたらグレないほうがおかしいでしょうと言ってやりたいが、世の中が良識派人間ばかりになったら詐欺師はあがったりだ。眉根を寄せてうなずきながら「こんな社会と政治のせいですよ」などと話を合わせておく。

適当に自尊心をくすぐったら、あとは〝業務提携〟している藤田継春(つぐはる)のところへ送り込むだけだ。

この男、不世出の高名画家と名前が非常に似ているが、こちらは鼻くそを丸めて飛ばすぐらいしか能がない。

『きぼう』の所在地は《軽井沢至近》と謳ってはいるが、その実、峠を越えた群馬県側の過疎村にある。ここで、朽ちかけた民家を無料で借り、農家の真似ごとをして自給自足の生活をしている。親に見放された少年少女に肥溜めの手入れや家畜舎の掃除などをさせ、ときどき見切り品の米や肉を買ってきて与えながら一年ほど放っておく。

　藤田自身は、週に一度か二度、買い出しついでに前橋の風俗店に行くほかは、〝書斎〟にこもってマンガを読みふけっている。それなのに、送り込まれた少年少女のうち八割は、なぜか憑き物が落ちたように、顔つきまで変わってしまう。

　涼一から藤田へは、少年少女ひとりにつき月額五万円を払っているが、彼らの親には平均五十万円プラス経費を請求する。十人いれば月に五百万近い粗利、不動産の維持費の足しにはなる。

　ただ、贅沢をいえば完全な詐欺ではないし、金持ちの役に立って感謝までされてしまうので、忸怩たる思いはある。真面目になっていいってしまった息子や娘を引き渡すとき、涙ながらにお礼を言われた日など、やけ酒代がばかにならない。

　しかし、これまでのところ警察に訴えられたこともないし、この不況のご時世だから仕事のえり好みはできない。

「ありがとう、無事に契約できそうだ。また次もよろしく」

　篠田夫妻と別れたあと、さっそく松岡に礼を言った。内心では、これでもう三組目なのだから、もう少しせりふをうまく言ってくれよと注文をつけたい。だが、機嫌をそこねて手伝ってもらえなくなるのは痛手だ。

このノーブルな顔つきとアンバランスな暴力的雰囲気は、決して演技では出せない。「非行を重ねた果てに真人間になった」というストーリーには欠かせないキャラだ。

「はいこれ、約束の十万」

「お」

無愛想にうなずいて、封筒に入った礼金をたしかめもせず、ポケットにねじ込む。

それじゃあまた電話すると別れかけたところで、松岡のほうから声をかけてきた。

「ちょっといいか」

足を止め、その先を待っていたが、めずらしくもじもじとした感じでことばが続かない。

「なんか、用事でもある？」

松岡はようやく心を決めたように、小さく二度うなずいた。

「頼みがある。手助けしてくれたら、次からギャラはいらない」

それは聞き捨てならない。金のことはともかく、松岡に貸しができるなら多少の無理は聞いてやりたい。

「どんな仕事かな。総理大臣の娘でも口説くのか」

「そんなんじゃねえ。ぶどう農家から男をひとり追い出してほしい」

少しのあいだ、そのことばが持つ裏の意味を考えた。しかし、耳から入ってきた以上の意味は浮かんでこない。

「その男は、たとえばアンドレ・ザ・ジャイアントみたいに巨体なのか」

「誰だそれ」

「だったら、ジャック・ザ・リッパーみたいに危険なやつか」

「だから、誰だよそれ」

「とにかく、捷ちゃんが追い出せない男を、ぼくが追い出せるとは思えないんだけどね」

松岡は足元に視線を落とし、ふっと笑った。

「暴力を使うなって言われてんだ。しょうがねえだろ」

「なるほどね」

ふたつの意味で興味深かった。

ひとつは、この松岡捷が、知り合って間もない詐欺師に頼みごとをしなければならないほど困っているという事実。そしてもうひとつは、そんなにまで松岡を困らせた依頼主の正体だ。

「喜んで協力させてもらうよ。ボディガードに囲まれた石油王の息子だろうと追い出してやる。すぐそこにあるビヤホールで詳しく聞こう」

仏頂面をしていた松岡の口もとに、ようやく笑いが浮かんだ。

7 捷

松岡捷のもとを、茉莉（まり）が突然たずねてきたのは、先週のことだった。

捷は敷島の家を追い出されたあと、下北沢の実家に住んでいる丸山の部屋に、しばらく転がり込むことにした。

絵美にもらった軍資金がある。それに、どこをどう丸め込まれたのか思い出せないのだが、気づけば、半殺しにするはずだった谷川と組んで詐欺の片棒を担がされているので、当面の金には困っていない。

とにかく、先のことも難しいことも考えたくない。その夜も、丸山と、仲間内では一番がたいのいい小池と三人で、渋谷のクラブへ遊びに行った。小池に区立図書館で借りてもらった本を受け取るついでもあった。

地下にあるクラブに入ろうと階段を降りかけたとき、入口近くで数人が揉めているのに気づいた。丸山と小池は、そのまま階段を降りていく。

ひとりの女を、若いサラリーマン風の男三人が、ナンパしているところらしい。女は、どう見てもいやがっている。捷は、女の顔に見覚えがあることに気づいた。女も捷を見た。

「なんだおまえ。あっち行けよ」

捷と女が見つめ合っていることに気づいた三人組のうちのひとりが、頭をゆすりながら顔を近づけてきた。三対一なので気が大きくなったのかもしれない。かなり酔っているようにも見える。ほかのふたりが肩をつかんで止めようとするが、男はさらに一歩踏み出した。

「行けっての」

「その子、いやがってるみたいだけど」

「うるせえ、おまえに関係ないだろ」

男が勢いをつけて、反らせた胸をぶつけてきた。はずみで捷は一歩後退し、小池から受け取ったばかりの本を落としてしまった。ページがめくれて、シャチが大きくジャンプした瞬間の見開き写真が見えた。

「なんだ、魚図鑑か？」

男の息から、アルコールと焼き肉と煙草の臭いがした。けっ、と吐き捨ててふたたび女に向きなおった。

「ねえ、カノジョ――」

捷は本を拾い上げ、汚れを払い落とした。角が少しへこんだようだ。せっかく借りた本に傷をつけてしまった。

捷がその肩に手をかけると、男はなんだ、と言いながら振り返った。

「シャチは魚じゃねえ」

「は？」

男の顔の中心に額を打ちつけた。男は鼻を押さえ、しゃがみこんだ。頭を小さく振ってうめいている。指のあいだから、くぐもったうめき声が漏れ、鼻血が染み出してきた。

「なにすんだ」

「警察呼ぶぞ」

残りのふたりが、顔色を変えて捷に詰め寄る。捷はそれを無視して、女に視線を戻した。

「こんにちは、お久しぶり」女のほうから先に挨拶してきた。

「おい、おまえ、なんとか言えよ」

スーツ姿のひとりが捷に手を伸ばしかけたとき、いつのまにか戻ってきた小池が、脇からその腕をつかんだ。

「あいたたた」男が顔をしかめる。

もうひとりがポケットからスマートフォンを出すと、すかさず丸山が手で払った。それはくるくると飛んで、歩道に落ち、じゃれあいながら通りかかった若いカップルの女のかかとにぐしゃりと踏まれた。女は、げっナニこれ、と顔をしかめそのまま去っていった。

「あ、ああっ」

スマートフォンの持ち主があわてて拾い、泣きそうな顔で調べている。

「お兄さんたち。あんまりしつこいと、二度とこのへんで遊べなくなるよ」

丸山が、淡々とした口調で言う。隣で巨体の小池が腕組みをしている。

睨み合いになったのは、ほんのわずかな時間だった。怪我をしてないふたりが、鼻血を流している男を両脇から抱えるようにして、足早に去っていく。「警察に行こうぜ」と話しているのが聞こえた。

「どうする、あれ」

小池が、三人の背中を睨みながら、捷に聞く。警察に行かせていいのか、という意味だろう。一方的にからまれたと訴えるに決まっている。

「ほっとけよ。どうせ、行きゃしねえよ」

捷は、女に視線を向けたまま応えた。

「そうだな。それより捷ちゃん。こっちのカノジョ、知り合いか」丸山が、ひやかすように肩をぶつけてきた。

「ああ、ちょっとな」

「ねえカノジョ、タレントの麻亜沙に似てるって言われるでしょ」

なれなれしく話しかける丸山に、女は苦笑してそんなことないですと応えた。

「うるせえ、よけいなこと言うな」

「とにかく、一緒に入ろうぜ」

「悪いけど、先に行っててくれ」手にしていた写真集を小池に渡した。「持っててくれないか」

「おいおい、抜け駆けかよ」丸山が口を尖らせる。

「そんなんじゃねえよ」捷がそっけなく応える。

丸山は、捷と女を交互に眺めたあと、にやっと笑った。

「わかりました。どうぞごゆっくり。おい小池、おじゃま虫は行こうぜ」

丸山が小池を誘って階段を降りていった。

「茉莉、なのか」

「そうよ」

「こんなところでなにしてる」

女は、捷の問いに応えず、にこりと笑った。十年ぶりに会う、妹の茉莉だった。

少しだけきつい印象の目と、口角をあげて微笑む癖は、昔と変わっていない。

「立ち話もなんだから、お茶でもしない」

茉莉は、十年ぶりに会ったというのに、当時よりも慣れた口をきいた。

誘われるまま、最初に目にとまった喫茶店に入った。

「さっきの本、シャチの写真集？」

茉莉が、ミルクをほんの少したらしただけのコーヒーにスプーンを入れながら、上目遣いに見る。

「あ、あれか。あれは小池のだ」

「ごまかさなくたっていいじゃない」

「知らねえよ」

茉莉はくすくすと笑ったが、それ以上は追及しなかった。捷よりふたつ年下のくせに、むしろ年上の落ち着きがある。捷は、落ち着かない気分のときの癖で、ついペンダントヘッドに触りそうになって、あわてて思いとどまった。

茉莉はコーヒーに口をつけ、ほっと息を吐いた。

「捷兄さんの行きつけの店、やっと見つけた」

「捜したのか」

「あたりまえじゃない。こんな偶然の出会い、あるわけないでしょ」

捷も、まあなと少しだけ笑って、アイスココアのストローに口をつけた。

「捷兄さんは、相変わらずね」

茉莉が、頭突きの真似をした。さっきの喧嘩のことをからかっているらしい。捷は、ふんと笑った。

「そっちは、だいぶ変わったな」

「そうかな」きれいに整えた眉を寄せて、茉莉は首を小さくかしげた。


茉莉は、父の再婚相手、桐恵の連れ子だ。

捷を産んだ母、雅子は、捷が三歳のときに心筋梗塞で急死した。真夏の暑い日に、ぶどう棚で無理をしたという噂を聞いたこともあるが、誰も詳しいことは教えてくれなかった。もしも、捷の中に父親に対する憎しみがあるとすれば、その背景には、母親の死に対するもやもやとした疑念があるせいかもしれない。

わずかな記憶と数十枚の写真、そして当時はまだ高価だったハンディビデオに残った数時間の映像が、捷にとって母親のすべてだった。

小学校にあがるころから、運動会や授業参観がいやでしかたがなかった。母親がいなくて寂しいからではない。教師やよその親が、「松岡くん可哀想ね」と同情するからだ。

だから小学三年生以来、親が参加する公式行事の日は、登校したことがない。もっとも、高学年になるころには、行事がなくとも学校へ行かない日が増えた。

捷が中学三年生になった春、父親の再婚話が持ち上がった。当時、父親の憲吾（けんご）は四十三歳、相手の女は三十二歳だった。これがのちの母親、桐恵だ。桐恵には、二十歳のときに産んだ、茉莉というひとり娘がいた。

桐恵は裁縫が得意で、当時、甲府市で知り合いが経営する洋服のリフォーム店に勤めていた。その前のことは、捷にはわからない。桐恵は、整った美人というのではなく、気が強そうな印象で、中学生の捷から見ても、男好きのする雰囲気を持っていた。親戚の年寄りが、なんとかという女優に似ていると、繰り返し言っていたのを覚えている。そのなんとかは、外国人の名だった。

少なくとも、写真やビデオに残っている「和風美人」ということばが似合う雅子とはまったく異なるタイプだ。

憲吾はひと目見た瞬間に、桐恵を気に入ってしまったらしい。話はとんとん拍子に進み、その夏には入籍した。派手な披露宴はしなかったが、親戚筋から贈られた祝いの品が、山のように客間に積まれていたのを覚えている。

憲吾は桐恵に農作業を禁じた。雅子のことが心の傷になっていたのかもしれない。桐恵も無理に手伝おうとはせず、家にこもりがちだった。そのことが、捷には気に入らなかった。気をつかうなら、どうして雅子にもそうしなかったのか。

とにかく、父親には不釣り合いな、若くてきれいな女の同居人ができたと受けとめただけだ。

無視していればいいと思った。桐恵のほうからなにか話しかけられても、ろくに返事もしなかったし、用意してくれた飯は食わずに、買い食いか、友人の家でご馳走になった。

都会の生活と違って、田舎の日常に刺激の種類は少ない。近所や親戚の噂話は、恰好の暇つぶしであり酒の肴だった。捷の耳にも、桐恵と茉莉の過去のことが、少しずつ入ってきた。

——あの嫁は、離婚したんではなく、はじめから結婚していない。つまり、茉莉はててなしごらしい。

——玉の輿に乗ってひと安心だろ。

——憲吾さんが頑張りすぎて早死にしたら、ずいぶん色っぽい後家さんが残されるな。

――そしたらおれは、入り婿になってもいいぞ。

捷はもともと、噂話というものを気にしたことがない。桐恵に対して反発心を抱いたのはそういった風聞のせいではなく、相性の問題としか説明のしようがなかった。

最初は無理をして笑顔を作っていたらしい桐恵も、一向に懐こうとしない捷に対して、しだいに表情を硬くするようになった。

それが起きたのは、桐恵と茉莉の親子がやってきて約半年後、バレンタインデーも近い雪の日だった。捷は中学三年の三学期、卒業式が目前だった。

部屋で友達に借りたゲームをやっていたら、めずらしく父親の憲吾が入ってきた。

「立て」

いきなりそう言った。捷の顔つきは母親ゆずりだが、体格は憲吾の血を引いていた。ただ、まだ身長の伸びきっていない捷のほうが、わずかに憲吾よりも低い。長身で筋肉質のふたりが、狭く汚い部屋で向かい合った。

「おまえ、茉莉に色目を使ってるのか」

なにを言いだすのかと思った。即座に否定すればよかったのだが、一瞬ことばに詰まった。

じつは、はじめて茉莉がこの家にやってきたときに、いままで経験したことのない気持ちが胸に湧き上がったのは事実だ。それだけは、たとえ死んでも人に言えないと思っている。そんな捷の一瞬の逡巡を、憲吾は見逃さなかった。

「けだものっ」

クヌギの木にできた瘤のように硬い拳固が、いきなり飛んできた。捷は、ぎりぎりのところで、上体を反らしてかわした。

本気の殴り合いになれば、互角だという自信があった。その気持ちを憲吾も悟ったらしく、それ以上殴ろうとはしなかった。

「お母さんのことをばかにして、無視したり生意気な態度をとったりするのはやめろと、何度も注意したはずだ。それだけでは足らずに、こんどは妹にそれか。家の手伝いもまったくしない穀潰しのくせして。きさまのような出来損ないは、さっさと出ていけ」

捷が妹を本気でどうこうしようと考えているとは、さすがに憲吾も思わなかったはずだ。ただ、これを機会に、憲吾の中にくすぶっていた捷に対する不満が、一気に噴き出したのだろう。

捷は、「あの女はお母さんではない」と喉まで出かかったが、どうにか呑み込んだ。それより、自分がこの家を出ていこうと思った。きっとそれが一番いい。

ただ、さすがに今日の今日では、なんのあてもない。雪の中を歩くのも面倒だ。

　こっそり家の電話から何人かに連絡を入れてみた。すると、クラスの友人の兄が「明日の朝でよければ、東京まで車で送ってやる」と言っていると教えてくれた。

　東京へ出よう。こんな田舎でぶどうばっかり眺めて暮らすなんてまっぴらだ。

　翌朝、学校へは行かず、少ない荷物をまとめて待ち合わせの空き地に立った。

　そこらじゅうで溶けかけている雪が陽光を乱反射して、目を細めないと開けていられない。安物のサングラスを持っていたことを思い出してかけた。ちょうどそこへ茉莉がやってきた。どうやら電話の中身を聞かれていたらしい。

　優等生でとおっている彼女が、ずる休みしたようだ。

　捷と茉莉は頭ひとつ以上の差がある。見下ろす形になった。

「ごめんなさい」

　茉莉がいきなり、勢いよく詫びた。さらさらの髪が、ばさっと揺れた。

「なにが」

「あれ、お母さんが言いつけたかもしれないの」

　すぐに意味がわかった。いや、はじめからそんなことだろうと思っていた。問題なのは、父親がそれを信じたことだ。だが、ここでそれを茉莉に言ってもはじまらない。

「これ」

茉莉が赤い包装紙に包まれたものを差し出した。

「なんだこれ」

「バレンタインにあげようと思って、買ってあったの」

迷ったが、受け取った。

「開けてみて」

包装紙の中は、簡素な箱だった。ふたを開けてみる。

なんだこれは。クジラか、それともイルカだろうか。ホワイトゴールドのペンダントヘッドだった。

「ごめんなさい。お金がなくてそれしか買えなくて。来年はチェーンを買うから持っててね」

「なんでクジラなんだ」

茉莉がぷっと噴いた。

「それ、シャチよ」

捷は、もう一度指先でつまんだ。なるほど、これはシャチなのか。

「わたしが好きだから、シャチにしたの。シャチって海の王者なんだって。いつか本物を見に行きたい。最初に捷兄さんに会ったとき、なんとなくシャチに似てるって思ったから」

なにか応えようとしたとき、ラッパの音で『ゴッドファーザーのテーマ』がぶどう畑に響き渡った。大地に触れそうなほど低くした車体で雪をかき分けながら、白いクラウンが進んでくる。ガラスが真っ黒で中は見えないが、友人の兄が迎えに来たらしい。あれで東京まで行くのかと、苦笑しながら茉莉の顔を見た。

「じゃあな」

包装紙や空き箱と一緒に、シャチをダウンのポケットに押し込み、クラウンのドアを開けた。

鼓膜がむずがゆくなりそうな音楽が流れ出す。激しいドラムスの音に共鳴したのか、ぶどう棚から雪の塊がばさりと落ちた。捷は、そのまま助手席に乗った。

「あれ、カノジョか」ガムを嚙みながら、友人の兄が怒鳴った。音量が大きすぎて、叫ばなければ聞こえない。

「いいえ」大きく短く応える。

「じゃ、行くか」

「お願いします」

真っ黒なシートの貼られたウインドー越しに、小さく手を振る茉莉を二秒間だけ見た。それ以来の再会だ。

当時まだ中学一年生で、あどけなさの残る少女だった茉莉は、顔つきも物腰もすっかり大人の女になっていた。

「仕事はしてるのか」

「うん。去年大学を卒業して、実家近くの病院で事務の仕事に就けた」

「病院の事務職か、ちゃんとしてんだな。やっぱりおれとは違う」

住民票すら手にしたことがないので、戸籍がどんなものか見たこともない。しかし、いまでもこの茉莉が妹として記載されているのだろう。血もつながっていないし、捷が中学三年になるまで会ったこともなかったのに、不思議なことだ。

「本当は、わたしも東京に出たかったけど」少し寂しげに笑った。

「それより、なんの用だ」

アイスココアをする。パイも食べたいところだが、茉莉の手前我慢することにした。

そのとき、窓の外を、白い自転車にまたがった制服警官が二名、さっきの店のほうへ向かっていくのが見えた。あの三人組は本当に交番に駆け込んだらしい。顔を見合わせて、どちらからともなく笑った。

「捜すの大変だったんじゃないか」

「うん。探偵社に頼んだりして、ちょっと大変だった」

探偵社、ということばにひっかかった。茉莉の年代の女性が依頼するなんてめずらしいのではないか。

「そんなことまでして、なんの用だ」

「一度、家に戻ってくれない？」

あっさりと言って、コーヒーをスプーンでぐるぐる回す。

「それは断る」

「そう言うと思った」茉莉はテーブルに視線を落とした。「――お父さんに、また癌が見つかったみたいなの」

「またってことは、前にもやったのか」

「知らなかったの？　三年前に一度手術して、一度は治ったらしいんだけど、このあいだ再発したのよ」

「癌か」

なにか、まったくべつなものを意味することばのような気もして、その名を口に出してみた。しかしそれは、悪性腫瘍と呼ばれる病気以外の意味を持っていなかった。

「相当悪いのか」

「転移してるんだって。もって一年、早くて半年って言われている。お父さん、すっかり変わったよ」

「そうか」

しばらく沈黙がふたりのあいだに漂った。ようやく、捷がぼそりと言った。

「おれは、相続なんて興味がない」

茉莉の目に、静かに燃えるような光が宿ったのを見た。

「わたしの用件は相続じゃないの。もちろんきちんと相続はしてもらいたいけど、頼みはべつなこと。助けてほしい」

「どういう意味だ」

「突然やってきて、勝手なこと言うなって思うかもしれないけど、ほかに相談できる人がいないの。頼れるような親戚はいないし、近所の人も結局あてにはできない」

「だからどうしたんだ」

茉莉は、大きな瞳で捷の目を見つめ、ゆっくり言った。

「あの家と、畑を、とられるかもしれない」

「誰に」

「家に、変なやつが棲みついてるの。追い出してよ、捷兄さん」

8　涼一

谷川涼一は、いくつか手がけていた仕事がひと区切りついたので、ようやく今日、松岡も誘って現地視察に来ることができた。

すでに、単身で二度下見に来ているが、松岡と同行するのははじめてだ。

車は、詐欺仲間の本堂という男に借りた。

本堂は、広い意味での結婚詐欺師だ。セレブ向け婚活パーティーをあちこちで主催し、息のかかった美女を潜り込ませ、男から金を巻き上げる。その手法は、昏睡強盗や美人局（つつもたせ）とあまり変わらないのだが、一度も検挙されたことがない。保険代わりに、毎回かならず警察関係者か主要省庁のキャリアをパーティーに呼ぶからだ。多少のことでは表沙汰にしたがらないように。

本堂とは、競合しないカモをゆずりあったりする仲だ。

涼一は白いレクサスのエンジンを切り、ドアを開けた。

降り立った瞬間、どこかでうぐいすの鳴く声が聞こえた。

このあたりは標高五百メートルちょっとのはずだが、視界を遮るものがないので、かなり見晴らしはいい。

涼一は軽く伸びをしてから、丘の下へ目を転じた。いま通ってきた道が、筋になって見えている。農作業用らしき軽トラックがのんびり走っていく。ついさっきまでいた都心の雑踏から、車で一時間半ほどの場所とは思えないのどかさだ。

「さてと」

涼一は腰を折って、車内へ顔を突っ込んだ。

「捷ちゃん、着いたぜ。そろそろ起きてくれ」

助手席のシートをめいっぱい倒していびきをかいていた松岡捷が、両手をあげて大きなあくびをした。

その長身を折り曲げるようにして、車から降り立った松岡は、もう一度派手なあくびをした。その気配に驚いたのか、近くの木から鳥が飛び立った。

「くそう、よく寝た」

はたからは機嫌がいいのか悪いのかよくわからない松岡が、仕立てのいいスラックスのポケットに両手を突っ込んだまま、周囲を睨みまわしている。

「へっ、相変わらず田舎だな」口から漏れたのは、そんな愛想のないせりふだった。

「十年ぶりなんだろう？　懐かしくないのか」涼一がたずねる。

こんどはかっこうが鳴いた。

松岡が、「いまの、聞こえただろ」という顔で涼一を見た。

「こんなど田舎、百万年経ったって懐かしくなんかねえよ」

「そうかな、たまにはこんなのどかな土地での仕事も悪くないけどね」

涼一は笑いながら、白い建物を指差した。

「あれが、松岡さんの家かな」

涼一たちがいま立っている場所から見下ろす位置に、洋風のわりと大きな家が建っている。白い壁と黒い屋根が見えている。この家にかぎらず、ぶどう農家は大きな造りが多いようだ。

松岡が、白い家に投げかけていた視線を、涼一に向けた。

「たぶんな。見るのははじめてだ。——どうせ調べはついてるんだろう」

「まあね」

涼一は肩をすくめた。

もちろん下調べは済ませてある。白い家の築は九年、つまり、松岡がこの地を去ったすぐあとに建てられた。

職業がら、家屋の値踏みは得意だ。大手企業ではなく、地元工務店への注文建築だろう。

土地の広さや家業の規模に比べれば、豪華すぎるというほどではない。

母屋以外にも、敷地内には、農作業具の収納場所を兼ねた作業場だとか、人が住んでいそうな離れだのがいくつか見える。全体的にごく平凡な印象を与えるが、いくつか引っかかる点もある。

たとえば、ここからは見えないが屋根付きガレージの中に、シルバーに輝く真新しいベンツが停まっている。最上級グレードで、車体価格だけで二千万以上する高級車だ。

「松岡家はこのあたり一帯のぶどう畑を所有してるってことで、いいのかな」

涼一は、視線を周囲のぶどう棚に向けた。

松岡は、ああ、と応えて、面倒くさそうに首をぐるりと回した。

「こっち側に見える畑は、ほとんど全部のはずだ」

「へえ。日本の平均的なぶどう農家っていうのが、どの程度の規模か知らないけど、けっこう広いね」

「まあな。ここらでは、広いほうだと思う。だけど——」

めずらしく、松岡が言い淀んだ。涼一は、それを聞き逃さない。

「なにか、気になることでも？」

松岡が、足元の小石を蹴り飛ばした。石は、大きな弧を描いてぶどう棚の中に落ちた。

「こらこら、だめだよ。せっかく松岡さんが丹精したものなんだから」

涼一がたしなめると、松岡捷は石の落ちたあたりを顎で指した。

「昔は、こんなところまでなかった」

「なにが？」

「野菜とかは作ってたけど、ぶどう棚はなかった」

「つまり、作付け面積を増やしたってこと？」

「たぶんな」

涼一は腕組みをして、以前はなかったというぶどう畑を眺めた。やはり、本人を連れてきてよかった。地図や登記簿からはわからない事情を聞ける。

「これだけの規模だと、資産は億の単位ってところかな」

「おれは知らない」

すねているのではなく、本当に興味がなさそうだ。

もったいない。おれが全部もらっちまうぞ、という気持ちがふつふつと湧き上がる。

いや――。

今回はやめておこう。手助けすると約束したのだ。この若者には、利用価値を度外視してもなぜか見殺しにできない魅力がある。面倒を見てやりたくなる資質を持っている。才能と呼んでもいいかもしれない。だからこそ十年間も、住所不定無職で生きてこられたのだろう。

「あそこに、作業している人たちがいるね」

少し離れたところに、ぶどう棚の手入れをしている一団がいる。頭数は六人、ほおかむりからサンバイザーを突き出したおばさんと、キャップをかぶったおじさんたちだ。

「捷ちゃんの知り合いかな」

目を細めて睨んでいた松岡が、いや、と応えた。

「見たことがない」

「手伝いを頼んだのかもね。ところで、問題の男はいないようだね」

「いねえな」

松岡はさっきからしきりに、指先で胸元のペンダントヘッドを触っている。どうやら癖らしい。あるいは、なにかのお守りなのか。

時計を見ると、ちょうど頃合いだ。

「そろそろ行こうか」

ＪＲ中央本線山梨市駅から車でほんの数分、笛吹川(ふえふきがわ)を見下ろす場所に『やまなし中央病院』は建っている。

かつては『国立病院』、いまは『独立行政法人国立病院機構』という長ったらしい名の組織に変わったが、いずれにせよこのあたりで一番大きな病院だ。白く清潔感のある病棟が、のどかな景色に妙に溶け込んでいる。

ここが、松岡捷の妹、茉莉の勤務先だ。

涼一は、外来用パーキングに車を停めた。休憩になった茉莉が出てくるのを降りて待つ。五月の風が頬に気持ちいい。十分ほどして、職員用通用口から出てきた若い女が、涼一を見つけ小走りにやってくる。

「茉莉さんですか」

「はい。はじめまして」茉莉がさっとおじぎをした。

松岡を仲介して、すでに何度かメールでやりとりはしているが、会うのは今日が初めてだ。

上は薄いブルーのブラウスにカットソーの重ね着、下は紺色のスカートだ。恰好だけは、どこにでもいそうな二十三歳の女性に見える。

「あのう、兄は？」そうたずねながら、茉莉が車の中をのぞいた。

「あんな感じです」

助手席でシートを倒した松岡が、すっかり眠っている。もしくは寝たふりをしている。

茉莉は、口もとに手を当ててくすっと笑った。きりっとした顔立ちからきつさが消えて、あどけない笑顔に変わる。そこそこの美女に微笑まれても、心拍数などめったにあげない涼一だが、いまは胸の隅がかすかにうずいた。

そこにいるだけで気になる雰囲気がある点で、捷によく似ている。血のつながっていない兄妹が、同じ資質を持っていることに驚く。

「さて、場所を変えましょうか」

「はい」

うなずく茉莉に後部座席のドアを開けてやる。

本当に熟睡しているのか、あるいは狸寝入りか、松岡は起きそうもない。

「お邪魔します」

茉莉が乗り込むとき、松岡がもぞもぞと動いた。


昼休みを利用しての会合だ。あまり時間はない。

甲州街道沿いにある、ファミレスに入った。地元名産のほうとうや鶏のもつ煮も興味あるが、それはまたの機会とあきらめる。

四人掛けの禁煙席に案内され、それぞれランチを頼んだ。松岡がビールを頼みたそうだったが、無視をする。

「いやあ、それにしても、捷ちゃんにこんな素敵な妹さんがいるなんて。タレントの麻亜沙ちゃんに似てますね。ねえ、捷ちゃん」

「知らねえよ」

茉莉は、わずかに頬を赤らめて、そんなことないです、と照れた。

松岡は、テーブルのはしに立っているおすすめスイーツの案内を手にとった。

「捷ちゃん、照れるのはわかるけど、話に参加してくれよ」

「照れてねえよ」

乱暴に言う。だがそのあとに、いつもの口癖「ぶっ殺す」が出てこなかった。

「こう見えて、けっこうシャイだよね」

涼一が同意を求めると、口もとに手を当てた茉莉が、笑いをこらえながら小さく二度うなずいた。

「だけどそのわりには、他人の家を渡り歩いてるんですよ」涼一が肩をすくめる。

「そうみたいですね。昔から、友達のほうから寄ってくるタイプだったって聞いてます」

「友達だけじゃなくて、人妻まで呼び寄せるからなあ」

「ええっ、そうなんですか」茉莉が目をむいた。

「あのな」松岡が乱暴にグラスを置く。「今日はそういう話じゃねえだろう」

「どんな話にもまくらは必要だからね」

むくれている捷と、それをときおり盗み見るようにしてくすくす笑う茉莉を見て、兄妹というのはいいなとうらやましく思った。

「ところで、さっそくその男のことを、教えていただけますか。メールだけでなく、できれば直接うかがいたいと思います」

「はい」

料理が運ばれてきた。皿が並び終わるのを待って、茉莉はひとつひとつ思い出すように語った。

青木惇(あおきじゅん)がはじめて姿を現したのは、三年前の三月下旬だった。

本来この時期は、四月の開花に向けて、剪定(せんてい)や枝の固定などの準備をしておかなければならない。ところが松岡家では、あるじの憲吾に癌が見つかり、手術の準備に追われていた。

ぶどうにかぎらず農家一般にいえることらしいが、できるだけ家族の力で切り盛りしようと努める。手が足りないときは、親戚筋や作業ピークの重ならない作物農家の人間に頼んだりして、仕事をこなす。これを〝助(すけ)〟と呼ぶらしい。他人を金銭で雇うのは、最後の手段だ。

しかし、狷介(けんかい)で強情、人づきあいの悪い憲吾の性格もあって、松岡家では昔からこの

〝助〟に頼らずに、臨時に人を雇ってしのいできた。さらに、捷の母親が早くに亡くなってからは、捷がまだ子どもで戦力にならなかったため、ほとんど常雇いのようにして作業員を置いた。

夫婦の話し合いで、後妻の桐恵は農作業を手伝わないことになっている。

剪定くらいは憲吾ひとりでもできる。したがって毎年、花の咲きはじめる四月半ばから収穫の八月末あたりまで、人を数人雇えば済んだ。

ところが開花時期を目前に、憲吾の癌騒ぎが起き、あわててなじみの人間に少し早めに来てくれるよう頼んだところ、こちらもあてがはずれた。早めどころか、今年は四月になっても行けないという。ほかで、もっといい条件で頼まれ、引き受けてしまったらしい。冷たいと言ってみてもはじまらない。不安定なのはお互い様だ。

さてどうしたものかと頭を痛めていたときのことだった。

松岡家をふたりの男がたずねてきた。

ひとりは、憲吾の旧来の知人でもある、JAの高畠という課長。もうひとりは、畑を接してぶどう畑を営む田川だ。田川は、憲吾ととくに仲がいいというわけではないが、やはり近所ということもあって、松岡家の窮状に同情はしているようだった。

ふたりを家にあげ、桐恵と茉莉が応対した。憲吾は、前日から検査入院している。

「ほんとは、憲吾さんに直接話したほうがいいと思うんだけど」

高畠が、やや大きめの声で話しだした。

桐恵が作業を手伝わないため、近隣の人間は桐恵に対してあまり好意を抱いていないらしい。ふたりともなんとなく居心地が悪そうだなと、茉莉は感じた。

高畠が説明をはじめた。

じつは今日、ＪＡに飛び込みでたずねてきた男がいる。農作業の手伝いの仕事はないか、と言うのだそうだ。わざわざ勝沼地区に来ただけあって、ぶどう栽培が希望だという。ほとんど経験はないが真面目に働く、給料は相場より低くてもいいと言っている、というのだ。

高畠の説明がひととおり済んだところで、田川が口を挟んだ。

「なんなら、おれがときどきようすを見てやってもいい」

その男が使いものになるか、気にかけてやると言う。

ふだん、桐恵に対してろくに挨拶もしないくせに、どうした風の吹き回しかと、茉莉は不思議な気がした。田川の表情をちらりと盗み見たとき、その目に浮いた鈍い光に気づいた。

「それはつまり、下心とかいうあれかな」

話の腰を折って涼一がたずねた。茉莉が、あまり認めたくなさそうにうなずく。

涼一はまだ桐恵本人に会っていないが、前回来たときに、近所で噂は聞いた。憲吾がべたぼれしただけあって、今年四十三歳になるが充分三十代でとおる若さと、男好きのする雰囲気を持っているらしい。茉莉を見れば、なんとなく想像がつく。

田川の中に、桐恵に抱いてきたはずの嫌悪感と、夫が癌を患い気弱になったらしい人妻に対する下心が、複雑に入り交じっていたのかもしれない。

「お話の腰を折ってすみません」涼一は茉莉に続きを促した。

とにかく、彼らが言うには、あの男はなかなか働き者のようだから、断る手はないと。

その場は返事を保留にして、翌日、病院の憲吾をたずねた。まだ学生だった茉莉もつきあわされた。

薬のせいか、環境が変わったせいか、真っ白なベッドの上でぼんやりしている憲吾に、昨夜の件を説明した。

「そうしてくれ」

それが憲吾の答えだった。

病院からＪＡの高畠に電話を入れると、その日のうちに男はやってきた。

高畠と田川もいる席で男は自己紹介した。

男の名は青木惇、三十三歳だという。名古屋の大学を卒業後に、名古屋市内にある事務用品の会社に就職した。しかし、三十歳を目前にこの会社が倒産してしまった。しばらく失業保険やアルバイトで食いつないだが、じつはそれより前から、どうも自分には都会暮らしが向かないような気がしていた。できれば農村で生活したい。かといって、いきなり農業をはじめる資金も自信もない。もともとワイン好きなこともあり、ぶどう栽培には前から興味があった。あてもなく、このあたりを回っていたら、手入れのされていない畑を見つけ、人手が足りないのかと直感した。直接たずねるよりはと、まずはＪＡに相談に行ったという。

桐恵にも茉莉にも、青木が戦力として使えるかどうかなど、まったく判断がつかなかった。しかし憲吾が承知したことで話が進み、さっそく来てもらおうということになった。細かい条件面も決めていないことが茉莉には少し気になったが、男たちはすっかり乗り気のようだった。

初日、新人の青木は田川の指導を受けながら棚の手伝いをした。夜になると、田川の家でシャワーを浴びてから、田川に連れられてやってきた。

田川は「勘がいい」と、青木を褒め、桐恵が酌をするビールをうまそうに飲んだ。すぐに赤くとろんと濁った目になって桐恵をじろじろと見ては、これからもなにかあれば力になる、なんでも相談してほしいと言い、さらには夫婦生活に関する冗談を口にして、しまいには茉莉にまで偶然を装って触ろうとした。

その間、青木は困ったような顔でおとなしく座っていた。

た。

「だから、もう二度と、あの人たちには相談したくないんです」茉莉が小さく溜め息をつい

話など聞いていないように見えた松岡が、割り込んだ。

「どいつもこいつも、荒縄でぐるぐる巻きにして、笛吹川に投げ捨ててやる」

涼一と茉莉が顔を見合わせ笑ったあと、茉莉が説明を続けた。

青木はその当時、山梨市内にある『ビジネスホテル』と呼ばれる宿に泊まっていた。

ホテルといっても、都市部の駅周辺で見かける、出張してきたサラリーマンが泊まるような宿泊施設とはまったくの別物だ。季節労働者や公共事業の孫請け業者に雇われた短期雇用の人間が、数日から長ければ数カ月にわたって滞在する。下宿と安宿をミックスしたような設備だ。

青木はこの〝ホテル〟から、毎日、電車でひと駅ぶんを、田川に中古でもらい受けた自転車を漕いで通った。朝の九時前から、日没前後まで、ときおり休憩を挟む以外、労を惜しまず働く。

ただ、とくに曜日は決まっていないのだが、平均すると十日に一度ほど、二日連続で休みをとる。どうもどこかに泊まりがけで出かけるようだが、行き先は言わないし、桐恵や茉莉のほうでも聞いたことはない。

やがて、手術が成功した憲吾が退院してきた。

桐恵と茉莉は、寝起きに楽なようにと、リビングの隣の和室に、ベッドを用意しておいた。帰宅した憲吾はさっそく青木に会いたいと言った。

憲吾は入院中、高畠や田川から青木の評判を聞かされたらしい。礼を言いたいから病院をたずねてほしいと桐恵経由で伝えたのだが、照れもあるのか「忙しいから」と青木本人が断り続けてきたようだ。

自宅の寝室で青木と顔を合わせた憲吾は、いきなりその手をとって泣きだした。

「ありがとう、ありがとうって、わんわん泣いたんです。あんな父ははじめて見ました」

茉莉はそう言う。

大病をして気弱になっていたのかもしれない。周辺でも屈指の農園を、ほとんど家族の協力もなく、長年ひとりで切り盛りしてきたことへの自負があったのだろう。それに対するはじめての理解者を得た喜びだったのではないかと、涼一は想像する。

人が最も深く感動するのは、自分の苦悩を理解してもらえたときだというのは、これまでの経験からも知っていた。

その夜、青木は客間に泊まった。そして、結局ビジネスホテルは引き払うことになった。もともと居住用に建て、いまは誰もいない離れに多少手を入れ、そこに住むことになった。

「それ以来、ほぼ丸三年間、住み込みで働いている、ということでいいのでしょうか」

「はい」

ずっとしゃべりっぱなしでほとんど料理に手をつけていない茉莉が、グラスの水を飲んだ。

「あ、お食事してください。しゃべらせてばかりですみません」

茉莉はうなずいて、すっかり冷えてしまったオムライスをスプーンでくずした。茉莉が食事をとるあいだ、涼一は心に湧いた感想を口にした。

「率直な疑問なんですが、その事態のなにが気に入らないのでしょうか」

どうして、行方不明の兄を捜し出してまで、青木とかいう働き者の青年を追い出さなければならないのかが理解できない。むしろ、ずっといてくれるよう頼むのが筋ではないのか。

「理由は、はっきり説明できません。――なんとなく不安なんです。いやな予感、って言えばいいんでしょうか」

涼一は腕を組んだままことばを探した。女の直感というのはたしかにあなどれないが、いまの説明だけでは説得力に欠ける。

「やっぱり、ぐずぐず言ってねえで、叩き出せばいいんじゃないか。おれが表に出ちゃまずいなら、おれのダチを呼べば、五分でカタがつくぞ」

「ダチって、このまえ、渋谷で会ったような人？」茉莉が小さく首をかしげた。

「ああ、丸山は軟弱だけど、小池はかなりやるぞ。おれが本気でやっても、十分近くもった」

　涼一は、立てた人差し指を左右に振った。

「捷ちゃん、せっかく自慢しているところ悪いけど、暴力抜きってことでここまで話を進めてきた。もうちょっと拳はひっこめておいてくれ。それと茉莉さん、少々聞きづらいことなのですが、その青木という男の目的が、桐恵さんや茉莉さんだということはありませんか」

　茉莉は、いいえと首を振った。

「父が入院して、母とわたしと三人きりだったときでも、仕事以外の話はしませんでした。下心というか、そんな感じを受けたことはありません」


　午後からの勤務がある茉莉を病院に送り届けた。

　時刻は午後一時を少しまわったところだ。

「さてと、次の予定に入ろうか」

　すぐに寝たふりをはじめた松岡を助手席に乗せ、レクサスを発進させる。

　調べておいたほうとう屋の駐車場に入ると、目的の白いハイエースが停まっていた。

もちろん、彼の行動パターンは調べてあるから、偶然というわけではない。

物陰からこっそり店内をのぞくと、すぐに青木の姿を見つけた。スポーツ紙を広げて料理が出てくるのを待っているようだ。すばやくハイエースに近づき、さっき茉莉に借りたスペアキーでドアを開けた。


手際よく作業を終え、青木からは死角になった物陰で待つ。松岡は退屈そうに、スマートフォンでマンガを読んでいる。

ようやく青木が出てきた。まっすぐハイエースまで歩き、一旦運転席におさまったが、しきりに首をひねっている。

「うまくいきそうだ」涼一が松岡に小声で言う。

「気づくんじゃないか」松岡がどうでもいいことのように応える。

「彼は、メカに弱いと聞いた。それを信じるさ」

青木は、シートに背中をあずけ、途方に暮れた表情だ。

「さて、行ってくる。捷ちゃんはここにいてくれ」

涼一は、松岡を残してハイエースに近づいていった。青木のほうでも涼一に気づいた。短めの髪が清潔そうな印象を与える、浅黒く日焼けした、人のよさそうな顔だ。青木がドアをわずかに開けた。

「どうかしました？」ドアの隙間から声をかけた。

「ちょっとエンジンがかからなくて。キーを回しても、うんともすんとも言わないんです。さっきまでちゃんと走ってたのに」

「バッテリーあがりですかね」

「まったく、このおんぼろには困るな」

「ＪＡＦか、任意保険の特約には？」

「車には、あんまり詳しくなくて」

青木はダッシュボードから、車検証などが入っているらしいフォルダーを取り出した。

「サービスを呼ぶのもいいけど、その前にちょっと見てみましょうか。簡単なことかもしれません」

疑うようすもなく、青木は「どうもすみません」と応えてボンネットを開けた。涼一は手際よく持ち上げ、ポールで固定する。

「ははあ、やっぱりバッテリーが原因みたいですね」エンジンルームに突っ込んだ顔を戻して、運転席に声をかける。「わたしの車とつなげて、充電してみましょう。ちょっとのあいだ、エンジンをかけずにいてもらえますか」

「はい。わかりました」青木は素直にうなずいた。

涼一はすばやく車に戻り、レクサスの鼻面をバンの先に寄せた。松岡は念のため車から降り、青木から死角になるあたりに身を置いて待つ。

涼一は、ブースターケーブルをつかんで前方に回った。青木は運転席から降りてきて、爆発物でも置いてあるかのようにこわごわ中をのぞきこんでいる。

「じゃあ、つなぎますから。運転席に戻ってください」

「あ、はあ」

完全にこちらの言いなりだと、涼一は満足していた。ハイエース側のバッテリーの、あらかじめはずしておいたケーブルをもとどおりにつなぐ。

これでもうエンジンはかかるはずだ。つまり、この先は無駄な作業だが、話のつじつまを合わせなければならない。ブースターケーブルを双方のプラスとマイナスにつなぎ、レクサスに戻ってエンジンをかける。

ハイエースの運転席に近づき、エンジンをかけてみて、と身振りで説明する。青木はうなずき、キーを回した。一発でみごとにかかった。かかるに決まっている。

「助かりました」

運転席から降りてきた青木が、頭を下げた。

「ありがとうございます。どうしようかと思いました」

はにかんだように短めに刈った頭を掻いている。悪人には見えない。

「よかったですね」涼一も笑顔を作ってうなずき返す。

「東京からですか」

ナンバーを見た青木がたずねた。なにかを疑っているような気配は感じない。

「そうなんです。ところで、いまお忙しいようなら、あとでもいいんですが、ちょっと自己紹介させていただけませんか。ビジネスのお話ができそうなので」

「ビジネス？」

青木の顔が、わずかに曇った。涼一が、「単なる通りすがりの人間」から、「自分の領域に足を踏み入れようとする人間」に変わったことに対する、本能的な警戒だろう。びくつくことはない。程度の差はあれ、初対面の人間なら誰でも見せる反応だ。

これが最初の、そしてかなり重要な関門だ。

「たまたま、です」手を振って笑顔を作る。「ボディに書かれたお名前を拝見しましてね」

「ボディ？」青木は涼一の視線をたどって、車体に書かれた文字を見た。ああ、と納得したようだ。

「じゃあ、あなたもぶどう関係の？」

「はい。せっかくなので、名刺を」

名刺入れから、一枚抜き出して差し出す。《渡辺友良(わたなべともよし)》という、よく使う偽名のひとつが刷ってある。

「あ、これはどうも」

青木は恐縮しながら、両手で受け取った。

「へえ、流通関係のかたですか」

「食品関係のそれも主に青果物の買いつけをやってます。ええと——」

涼一に促されて、青木はすみません気づかなくて、とまた頭を掻いた。

「名刺は持っていないんです。名刺がいるような仕事をしていないもので」

「どうかお気になさらず。今日は、このあたりのぶどうの生育状態なんかを見せてもらいにきました。もしご迷惑でなかったら、あとで寄らせていただいてよろしいでしょうか」

涼一はもう一度、ハイエースの車体を指差した。もともとはワインレッドだったものが、退色したのかもしれない。くすんだ紫色の塗料で、所番地や電話番号とともに、多少デザインした屋号が書かれている。

《ぶどう狩り、お土産に。松岡ぶどう園》

青木は、どうでもよさそうな表情で、はあ、と答えた。

ほぼ計画どおりの展開に気をよくして、涼一は帰路についた。

ああは言ったが、結局松岡ぶどう園には寄らなかった。初日から、あまり急に接近しては怪しまれる。

事前に、茉莉から青木の写った画像をもらい、青木の行動様式も詳しく聞き出してあった。青木の好物はほうとうで、とくにこのところ毎週月曜日は、山梨市街の銀行に使いをしたあと、かならずあの店で昼食をとることもわかっていた。時間も十二時五十分から約四十分間。ここのほうとうは注文を受けてから煮込むため、出てくるのに時間がかかる。そのうえ、さらさらとかきこめるしろものではない。つかまえるにはもってこいだ。

念のために、一度実際にあとをつけて確認もしてあった。

確実さからいえば、銀行のパーキングで仕掛けるのが順当だが、出会いの舞台として銀行とほうとう屋とでは、相手に抱かせる警戒心が違う。食事のとき、人は心が緩む。警察に追われてる逃亡犯でもないかぎり、緊張を解く。

ほうとうをすする青木の表情を観察したが、まったく無防備だった。なにも後ろめたいことがない証ではないかと思えてならない。

ただ、青木が、なにもかも知った上でだまされたふりをしている可能性はまだ残っている。

「だとしたら、かなり手ごわい」ついひとりごとを口にした。

「なにか言ったか」

途中でテイクアウトした鶏もつ煮をときどきつまみながら、缶ビールをあおっている松岡が暢気に聞き返した。

9　義信

「そんなわけで、ひとつ頼む」

稲葉ＡＧの社長、稲葉鉄雄は自分の机のはしに尻を乗せてそう言った。

組んでいた腕をほどき、きれいに刈り揃えてある顎ひげを指先で掻く。相手がうんと言うまで待つときの、いつもの癖だ。

染井義信は応接用のソファに浅く腰掛けたまま、これで何度目かの質問をぶつけた。

「しかし、どうしてわたしなんです」

「このあいだのストーカー退治がお気に召したらしい」

「こんどはストーカーじゃないですよね」

「おれにもよくわからん。とにかく向こうはきみがお気に入りなんだ。金払いのいい客相手に根掘り葉掘り聞かない、というのがわが社の主義だ」

そう言うと、五十五歳とは思えない身のこなしで、すばやく義信の向かいに座った。

「とにかく、週刊誌の〝長者番付特集〟の常連さんといってもいいお金持ちだ。粗相(そそう)のないように頼むよ」

義信は、軽い口調のわりに鋭い光を放つ稲葉の目を見据えた。

「社長、なにか隠しごとはしていませんか」

稲葉は笑ってはぐらかした。

「きみは本当に鋭い。本気でうちに来ないか。役員待遇で迎えるぞ」

染井が応えずにいると、ともかくこの仕事だけはよろしく頼む、と押し切られてしまった。


新宿西口にある、稲葉AGが入ったオフィスビルを出て、その足で敷島邸へと向かう。

時計を見れば午後の二時を少しまわったところだ。まだ昼食をとっていないことを思い出したが、これからのことを考えると食欲はなかった。

稲葉鉄雄はかつての上司で、義信がまだかけだしの刑事だったころ、多少世話になった男だ。その彼がいまから七年ほど前に退職し、探偵と警備を兼ねて請け負う会社をはじめたのは知っていた。
追われるように警察を辞めたあと、義信の生活は、坂道をゆっくり転がるように下ってい
った。金がなければ生活はすさむ、生活が安定しなければ、堅い仕事に就こうという気持ち
が起きない。稲葉が声をかけてきたのは、そんなころだった。
——うちの仕事を手伝わないか。
警察時代にあまり親しくした覚えはない。一緒に飲んだのも一度か二度で、込み入った話
をした記憶もない。その彼がどうして、という疑問はあったが、いまに至るまで自分からた
ずねたことはない。稲葉もなにも言わない。
ただ一度だけ「もしもその場にいたら、おれも同じことをしていただろう」と口にしたこ
とがある。
それが、義信を拾ってくれた理由といえば理由なのかもしれない。つまり、あの日の若者
が袋叩きにあっている現場に遭遇したら、稲葉も義信と同じことをしていただろうと言うの
だ。冷静に見えて熱いところのある稲葉には、ひとごとに思えなかったのかもしれない。
とにかく、稲葉から要請があって、義信が応えられる状況にあるときは、社外スタッフと
して手を貸すことになった。
会社規模としては、総勢十二名の小さな所帯だが、大手にはできない変則的な需要にも応

ずる方針が受けたのか、とりあえずは黒字基調の経営だと聞いている。

正確に数えたことはないが、これまでの三年余りで、すでに百回以上は手伝っている。

金持ちの老人が競馬場で散財するのを丸一日警護したり、自分の孫がストーカー行為をしているのではないかと心配している大手企業重役から頼まれて、問題の孫を一週間監視したりと、多少毛色の変わった依頼が多い。ビルやショッピングセンターの夜警よりは退屈せず、しかもほとんどは肉体的な苦痛や危険もない。金をもらうのが申し訳ないような気もするが、稲葉はなにもなければそれが最上の結果だと笑う。

「きみの持つ雰囲気に相手は安心する。客は安心したくて金を払う。単純明快な商業理論だろ」

相場より少し多いのではないかと思われるギャラを辞退しようとするたびに、稲葉はそう語る。

探偵社が〝興信所〟と呼ばれていたころ、その質には当たり外れがあった。妻の浮気調査を依頼され、証拠をつかんだまではいいが、夫には報告せず妻を脅迫して金を強請る、そんなひどい輩もそうめずらしくなかったと聞いている。業界の体質を浄化するために自ら働きかけたのか、あるいは行政が重い腰をあげたのか、数年前に探偵業法というものが施行された。これでようやく、認可無認可の線引きがされるようになった。

稲葉ＡＧはもちろん認可を受けている。認可といっても、要件さえ満たせばよい実質上の届け出制だが、それでも警察に睨まれれば商売はうまくいかないだろう。

それを承知で、義信を使ってくれている。そればかりか、正規の社員にならないかと誘ってくれてもいる。組織に属することに抵抗があって、いまのところ断ってはいるが。

きれいごとを言うつもりはない。稲葉がくれる仕事を引き受けるのは、金のためであり、勤労義務を果たすためでもある。しかしそれ以上に、彼の男気に報いるためだ。

だが、今回の仕事はなんとなく気に入らない。論理立てた理由からではなく、勘だ。

渋谷駅から歩きながら、ストーカー事件の翌日、事務所まで礼を言いに来た絵美とかいうマダムを思い浮かべた。

稲葉が同席しているにもかかわらず、義信を見るなり「あら、好みのタイプ」と言い放った。それだけでなく、値踏みするように義信を眺めまわした。あの手の、湿った視線は苦手だ。

高級住宅街へと続くゆるい坂を上り、ようやく見覚えのある屋敷に着いた。例のストーカー男を、痛い目にあわせた夜以来だ。通用門脇のインターフォンを押す。

「稲葉ＡＧの染井と申します。ご依頼があってうかがいました」

使用人らしい女性に案内されて屋敷に入った。

通された部屋をあえて分類するならリビングなのだろう。高校の同窓会が開けそうな広さだ。大理石と西洋アンティーク趣味に満ちていて、フローリングの床に毛足の長い絨毯が敷いてある。瓢箪形のガラステーブルの置いてある場所が、この空間の中心地らしい。

テーブルの上には陶器の皿が置いてあって、和洋のオードブルが並んでいる。

ひとり掛けのソファに沈んでいた絵美が染井を見た。

「いらっしゃい。ごめんなさいね」

謝った理由は、午後の早い時刻にしては胸元があきすぎた服のせいだろうか、空になりかかっているワイングラスのことだろうか。

「どうぞ、お掛けになって」

絵美が隣のソファに向かって手を振った。

「失礼します」軽く頭を下げ、浅く尻を置いた。

「コーヒー、紅茶、それともお酒にします？　冷酒からペルノーまで、だいたい揃ってます」

面と向かうのはこれで二度目だが、つやつやの頰や首筋、スリットからのぞく足などについ目がとられる。もともとの美貌に、さらに金をかけて手入れしてあるのが、義信にもわかった。

少しだけ気になったのは、絵美が「暢気な有閑マダム」という役を演じているように見えることだ。軽そうな笑顔の奥に陰を感じる。いや、気のせいかもしれない。

「けっこうです。それより、ご依頼の趣旨を具体的にお聞かせいただけますか」

「ちょっと車を乗りまわすお相手をしてほしいの。もちろん、運転もお願いしたいわ」

「しかし、敷島さん……」

「どうぞ、絵美って呼んで」手入れの行き届いた人差し指を立てた。「——名字で呼ばれるのは、好きじゃないの。夫の附属物だと指摘されてるみたいで」

なにか言い返すのはやめておいた。稲葉社長にくれぐれも粗相のないようにと釘を刺されている。

絵美はさきほどの使用人にコーヒーを持ってくるよう命じた。

「わたしは、遠慮なくいただきます」

テーブルのワイングラスに手を伸ばすたび、がらあきの胸元が見えそうになる。しかたなく、視線を伏せたまま話すことにした。

「それにしても、染井さんて素敵なかたね」

少し低めな声で、話しかけてくる。

「お仕事の内容をもう少し具体的にお願いします」

「クールな男性って、好みなの。このあと、お時間ある？」

伏せていた目をあげると、絵美と視線が合った。覚悟してきたはずなのに、早くも我慢の限界だった。しかたない、稲葉社長にはあとで謝ろう。

「愛玩動物が欲しいなら、ペットショップにでも行ったらどうですか」

冷たく言い放つと、絵美が驚いたような顔で見返した。

「失礼しました」

頭を下げてそのまま帰ろうとすると、背中から声がかかった。

「ごめんなさい」

いままでとは声の質が違う。思わず足を止め、振り返る。

「ごめんなさいね。堅物だと聞いてたから試してみたの。仕事の報告そっちのけで言い寄ってくる探偵とかばかりで、うんざりしてたから」

「それは、運が悪いのでしょう」

「かもしれない。——服を着替えてきますから、少し待ってください」

義信はソファに座りなおした。

戻ってきた絵美は、ゆったりした感じのコットンシャツとジーンズに着替えていた。

「こんなラフな恰好、旦那に見られたら、叱られちゃう」

「さっきの仮装パーティーみたいな衣装よりはだいぶましだと思いますが」

絵美はふふっと笑って、そうかもね、と応えた。

「染井さん、松岡捷っていう、若いはねっかえりご存じ？　あのストーカーを追い払ってくださった晩に、公園で会ってるはずなの」

芝居に出てくる牛若丸のように、白いブルゾンを翻しちんぴらを相手にしていた若者の姿が浮かんだ。

絵美の依頼というのは、その松岡がなにをやっているのかたしかめたいというものだった。しかも、自分の目で。

「あいつ、あの晩に出ていったきり帰ってこないのよ。めったに電話にも出ないし、たまに出てものらりくらりごまかして。どうも、詐欺師と一緒にいるらしいの」

「詐欺師と？」すぐにあの男の顔が浮かんだ。

「なんという男ですか」

「谷川涼一っていうの。本名かどうか知らないけど」

「本名ですよ」

つい、そう言ってしまってから、後悔した。絵美の口もとに笑みが浮いている。

「隠さなくていいわ。あなたが谷川と顔見知りらしい、という情報はつかんでます」

「それで、白羽の矢が立ったわけですね」

「それは、二番目。一番はさっきから言ってるけど、渋さと堅物なところが好みだったから」

話がまたそれそうなので、仕事に戻す。

「松岡という若者が、谷川とつるんで悪いことをしていると？」

「それが知りたいのよ。そうそう、これ見て」

絵美は、ソファの脇に置いてあった、クラフト紙の封筒を膝の上に置いた。中の書類を半分ほどのぞかせて、そこから写真を一枚抜き出す。

「これ、見てよ。田舎にとじこめておくのはもったいないでしょ」

差し出された写真を受け取った。若い女の、膝から上を写したスナップ写真だ。病院のような大きな建物から出てきたところを望遠レンズで撮ったらしい。あきらかに盗み撮りだし、ピントの鮮明さや解像度はコンパクトカメラのものではない。べつなプロにも頼んでいるようだ。

「どなたですか」

「捷ちゃんの妹なの。裏に名前が書いてある」

裏返すと几帳面な字で『松岡茉莉』と書いてあった。

「でも、血はつながっていない。父親が再婚した相手の連れ子ってわけ」

義信にも少しずつ話が見えてきた。しかし、よけいな口は挟まずに絵美のしゃべりにまかせる。

「捷ちゃんね、その谷川っていう詐欺師と、十年間一度も寄りつかなかった勝沼に、もう二度も行ってるらしいの。勝沼には実家があって、地元で一、二を争うような大きなぶどう畑がある。そして、男なら放っておかないような可愛い妹がいる。詐欺師になにかだまされているのか、それとも一緒に組んでなにかやらかそうとしているのか、それとも……」

そこでことばが止まった。唇が乾くのか、舌の先でなめまわしている。義信は助け船を出すことにした。

「その、魅力的な妹に心惹かれているのではないか」

絵美ははっとした表情で義信を見た。口もとに笑みが浮かぶ。

「ご明察」

「つまり、その関係の邪魔をしに行くと？」

「笑われてもいいわ。こっちは七歳も年上で人妻、向こうはごらんのとおりぴちぴちのカワイコちゃん。なにをとち狂ってと思うでしょ」

義信はしばらく茉莉の写真に目を落としていた。心が多少ゆれたが、やはり断ろうと思った。

「笑うつもりはありませんし、人によって大切なものは違います。そもそも、他人に説教できるような生活はしていません。しかし……」

断ろうとした瞬間、いきなりさとみの顔が浮かんだ。かつて義信の長女だったさとみは、この春六年生になった。

〈どうもありがとう〉

別れた妻の真知子が電話をしてきたのは、ひと月ほど前だ。進級祝いに、やりくりした金で電子辞書を贈った。その礼だった。

真知子とは六年前に離婚し、一人娘のさとみの親権も渡した。三年前に真知子が再婚した時点で養育費を払う義務がなくなった。そう取り決めたからだ。

しかし一年ほど前、再婚相手が通勤途中に当て逃げされた。当然ながら加害者からの補償は受けていない。いわゆる〝ひかれ損〟というやつだ。後遺症でいままでと同じ仕事ができなくなり、転属を願い出たら半年後に人員整理の対象になった。不当解雇だとして、裁判を起こしている。金もかかるし再就職活動にも専念できないと、半年ほど前に真知子の重い口から無理やり聞き出した。

最近調子はどうだとたずねると、生活をきりつめてやっていると応えた。話の流れで、さとみが塾へ行きたがっていることがわかった。仲のいい友達が春休みからみんな同じ塾に通いだして、このところ元気がないらしい。

真知子は〈でも、余裕がなくて〉と溜め息をついたところで、はっとなったように〈ごめんなさい愚痴をこぼして〉と謝った。

憎しみ合って別れたわけではなかった。義信のあまりに不規則な生活に真知子が疲れ果てたのと、さらにいえば義信に家族を顧みるという資質がなかったことが原因だ。

かなうことなら、塾の金ぐらいは出してやりたい。しかし、いまの自分の稼ぎでは無理だ。ただでさえ少ない仕事をえり好みしていては、なおさらだ——。

「わかりました。お受けいたします」

「よかった」絵美が艶然と微笑んだ。

簡単な打合せをした。最後に、絵美が「そうだ。いいもの見せてあげる」と手を軽く叩いた。

義信は、絵美がもったいをつけて取り出した写真を見て、ようやく口をつけた冷えたコーヒーを噴き出しそうになった。

谷川と松岡のふたりが、どこかの湖上で、仲良くスワンボートを漕いでいる。相当倍率の高い望遠レンズだ。谷川はカメラのほうに視線を向けて、笑顔とともにピースサインを作っている。


稲葉に報告するため、社に戻りながら考えをまとめた。

松岡の実家で起きたことはざっと聞いた。捷が家出することになったいきさつについても。

ここまで調べ上げたのも、茉莉や谷川たちの写真を撮ったのも、やはり大手の探偵社だった。かなり手際がいい。なぜ最後までそっちに頼まないのだろうと思ったが、絵美が、これ以上深入りされたくない、と思ったのかもしれない。夫は当然ながら顔が広いだろう。いつ、どこで、どんなルートで耳に入るかわからない。そこで、法にさえ触れなければ道義的なことは気にしない、夫とはつながりのなさそうな、弱小経営の稲葉の出番となった。

義信は勝沼あたりにほとんど土地勘はない。ずいぶん前に、逃亡犯の足取りを追って訪れたことがあるだけだ。右も左もわからない場所というほうが正確だ。それに、地方の、しかも農村部では、よそ者は目立つ。ぶどう狩りのシーズンなら観光客に埋もれる手もあるが、五月の連休が終わったばかりのいまでは、まだ少し早い。

「ま、当たって砕けろだな」

義信の報告を聞き終えるなり、稲葉社長は軽い調子でそう言った。

「正直、多少気は重いですが」

「その代わり、ギャラはいつもの倍額払う。クライアントがそう言ってるんでね」

「遠慮なく、いただきます」

稲葉が、おや、と探るような目をした。

「きみが割り増しの金を断らないなんてめずらしいな。娘さんにプレゼントでもしたくなったか。今年で六年生だったな」

稲葉という男の魅力でもあり恐ろしいところでもあるのは、この洞察力と勘の鋭さだ。

まあそんなところです、とあいまいに応えておいた。

10　涼一

谷川涼一は松岡を連れて、もう一度勝沼あたりをまわった。

ネットを念入りに検索して地図と衛星写真と役所のホームページを調べてみても、それだけではつかめない真実がある。だからこそ、案内役は地元出身の人間にかぎる。そしてなにより、これは松岡家の問題なのだ。

しかし二度目のときは途中で松岡が飽きてしまい、ドライブに変更になった。どこでもいいから連れていけというので、富士五湖のひとつ、河口湖へ向かった。

現地を少し離れるのは、涼一にも理由があった。前回のときから、なぜか誰かに見られている気がする。気配を探っても、それらしき姿はない。しかし、間違いなく視線を感じる。おそらくはプロの仕事だ。変わった場所へ行けば尻尾を出すかもしれないと思った。

勝沼バイパスから一三七号線を南へ走れば、意外に河口湖は近い。湖畔のパーキングに車を停め、ワイン味のソフトクリームとビールを買ってやり、なかばやけくそで、男どうしでスワンボートにも乗った。

おだやかな湖面を、ばしゃばしゃと波を立たせて進む。

若いカップルがこちらを見てにやにや笑っている。ただならぬ関係のふたりだと思ったことだろう。パーキングに停まった車の、怪しそうな窓に向かってピースサインも作ってやった。カメラのレンズで狙われているような気がしたからだ。

やけに存在感のある富士山が見える。「セレブを相手にスマートな詐欺を」がモットーの谷川涼一ともあろうものが、いったい、こんなところでなにをしているのか。腹立ちを通り越して、溜め息が出る。

「だったら、よかったじゃねえか」

涼一の報告を聞きながら、松岡捷は、ずずずっともやしそばをすすりあげた。とろみのあるスープが湯気を立てて、麺と一緒に口の中に吸われていく。

仲良くスワンボートを漕いだ、数日後のことだ。下北沢の駅に近い、小さなラーメン屋の少しべたつくテーブルに、ふたりは向かい合って座っていた。

このところ松岡が転がり込んでいる、丸山という若者の家の近くだ。午後一時をまわって、店にはちらほらとしか客は見えない。谷川が頼んだカニチャーハンは、本物のカニ肉が見つからない以外は、まあまあの味だった。

細心の注意を払って青木に再度接触し、彼を通して、捷の両親と会うアポイントがとれたと報告したら、そんな気の乗らない反応が戻ってきた。

「なんだか、ひとごとみたいだな。これでもけっこう苦労してるんだぜ」

松岡ははふはふ言いながらも、麺をすするのをやめない。

「だから、感謝してるっての」

しゃきしゃきと、もやしを嚙む音が涼一の耳まで届く。涼一はあきれたように首を振りながら、自分のカニチャーハンを口へ運ぶ。

「な。けっこういけるだろ?」

「うん。うまいよ」帰りに胃薬を買うことにする。

「それで、いつ行くんだ?」

「アポはあさってだ」

「へえ」捷は、グラスに注いだビールを一気にあおった。

「とにかく、捷ちゃんの実家で、ご両親に会ってくるよ」

そう口にしてから、聞きようによっては誤解を招きかねないと思った。この前のスワンボートの一件もある。あわてて周囲を見まわし、「もちろん商売のことで」とわざわざつけ加えた。

「よろしく言ってくれよ」どんぶりを抱えてずずっと汁をすする。

「おいおい、いいかげんだな。よろしく言ったらまずいだろう」

「あ、そうか」ようやく、どんぶりから顔をあげた。

根っからのばかだとか、抜けているとは思わないのだが、このいいかげんさはどこから来ているのか。

「とにかく、その会合で、それぞれの腹の内が、だいたいわかるだろう。敵の内情を知るためには懐に入っていかないとね」

茉莉に段取りさせれば手っ取り早いが、それではぶちこわしになる可能性がある。あえて青木を仲介役にした。青木になにか下心があるなら、なんらかの動きを見せるはずだ。

とにかく、これでなんとか松岡家に食い込めそうな見込みが立った。世間話程度では人間模様は見えてこないが、経営にかかわる部分をゆさぶれば、状況も変わるだろう。

ただ、少し気になることがあった。まだ松岡には言っていない。

相変わらず、監視されているような気がしている。気がするだけで、確証はない。もしそうだとすれば、誰が雇ったのだろう。青木にそんな財力や援軍があるとは思えない。

それでも、田舎のトラブルだからといって油断してはならない。

胸やけがしてきたのでレンゲを皿に置き、ネギが浮いただけのスープに口をつけた。


翌々日の昼前――。

青木は数人の臨時雇いと一緒に、ぶどう畑で作業をしていた。

涼一は邪魔にならないところに車を停め、声をかける。

「こんにちは。先日はどうも」

コットンシャツにジーンズという恰好で踏み台に立っていた青木が、手を休めて涼一を見た。やや警戒気味な視線を向けて、形ばかりのおじぎをする。

「あ、どうぞ手を休めないでください。少し早めに来てしまいました」

「それじゃ」

青木はぶっきらぼうに会釈して、作業に戻った。涼一は人を見る目に多少の自信はあるが、この男の本性というものがつかめずにいる。もっと愛想がよく口数の多い男だったらいいのにと思う。

少しは手がかりが見つかるかと思って、わざとアポの時刻よりも早く来た。

涼一は、いかにも興味がありそうなふりで作業風景を眺めてから、低い石垣で囲われたぶどう畑のまわりを少し歩いてまわった。

「『甲州』ですか」

青木がぶどうのつるに伸ばした手を止めて涼一を見た。

「ええ。そうです」

「見たところ、棚の半分は甲州ですね」

「まあ、そんなとこです」

青木は、そのぐらいはわかるんだな、という表情を見せた。

　もちろん調べてきた。青果物のバイヤーを名乗る以上、ぶどうの品種の見分けぐらいつかなくては話にならない。それだけでなく、このあたりのぶどう生産の実態についてもおおよその知識は仕入れてある。

「甲州は全部生食用ですか」

「いえ。七三ぐらいです」

　七三とは、つまり青果として出荷するのが七割、加工用に三割という意味だろう。

　このあたりは日本有数のワイン生産地だから、ワイン向けのぶどうが相当量作られていそうな印象を持つが、実際は、ワイン専用ぶどうの生産割合は全生産高の数パーセントだ。圧倒的に生食用のぶどうが多い。

　じつは、生食、醸造どちらにも使える品種というのはめずらしく、ほぼ唯一といってもいいのが、古くからある『甲州』だ。どのくらい古いかといえば、はじめて文献に現れたのが、源義経が兄の頼朝に追われて奥州に逃げた年だという。一説には、奈良時代からあったという言い伝えもあるらしい。

　それはともかく、改良品種に押されて、『甲州』は減産傾向にある。ぶどう畑そのものが微減している上に、近年では、『ピオーネ』や『甲斐路』などの高価な生食用ぶどうに乗り換える農家が多いためだ。しかし、『甲州』は山梨固有の種であるという愛着があるし、甘すぎないその味に根強いファンもいる。多少の採算割れは度外視してその甲州に力を入れているところからも、松岡憲吾の頑固ぶりがなんとなくわかるようだ。

「お仕事の邪魔にならないようにしますので、もう少し、お話をうかがってもいいですか」

「はあ」

多少迷惑だが、断るほどでもないといったところか。バッテリーのトラブルを助けてもらった借りも忘れてはいないようだ。

「どこか大手と契約されてますか」

青木はぶどうのつるに視線を向けたまま応える。

「加工用は決まってます」

「生食用は？」

「とくに」首を左右に振って否定した。

「じゃあ、ぶどう園の直販以外は、ほぼ農協へ出荷ですか」

「まあ、そんな感じです」

口数が少ない相手との会話は疲れる。

「じつは、まとまった量の甲州を、ワイン用に出荷していただける農家を探しています」

「――あ、高野さんと木田さん。ここはもういいので、あっちの畑を手伝ってもらえますか」

青木が、一緒に作業していた中年の女性ふたりに声をかけた。サンバイザーの上からほおかむりをして、花柄模様のスモックに青いもんぺといった、おなじみの農作業着だ。女たちは、はい、と応えて去っていく。その先では、似たような雰囲気の男女が三人、作業をしている。単なる作業の指示にも見えるし、人払いしたようにも思える。

「ワイン用ですか」青木が涼一の問いかけにようやく応えた。

「国産ぶどうにこだわったワインを作りたいという会社があって」

「そうですか」

あくまで、気のない返事だ。

「さて、ぼくはほかでちょっと用事を済ませて、松岡さんのお宅にうかがいます」

青木は、ちらりと涼一の顔を見てから、またぶどう棚に手を伸ばした。


約束の時刻五分前に松岡家を訪れると、捷にとって継母にあたる、桐恵が応対に出てきた。

「渡辺さんですね。お待ちしておりました。どうぞおあがりください」

涼一の使った偽名を、信じている。

かすかにシャネルが匂った。着ているものも、それなりに金はかけていそうだ。正直いえば、装いは少々垢抜けていない。しかし、じっと見つめられるとしばらく脳裏から離れなさそうな目をしている。茉莉にそっくりだと思った。

「失礼いたします」

引き戸の表玄関から中へと入る。広めの三和土(たたき)はきれいに整頓されていた。

「どうぞ、おあがりください。スリッパをお使いになって」

上がってすぐは広いリビングダイニングになっていた。中央にまだ新しいダイニングテーブルのセットが置かれている。一枚板だ。つい値踏みをしてしまう。百万近くはするだろう。

桐恵に続いてリビングを抜ける。こんどはぴかぴかのシステムキッチンが見えた。外のベンツといい、ぶどう園とは、それほど儲かるものなのか。まるで金の使い道に困っているようだ。

ようやく客間に入った。畳敷きで十二畳ほどありそうだ。もっともいまは部屋の隅にベッドが置かれ、憲吾の寝室を兼ねているらしい。真ん中あたりに大きなローテーブルが置かれている。上座側の中央に、座り心地がよさそうな革貼りの座椅子があり、当主の憲吾はそこに座っていた。

「このたびは、お時間を割いていただき、ありがとうございます」

涼一は両手をついて、おじぎをした。憲吾が、ああ、というような返事をしたのが聞こえた。

「どうぞ、お楽になさってください」

桐恵に座布団を勧められた。憲吾も口を出す。

「若い人に正座は無理だ。どうぞくずして」痩せた体にしては力強い声だ。

「ありがとうございます」礼は言ったが、正座はくずさずにおいた。

さりげなく、そしてすばやく室内を見まわす。ベッドの周囲に、健康食品らしい箱が山積みになっている。こちらにも、惜しみなく金を使っているようだ。

「さっそくだが、どういうご用件かな」

憲吾が、座椅子に背中をもたせかけたまま聞いた。

「はい」ひとつおじぎをして続ける。「青木さんにも申し上げたのですが、ワイン醸造用の『甲州』を探しております」

「ほう」憲吾が目を細める。「どこのワイナリーだって？」

よし、食いついた。

「既存の大手ではありません。ある中堅食品メーカーが、健康志向のワイン生産をはじめることになりまして、こんど酒類製造免許を取りました。まだ業界内にも極秘で、いまは原料の確保にとんでまわっているところです。第一弾は、ぜひ純国産の『甲州』でいきたいと」

再び甲州の名を聞いて、憲吾の表情がほんのり柔らかくなった。

「極秘か。まあ、新規参入は風当たりが強いだろうからな」

「おっしゃるとおりで」汗を拭いてみせる。「途方に暮れておりましたところ、青木さんと偶然知り合いになりまして。まあ、勝沼あたりをうろついていれば、ぶどう農家のかたにぶつかるのは、そうめずらしくないですかね。あははは」

そこへ、作業を終えたらしい青木が戻ってきた。

「おう、来たか来たか。あがってくれ」

憲吾が青木を手招きする。青木は、一度、もごもごと遠慮したが、結局はテーブルの隅に席をとった。

やや視線を伏せ、場違いなところに呼び出されたという面持ちだ。涼一は、話をさっきの続きに戻す。

「じつは、仕入れをまかされたのが、まだ若い部長、つまり社長の息子なんです。彼の初の大仕事になります。本人、やる気はあるんですが、いかんせんまだ未熟です。ここはぜひ成功させて、わたくしも恩を売っておこうと思いまして。あ、ここだけの話にしてくださいね。もちろん、この先、具体的にお話が進むようでしたら、社長ともどもご挨拶にうかがいます」

憲吾はしつこく、相手の名を聞いたりはしなかった。初年度は何ガロンの生産を見込んでいるのか、いい技術者は確保したのか、出荷ルートは開拓したのか、そんな専門的なことをいくつか聞いてきた。

どれも、涼一が用意した問答集に入っていた。模範解答できた自信はある。

その間、青木は、自分からはひとことも口を挟まなかった。ときおり憲吾が数値を確認したり、同意を求めたりするときだけ、短く返答していた。

「それで、売ると言ったら、どの程度引き取るつもりかね」

話も終盤になってきたところで、憲吾が聞いた。

「よろしければ、甲州を全部」

「全部？」はじめて、問われもしないのに、青木が口を挟んだ。

「全部か」憲吾も溜め息を漏らした。「うちの生産高は調べたか？」

「はい。ぶどう狩りなどで使うぶんは残していただいてけっこうです。せいぜい、三十アールもあればよろしいかと思います。それ以外の二ヘクタールぶん、すべてお願いできればと思います」

「しかし」

「初年度は、ご挨拶の意味も含めまして、すべて生食用と同価格で引き取らせていただきます」

「うーん」

　悪くない条件のはずだった。畑単位で契約すれば、価格の変動に一喜一憂する必要はない。型崩れや売れ残りの心配もない。そのぶん、値段が抑え気味になるのが普通だ。ざっくりいえば、加工用の相場は、生食用の価格の六掛けほどだ。それをまとめて同じ価格で引き取るという提案だ。悪くないどころか、かなり美味しい話のはずだ。

「即答はできないが、考えさせてもらおう。なあ」

　憲吾は、言葉の終わりにまた青木に同意を求めた。すっかり信用しきっているようすだ。

「はい」青木があたりさわりのない口調で応えた。

「そういえば、上のほうの畑に、まだ若い木もありますね」

　さりげなく、興味のあった点に触れる。

「ああ。去年植え付けたばかりだ」

「じゃあ、収穫はまだ先ですね。早くて二年か。失礼ですが、生産縮小傾向の時代に、強気ですね」

「そうだな。おれも年だからどうかと思ったが、この青木がめずらしく強く勧めるんでまかせてみようかと思った」

「そうですか。青木さんの提案なんですか」感心してみせる。

「さ、そろそろ難しいお話は終わりですか」

桐恵がお茶を取り替えに来た。

「あんた、食事していくといい」憲吾が声をかける。「話しているうちに昼を回った」

涼一は座布団を少し引いて、頭を下げた。

「いいえ、とんでもありません。これで失礼いたします」

「でも、もう用意しましたから。客間でなくて申し訳ないんですが、あちらにどうぞ」

さきほど見たダイニングテーブルに、たくさんの料理が載っていた。

桐恵の手作りだろう。畑仕事は手伝わないと聞いたが、料理は得意らしい。

「渡辺さんは、お車ですね」

「ええ」

「残念ですわね」

コースターに冷たい麦茶のグラスを置くときに、ふたたび香水が匂った。

煮物、サラダ、ローストビーフ、魚の煮付け、そのほかいろいろなものに、ひととおり箸をつけた。すべて手作りの味で、しかもかなりうまい。

　青木は、感想も言わず黙々と食べている。

「そういえば、たしかお嬢様がいらっしゃるんですよね」

　ごくさりげなく、話題にした。

「はい」桐恵が応える。「笛吹川の近くにある『やまなし中央病院』に勤めています。今日は週休の日なんですけど、なんだかお友達に会うとかで出かけています」

「同席したってしかたない」憲吾が口を挟む。「商売には無関心なんだから」

「まあ、そうですけどね」

「それより、きみは男前だな」憲吾が硬い口調のまま、涼一の顔を眺める。

なあ、そう思うだろう、と同意を求められた桐恵は、口もとを押さえて、ほんとに、と笑った。

　場がなじんできたあたりで、青木にも積極的に声をかけた。

「今回は青木さんのおかげで、こんなにスムーズにお話が進んで感謝しています」

「いえ」

「偶然とはいえ、あのときほうとうを食べに寄ってよかった。そうしなければ、出会えなかったわけですから」

「あ、そうですか。ほうとう食べたんですか」

不意を突かれ、さすがの涼一もことばに詰まった。

深い意味などなく、思ったことをただ口に出しただけかもしれない。しかし一方で、「店の中ではあんたなんか見かけてないよ。自分に近づくために、駐車場で待ってたんでしょ」とも受け取れる。

動揺を顔に出さないよう注意して、青木の表情を探る。さっきまでとまったく変わっていない。やはり、感ぐりすぎかもしれない。

「この男は、口数は少ないが働き者でいいやつなんだ。青木がいなければ、ここもどうなっていたかわからない」

「あとは、早くお嫁さんが見つかるといいんだけど」桐恵が軽く笑いながら言う。

「いえ、そんな」青木が照れて、ほうとうの話題はうやむやになった。

寄り道はせず、すぐにインターから高速に入った。

本来なら、少し変わってはいるがどこにでもいそうな家族だと、ここまでで興味をなくすところだ。だが、今日の会合で抱いていたイメージがずいぶん変わった。

まず、桐恵だ。彼女が望めば、たとえ子持ちであったとしても結婚相手に困らなかったはずだ。

それが、企業の社長や地方政治家などを選ばなかったのはなぜだろう。わずらわしい交友関係がいやだったのかもしれない。それなりの資産があって、なおかつ人づきあいの悪い憲吾は最適だったということか。それに、桐恵自身は特別贅沢をしているように見受けられなかったのもひっかかる。せいぜい、来客のときにそっとシャネルをつけるぐらいが、彼女にとってのお洒落なのだ。遊び歩くこともなく、この片田舎で女盛りの十年を過ごした。

松岡捷が家を飛び出した原因はこの桐恵にあるかと思っていたが、読みがはずれたかもしれない。

一方、憲吾は桐恵の魅力に鼻の下を伸ばして農作業を免除したわけではないだろう。捷の母親を暑い盛りに働かせて心筋梗塞を起こさせたのではないかという傷を抱えていると見た。茉莉はそんな両親のあいだにあって、そつなく家族の一員を務めてきた。

この一家に、どうして青木が入り込んだのか。目的はなにか。

あの朴訥にしか見えない人間性が、すべて作り物だとしたら、相当なものだ。

ルームミラーに視線を走らせた。

すぐ後ろに地元ナンバーのおんぼろトラックがいて、その後方が見えない。カーブのときに、ぎりぎりまで内側に寄ってフェンダーミラーで確認したが、怪しそうな車はない。さっき、松岡家を辞して、庭から車を出したとき、やはりどこかで見られているような気がしたが、気のせいだったのかもしれない。

　ふたたび人間関係に考えを戻す。問題の青木だ。いまのところ、松岡家に具体的な被害を与えているわけではない。今日話をするまで、桐恵と男女の関係にあるのではないかと思っていたが、それもなさそうだ。さきほどの会話で確信したが、憲吾は桐恵に対してかなり強い悋気(りんき)を抱いている。涼一のことを「男前だ」と言って同意を求めておきながら、その反応を鋭い目で観察していた。その憲吾が、同じ敷地内に青木を置いているということは、青木が母娘にまったく色目を使わないからだろう。茉莉の証言とも一致する。

　未使用の画用紙みたいに真っ白なやつはいない。べつな人柄を演じたからといって、それがイコール悪党だともかぎらない。むしろ、相手に嫌われたくなくて〝いい人〟になろうとしているならば、それはひとつの選択肢ではないか。自分が首を突っ込んで、人生設計を狂わせてよいものか。

〈カードを確認しました〉

　インターチェンジのゲートをくぐるときに、電子音声が間の抜けた声を出した。

　なだらかに加速し、本線に合流するときにはすでに百キロに達していた。

　もう一度後ろを確認したが、怪しそうな車はいない。さっきのおんぼろトラックも東京へ向かうようだ。

東京に戻ったら松岡に報告して、この一件から手を引かせてもらおうかという気にもなっていた。

青木は猫をかぶっているかもしれないが、どうしても悪企みがあるとは思えない。今回のことではいくらか金もかけたし、それ以上に手間もかけた。結果的にタダ働きになりそうだが、しかたがないだろう。松岡夫婦にはさんざん美味しいことを言っておいて申し訳ないが、やはりワインの計画は頓挫(とんざ)したとでも言って丁寧に詫びよう。

インターを入ってすぐ、ほんの一キロほど東京方面に進んだあたりで、観光バスに追いついた。追い越し車線に出たかったが、涼一の車の右側を、乗用車が三台ほど連なって追い抜いていくところだった。この三台をやりすごしてからバスを追い抜こう、そう思ったとき、視線の上方で影が動くのを感じた。

なんだ——？

反射的に注意を向ける。橋だ。陸橋の上に人影がふたつ。とっさに、一週間ほど前に起きたある事件が頭をよぎった。まさかと思った瞬間、彼らの両手からほぼ同時に四個の物体が放り投げられた。こぶし大の石のようだ。

「くそっ」

思わず口に出すと同時に、「よけられないかもしれない」と覚悟した。近すぎる。

右の車線には車の影を感じる。反射的に左にハンドルを切りつつブレーキを踏む。

四個の黒い物体から、視線がはがせない。

ここで、おれは死ぬのか――。

ひとつが、涼一の顔めがけて飛んでくる。黒い影がみるみる大きくなる。来るぞ！　ぎりぎりで見切って顔をそむけた。

フロントガラスを突き破った石は、涼一の頬をかすめ、後部シートへ飛んでいった。ガラスがはじけ、猛烈に風が吹き込む。

ハンドルがゆれた。制御不能になった車は急激に左へ寄って、バンパーから防音壁に突っ込んだ。

がががが――。

激しい音とともに、全身の関節がばらばらになりそうな振動が伝わり、部品がはじけ飛ぶ。

車体がほとんど真横を向いた。声をあげる間もなく、車体がふわりと浮いた。

正面とドア側から飛び出したエアバッグに包まれ、ほとんど視界もきかず体も動かない状態で、天地がひっくり返った。逆さになったまま、車は路面を滑っていく。

気を失うことはなかった。

橋の上に人影を認識してから、すべてが終わるまでほんの数秒のことだっただろう。

　少しするとエアバッグがしぼんで、身動きがとれるようになった。しかし、体が宙づり状態のままで勝手が悪い。もがくと、脇腹に痛みが走る。怪我をしたようだ。

　逆さづりだから頭に血が上る。冷静に対処しようと思うが、シートベルトがはずれてくれない。金具が歪んだのか、なにかに挟まっているのかもしれない。

　しだいに、目の周囲が鬱血していくのを感じる。脇腹のあたりに鋭い痛みがある。出血したらしく、頬からこめかみを伝って、血が髪を濡らすのがわかった。

　すぐ脇を、スピードダウンしながら車が通り過ぎていくのが見える。停まって助けに来てくれる人はいるだろうか。

　逆さづりの姿勢のまま、鼻に神経を向ける。あまりよくない状況だ。ガソリンの臭いがする。

「ちょっとまずいな」

　さっきの橋からどのくらいやりすごしただろう。やつらに、火のついた煙草でも投げつけられたら、面白くないことになる。

　ガソリンの臭いはますます強くなる。むせかえりそうだ。この事態をどう回避するかという点に意識を集中しようとするが、その一方でまったく違うことも考えていた。

　さっき、今回のことは、松岡に報告が済んだところで手を引こうと考えていた。

しかし、たったいま考えが変わった。

この事故——いや、犯行は、たまたま自分がターゲットになったわけではないだろう。誰が命じたのかはあきらかだ。この落とし前は必ずつけさせてもらう。

もっとも、生きてここから出られたら、の話だが。

そのとき、助手席側に人の影が立った。なにか怒鳴っている。ひびの入ったウインドー越しに、こちらをのぞくのが見えた。

出してくれ、と声を絞り出そうとしたとき、男が、手にした金具を思いきりガラスに叩きつけるのが見えた。

11　義信

染井義信は、敷島絵美専用だという赤いBMWのハンドルを握って、中央高速道を勝沼に向かっていた。

絵美が、夫の会社の人間を使って段取りを済ませたので、とにかく勝沼へ一緒に行ってくれという。ほとんど詳しい事情も聞かず、了解した。

やりがいを引き合いに出すほど若くはない。仕事として受けた以上は、割り切って取り組む。

任務を遂行するときの行動規範は三つしか思いつかない。

まず第一に法を犯していないか、第二にたとえ犯していなくとも道義的に許されるか、第三に法も犯し道義的に問題があっても命令に逆らえないか。

結局のところ、刑事時代となにも変わっていないことになる。

「なにか怒ってる？」

窓の外の景色を見ていると思っていた絵美が話しかけてきた。

「いえ、べつに」

「うそ、怖い顔してたわよ」

そういう絵美の口調は軽い。気分を害したわけでもなさそうだ。

「欲求不満で若い男に入れあげた、あわれな有閑マダムって思ってるでしょ」

「思っていません」

「べつに思ってもいいわ、そのとおりだから。金の使い道に困った六十目前のおやじが、パーティーの添え物ぐらいにしか使い道のない、そこそこ若くてわりと美人の妻をもらった。金だけ入れて家はほったらかし。支店ごとに自分の女を店長にして、お手当て代わりに高額な給料を払ってる。だから妻のほうは、余った金と時間で好きなことをやってるだけ」

なにも言わないつもりだったが、せっかく丁寧に説明してくれたので、質問してみることにした。

「そこそこ若くてわりと美人の妻、というのは、奥さんのことですか」

「そうよ。控えめだったかしら」

「契約書を精読しなかったのですが、割り増しのギャラの中には『愚痴を聞く』という項目も入っていたでしょうか」

いきなり、鼻の頭にバーキンの底を叩きつけられた。

車が左右に揺れたが、どうにか激突も横転もせずに済んだ。いつかの、スプレー缶で鼻を折られたストーカーの気持ちがわかった。こんどから、もう少し手加減しよう。

「そういう曲芸の訓練は受けていないので、次からは死んでもいいときにやってください」

また叩かれた。

後方を確認し、ブレーキを踏みながらハザードランプを点滅させ、車を路肩に寄せた。ドアを開け、トランクから赤い三角形の停止板を取り出し、きっちり三十メートル手前に設置した。軽く手のほこりを払い、車に戻る。運転席に座り、ルームミラーで後続車に注意を払いながら口を開いた。

「あなたが毎晩どのぐらい寂しくて、若い男に何億円貢ごうと興味はありません。あなたがたがふだん飲んでいるシャンパン一本分を稼ぐのに、労働者がどのぐらい苦労しているか説教するつもりもありません。だけどひとつだけ、わたしを使うなら、たったひとつだけ覚えておいてもらいたい――」

怒鳴り散らしたいのをぎりぎりでこらえた声になっているのが自分でもわかった。ことと次第では、車をここに放り出して歩いて帰るつもりだった。

目の前の金持ち女だけではない。世の中の、ほとんどあらゆることに腹が立っていた。どいつもこいつもクソみたいなやつばっかりだ。――もちろん、そんな人間から金をもらっている自分も含めて。なんとか息を整えながら、絵美に視線を向けた。

絵美も義信を見ている。どこかで見た目だと思った。しばらく睨んで答えがわかった。毎朝、薄汚れた鏡の中に映る自分の目だ。この女もひとりなのだ。

「なによ。早く言いなさいよ」

絵美はドアに背中をあずけ、百万円以上はするはずのバッグで身をかばっている。

「――ひとつ、覚えておいてもらいたいのは、同じ車に乗るときは、もう少し香水を控えめにしてくださいということです」

拍子抜けしたような表情の絵美を車に残し、停止板を回収するためにまた三十メートル戻った。

絵美に指示されるままに、山梨市街の日本料理店へ向かった。

「会社の人に調べてもらったの。個室があって落ち着いた雰囲気の店って、東京ほど数がなくて」

喫茶店で充分だろうと思うが、もうよけいなことは言わない。

駐車場に車を入れたのが約束の十五分前だった。

「先に入って待ってましょう」

絵美について、店ののれんをくぐる。

和服の仲居にテーブル席の個室に案内された。座って待つこと数分、定刻五分前に松岡茉莉が現れた。

「あ、こんにちは、ようこそ」

絵美が腰を浮かして、さあさ、こちらにどうぞと椅子を勧めた。

彼女が入ってきたとたん、部屋が急に華やいだように感じた。

「松岡茉莉です」

「わたしが、敷島絵美です。こちらが、スタッフの染井」

「はじめまして」

「よろしくお願いします」茉莉は義信にも丁寧に頭を下げた。

「お休みのところ、悪かったですね」絵美が微笑みかける。

「どうせ、やることもありませんし」茉莉が、首をわずかにかたむけて、微笑み返した。

たったこれだけの時間だが、茉莉には、もしも困っていることがあれば手を貸してやりたい、と思わせるなにかがあった。金も美しさも手に入れた女がライバル心を燃やす理由が、少しわかったような気がする。

絵美は親しげな口調で、お昼のなんとか御膳でいいかしら、と聞いている。茉莉が、はいわたしはなんでも、と笑って答える。和やかな雰囲気だが、ふたりの胸の内までは推し量れない。

絵美に聞いた段取りはこうだ。

まだ発掘されていない美女の原石を全国から探し出し、美容総合企業であるシキシマＨＤの総力をあげて完璧なレディに仕上げる、という企画がある。最終的にはミス・インターナショナル代表の座をめざす。ただし、中途半端に芸能界色に染まっていない人間が欲しいので、公募ではなく、スタッフが口コミをもとに現地まで足を運んで面談する。その企画の中部地区代表候補に、茉莉の名があがっている。

だから、一度お目にかかりたい。しかも、敷島会長の妻が直々に――。

もちろん、絵美が敷島会長の妻である、という以外は全部嘘っぱちだ。

そんなことをしたら、松岡捷の耳に入るでしょうとあきれたが、最初の面談が終わるまでは、きっと誰にも言わない、それは女の直感でわかる、と断言された。ならば、どうぞお好きにと答えるしかない。

絵美がビールとグラスをふたつ頼んだ。

クリスタルの小ぶりなグラスにビールを満たして、女たちだけで乾杯した。

「ごめんなさいね」絵美が義信に向かって、思ってもいないことを言う。

義信は黙って会釈した。

食事が出てくるまでのあいだ、絵美がもう一度趣旨を説明した。茉莉は、その特徴的な目でじっと絵美を見つめて聞き入っている。

「でも、実際に会ってみて、ほんとに魅力的なのでびっくりしちゃった」

絵美が褒めると、茉莉がそんなことないです、と照れた。

「でも」とまったく笑顔をくずさずに、茉莉が言い放った。「いまのお話は、全部嘘ですよね」

義信が噴き出しそうになるのをやっとの思いでこらえたところへ、仲居が料理を運んできた。

「お待たせいたしました。『甲州御膳』でございます」

気まずい雰囲気がテーブルを覆っていたのは、仲居が去るまでの短い時間だった。

「なんだ、ばれてたの？」絵美が臆面もなく笑う。

「どう考えても変ですから」茉莉も微笑み返す。

やはり女は扱いづらい。現役の刑事だったころも、女が犯人のときは、取り調べを代わってもらったりしたものだ。涙も笑顔も、本物と嘘の見分けがつかない。

「悪気はなかったの。会社の名前も本当よ」

「知ってます。ネットで調べればすぐにわかりますから、本物の敷島絵美さんですよね。憧れの人だから、理由はなんでもいいので、お会いしてみたかった。今日のお洋服もバッグも素敵です」

「ありがとう」絵美が素直に礼を言って会釈した。

「バッグは護身用にもなります」つい口を挟んでしまった。

茉莉が首をかしげた。

絵美がとりつくろう。

「さ、そんなことより、お料理をいただきましょう。とても美味しそうよ。——ばれちゃったなら、本当の目的を言うわね。目的っていうほど大げさなものじゃないんだけど、お仕事の関係でお兄様の捷さんとちょっと知り合いで、素敵な妹さんがいると聞いて、お目にかかりたくなったの」

「ああ、そうなんですか」茉莉が納得した、というふうに手を合わせた。「よかった。お金を借りたままになっているかただったらどうしようって心配していたんです」

「ぜんぜんそんなんじゃないの」

そう言ってから絵美は、敷島会長をも垂らし込んだ笑みを浮かべて続けた。

「もっと深い関係」

「えっ」茉莉が形のいい目を見開いて驚いている。

「捷ちゃんて、喧嘩だけじゃなくて、あっちもすごいのよ」

言葉を失い、目をしばたたかせている茉莉を見て、同情の気持ちが湧いた。この二人の間には立ち入らないつもりでいたが、茉莉に加勢したくなった。

「嘘よ」絵美が笑って言う。

「嘘？」茉莉はさらに驚いた表情だ。

「うん。ごめんなさい。あなたの若さに嫉妬してちょっといじめてみたの。わたし、浮気な夫にあてつけのつもりで、若い子と関係を持とうとしたけど——。結局、本気では相手にしてくれなかった。ただの居候」

「居候なんですか」

「そ。いくら誘いをかけても、乗ってこない。『おれは、いいかげんな人間だし、くれるというものは遠慮しない。だけど、ひとの物には手をつけない』とかカッコつけてるけど、あれだけ好き勝手に飲み食いしておいて、どの口が言うか。ねえ」

「すみません」

「まあ、本物の運動——ウエイトトレーニングだけは、たまにつきあってくれるから、ますますスタイルがよくなちゃった」

「すみません」

おなじ言葉を繰り返しているが、本心からほっとしたようすだ。

しかしやはり、女というのは理解できない。それでもう打ちとけて、旧来の友人のように仲良く話しはじめた。

義信のことは無視して、美容談義からファッションへと話が広がり、すっかり盛り上がっている。

あらかた食事も終わり、ぶどうを使ったケーキとコーヒーが並んだ。

「とても、美味しかったです」

「そう。よかった。こんど、東京へいらっしゃいよ。美味しいお店がたくさんあるの」

「ぜひ、ぜひ、よろしくお願いします」

　家まで送ると絵美が誘ったが、茉莉は友達と約束があるからと断った。別れ際に茉莉は「捷兄さんをよろしくお願いします」と深く頭を下げた。

「あの子、いい子ね」車に乗るなり絵美がつぶやいた。「捷ちゃんが面倒見てやりたくなる気持ちがわかる」

「気が済んだら、そろそろ帰りましょうか」

　やはり、この女のお守りは疲れる。

「いえ。せっかくだから、捷ちゃんの実家を見ていきたいわ」


　手入れの行き届いた生け垣に囲まれた、白く大きな家だった。

　もっとも、絵美が暮らしている豪邸に比べればだいぶ見劣りはするが。その駐車スペースを兼ねた庭の片隅に、真っ白いレクサスが停まっている。品川ナンバーだ。その脇に、地元ナンバーの豪華なベンツが停まっている。こっちはこの家の車だろう。

「来てるのは誰かしら」

「松岡と谷川では？」

「かもしれないわね。面白くなってきた」にやにやしはじめる。「ちょっと見張っていましょうよ」

「しかし、この真っ赤なBMでは、パトカーより目立つでしょう」

絵美はぐるりと首をめぐらし、後方を指差した。

「あのへんに車を停めて、隠れてればいいんじゃない」

たしかに絵美が指差したあたりに竹林があって、覆いかぶさるように農道まで枝葉を伸ばしている。

「了解しました」そう応えて、静かに車をバックさせた。


五分ほど竹藪の陰で待った。

絵美はすぐに飽きたらしい。

「今日は晴れて気持ちがいいわね」ドアを開けて降りてしまった。

「歩きまわると目立ちますよ」

「大丈夫、今日は地味めの服を着てきたから」

バッグから高級コンパクトカメラを出し、風景の写真を撮りはじめた。服装を見るかぎり、

「地味め」ということばの意味がよくわからないが、北岳(きただけ)の頂上あたりからでもすぐに見つけられそうだ。

「すごーい。遠くの山が見える。でも、ここからは富士山が見えないのね。つまんない」

しばらくカシャカシャやっていたが、それも飽きたらしい。また車に戻ってきた。

そんなことをしながら待つうち、半分ほど下げていた窓から、風に乗って話し声が聞こえてきた。

「それじゃ、またあらためて連絡させていただきます」

やけにかしこまった谷川の声だ。ここからでは、死角になって玄関先は見えないが、複数の人の気配がする。どうやら、なにかの会合が終わって、別れの挨拶をしているようだ。

やがてドアの閉まる音がして、エンジンがかかった。

「そろそろね」絵美が体を起こした。

「ようやくですね」義信はエンジンをかける。

かすかにタイヤのきしむ音がして、白いレクサスが道を出てきた。細い道を下っていく。そのまま県道に出て、市街地方面に向かうのだろう。

「ひとりだった？」

「ひとりでしたね」

「どこへ行くのかしら」

「つけますか」

「そうして」

極力抑えた回転数を維持して、ゆっくりと発進した。車の交通量は多くない。見失うより、気づかれる危険性のほうが大きい。公道に出たところで、二百メートルほど先を行くレクサスが見えた。具合のいいことに、二台のあいだに古ぼけた平台のトラックがいる。このましばらくつけていこう。レクサスもトラックも道なりに進んでいる。甲州街道に出てくれれば好都合だ。

「谷川は、東京へ帰るのかもしれない」

絵美は、それには応えずにぶどう狩りの看板を写真に収めたりしている。義信は、トラックの荷台の後ろ側に、黒っぽい鳥の絵が描いてあるのに気づいた。素人の落書きのようにも見える。

甲州街道に出たところで、レクサスはインターチェンジのある方向に曲がった。もうそれほど神経は使わなくていいだろう。ここまで来たら高速に乗るのはほぼ間違いない。

「わたしたちも東京に帰りますか？」

「そうね、ぶどう狩りでもしようかと思ったけど、少し時期が早いみたいだし」

谷川の車から百メートルほど遅れて、ゲートを抜けた。本線に合流しながら、谷川の車と少し車間距離をあけたが、道路が空いているせいで、あいだにはさっきのおんぼろトラックが一台いるきりだ。

「そういえば」と、絵美が記憶をたぐるように言った。「たしか先週あたり、この近くで事件があったわよね」

「たしかに」

高速の上にかかる橋から、何者かがこぶし大ほどもある石を投げたのだ。ふたつ投げられたうち、ひとつがフロントガラスを直撃し、運転手の胸に当たって肋骨が肺に刺さる大怪我を負った事件だ。いたずらと呼ぶにはあまりに悪質だと思ったのを覚えている。投げつけられた石の写真も見たが、どこにでも落ちていそうな、ごく普通の石だった。その後、犯人がつかまったというニュースは聞いていない。

「あれは、ここよりもう少し長野寄りだったと思いますよ」

「だけど、なんだか怖いわね。……ねえ、ちょっと、あれなに？」

彼女が指差す先に視線を向けて、すぐに意味がわかった。陸橋の上に人がふたり立っていて、いままさになにか投げようとしている。

「まさか」

「危ない！」

絵美が叫ぶと同時に、ふたりの両手から黒い塊が合計四個、中空に放られた。

それはゆっくりと放物線を描き、義信たちが走る車線をめがけて落ちてきた。前を走っていたトラックはすばやく右車線に逃げた。

「くそっ」

義信はとっさに安全を確認して、追い越し車線へとハンドルを切る。

ほとんど同時に、ガッシャンという音が聞こえた。

左斜め前方で、白い車が左右に大きくゆれ、壁に突っ込んでいくのが見えた。谷川の乗ったレクサスだ。バンパーが裂け、なにかの部品がはじけ飛ぶ。まるでスローモーションのように、白い車体が浮き、上下逆さまになった。

「乗ってるわよ！」

追い越す瞬間、振り向きながら絵美が叫ぶ。たしかに、運転席に谷川らしき姿が確認できた。

義信は後続車をよけながら、すばやく車線変更し、車を路肩に停めた。事故現場を百メートルほど過ぎただろうか。安全を確認してドアを開ける。真っ先に陸橋を見上げたが、もう人影はなかった。

　ほとんどの車が巻き添えを恐れて、スピードを落としながらも通過していく。停車して運転手が降りてくる車も何台かあった。

「脱出用ハンマーは？」呆然としている絵美に聞く。

「ええと、どこだっけ」絵美はあわてて小物入れを開けたりしている。「たしかあったはず」

「ここにあった」

　センターグローブボックスに入っていた、シートベルトカッターと一体型になったハンマーを握り、車外に降りた。

「わたしも手伝う」絵美も続けてドアから出た。

「奥さんにお願いがあります。安全のため停止板を立ててから、あそこにある緊急電話で通報してください。まずは救急車。それから、これは事故じゃなく、犯罪だと」

　絵美がうなずくのを確認してから、前方がぐしゃぐしゃにつぶれ、天地がひっくり返ったレクサスに駆け寄る。

　近づくにつれ、車内のようすがわかった。シートベルトがはずれずに、宙づりになってもがいているのは、間違いなく谷川だ。出血しているらしく、顔に赤い筋が流れている。

「大丈夫かっ」

　声をかけたが、谷川の耳には届かなかったようだ。

屋根が押しつぶされる恰好になっているので、ドアは開きそうにない。残ったガラスを破るしかないだろう。

ハンマーを握りしめたとき、その臭いに気づいた。

ガソリンだ。タンクから漏れている。かなり危険な状態だ。急がなければ。

もう一度谷川に声をかける。

「ガラス片が飛ぶぞ」

反応がない。やはり聞こえていないようだ。

義信は、割れ残った窓ガラスめがけてハンマーを叩きつけた。一発で、ガラスのほとんどは砕け落ちた。車内をのぞきこみ、ふたたび声をかける。

「大丈夫か」

逆さになった谷川が、驚きの表情でこちらを見た。

「染井さん。――どうしてここに？」

「そんなことはあとだ。いま助ける。少し待て」

手早く、枠に残ったガラスの破片をはたき落とす。

「危険です。ガソリンが漏れてます」

「知ってる」

　谷川の体をなんとか引きずり出せそうになったところで、カッターを手に這い進んだ。谷川はベルトをはずそうともがいているが、自分の体重がかかっているため、うまくいかないようだ。頬を伝って、血が天井にしたたっている。

「ベルトを切るぞ」

「あ、ちょっとだけ待ってください」

　義信が、どうかしたかとたずねる前に、谷川の体が一瞬こわばり、うっという声が漏れた。

「大丈夫か」

「はい。──お願いします」

　痛むのか、谷川の息が少し荒い。

「落ちるのを支えてやれない。自分で頭をかばってくれ」

「わかりました」

　ガソリンの臭いがますます強くなる。義信は、カッターを当ててベルトを切断した。

　谷川の体がどさっと天井に落ちた。体を丸め、手で頭をかばっていたから、よけいな怪我はせずに済んだだろう。

「痛むところはあるか」

「いえ、それほどでも」

「引きずり出すぞ」

　谷川の胸のあたりに右腕を回し、左手と足を使ってあとずさった。逆さになっているのが幸いして、障害物はほとんどない。膝や腕に小さな傷がついていくが、気にしている場合ではない。ようやく、上半身が外に出た。そこで両膝に力を入れ、一気に谷川の体を引っぱり出した。

　髪を乱し、ワイシャツに血のしみをつけた谷川が、よつんばいになって呼吸を整えている。

「ここを離れよう」

　ほかのドライバーも五、六人集まってきていた。

「立てるか」

　谷川はうなずいたが、立ち上がる途中で顔をしかめ、うずくまってしまった。

「めんぼくない」

「気にするな」

　谷川に声をかけてから顔をあげ、遠巻きに眺めている野次馬に怒鳴った。

「ガソリンが漏れている。ここは危ないから早く逃げて」

　軽い驚きの声が漏れ、見ていた連中はさっと散った。

　谷川を背負って、五十メートルほど離れた。

「ここなら、とりあえず大丈夫だろう」

谷川をガードレールに寄りかかるような恰好で座らせた。

「どこか怪我をしたな」

谷川は小さくうなずき、唇を舌で湿してから、左の脇腹あたりをさすった。その手に、血がついた。

「ボールペンが刺さったんです」

「見せてみろ」

「大丈夫。さっき、自分で抜きました。浅い傷です。それより、染井さんのシャツを汚しました」

「そんなことはどうでもいい」

目の前に影が差したので、見上げた。絵美が口もとを押さえながら立っている。

「手配は？」

絵美がすばやくうなずくのとほとんど同時に、遠くから救急車のサイレンが聞こえてきた。おっつけ、消防や警察も来るだろう。大惨事にはならずに済んだようだ。

ガードレールに背中をあずけたまま、谷川が微笑んだ。

「また、染井さんに借りができました」

「よけいなことは言わなくていい」

谷川が、くすっと笑ってから、痛みに顔をしかめた。

ようやく口がきけるようになったらしい絵美が、かすれた声で義信に言った。

「あなた、ほんとにわたしの専属ボディガードになる気はない？」

絵美の顔を見返す。冗談を言っているようすはない。それどころか、目の前で起きた災厄のせいで浮ついた表情が消え、さらに美しく見えた。

「せっかくですが、奥さん。ほかをあたってください。こんなことばかりじゃ、体も神経ももたない」

体をゆすって笑いかけた谷川が、またすぐに痛ててとうめいた。

12　涼一

まったくひどい目にあったものだ。

谷川涼一は、病室の白いベッドの上で、これでもう何度目かわからない溜め息をついた。

薄ピンク色の入院着を着せられて、包帯や湿布だらけで横たわる姿は、あまり恰好のいいものではない。それに、脇腹の傷はともかく、額を三針縫うことになったのは残念だ。顔は詐欺師の命だから。

ただ幸いなことに、漏れたガソリンに火がつくことはなく、必要以上の騒ぎにならずに済んだ。

駆けつけた救急隊に『やまなし中央病院』へ搬送された。松岡の妹が事務職として勤務している病院だったのは皮肉だが、立地を考えれば当然かもしれない。

たとえ一泊でも、他人と一緒の部屋はいやだったので、入院直後から差額を払って個室にしてもらった。しんと静かな部屋に、やけにゆっくりと時間が流れる。

早く出ていきたくて、時計ばかりが気になる。しかしまだ、ようやく午前十時を少しまわったところ。退院許可が出ているのは、午後の一時だ。しかも、ゆうべ撮った脳のＣＴ画像に異常がなかったらという条件つきだ。

陸橋の上から石を投げつけられてからあとのことは、夢中でよく覚えていない。脇腹にペンが刺さった痛みに耐えながら、からまったシートベルトからなんとか逃れようともがいていた。そこへいきなり染井義信の顔が現れた。これには、さすがに少し驚いた。

もちろん、こんな偶然があるわけがない。ずっとあとをつけてきたのだろう。察するに、絵美が松岡捷に出ていかれて時間をもてあまし、観光気分で松岡の実家でも探りに来たというところか。染井は先日のストーカー退治の腕を買われて運転手として雇われたか。だとすれば、先日から感じていた視線は染井と絵美のものだったのか。

いや違う——。

松岡から今回の相談を受け、最初に下見に来たころから感じている視線の主は、あのふたりではない。高速道路で襲ってきた犯人の一味に違いない。今日のことは、たまたま悪質ないたずらの犠牲になったのではない。綿密に練られた殺人のターゲットにされたのだ。

涼一の脇腹に刺さったのは、松岡に借りたボールペンだった。

松岡とスワンボートを漕いだ日に、ちょっと借りてそのままになっていた。上着の内ポケットに入れっぱなしにしておいたのが災いした。

借りたときには気づかなかったが、よく見ればボディのところにシャチの絵がプリントしてある。ペンダントといい、松岡はよほどシャチが好きなのだろう。今朝早く、看護師の目を盗みトイレできれいに洗ってはみたが、一度血に汚れたものを返すべきか迷う。

脇腹の傷は、幸い深手ではなかった。内臓にダメージはなく、縫合だけで済んだ。もっとも、抗生物質を山のように飲まされ、顔がむくむほど点滴を打たれた。消費期限の近いクスリの在庫処分をしたに違いない。

体のあちこちが打撲で赤くなったり青くなったりしているし、右の肋骨の二本にひびが入っているそうだ。だが、どれも動けないほどひどくはない。医者が「この怪我で済んだのは奇跡的ですね。よっぽど、日ごろの行いがいいんでしょう」と感心していた。

詐欺仲間の本堂から借りたレクサスは、大破して使いものにならない。ゆうべ一段落ついたところで本堂に連絡すると「車両保険に入っているから気にするな」と言われた。それどころか「保険金詐欺なら何度もやったが、正々堂々ともらうのははじめてだ」と妙な感激をしていた。

だが、と思う。

この問題は、まだけりがついていない。借りは、きちんと返さなければならない。これまでも、ずっとそうしてきた。かならず犯人をつきとめる。警察をあてにするつもりもない。

警察といえば、きのう応急手当てのあと、病室に地味な感じの男がふたりやってきた。山梨県警の刑事だと名乗った。

「怪我の具合はどうですか」と、事務的に聞かれた。

「〝命に別状はない〟というところです」テレビでよく耳にする常套句で応えた。

刑事たちは虫の居所が悪いのか、くすりとも笑わなかった。

「お名前その他、お聞きしたいことがあります。それと、被害届を出されるなら、この用紙に記入して、署まで持ってきてください」

出さなければ怪しまれる。素直に用紙を受け取り、聞かれることに答えていった。

本名は避けたかったので、今回の件で偽バイヤーとして使った、渡辺友良という偽名をそのまま名乗った。ちゃんと戸籍まであるれっきとした偽名のひとつだ。免許証を見せると、刑事たちはまったく疑うようすもない。

被害にあった場所が、神奈川県警や警視庁の管轄でなくてよかった。どちらにも、顔を知られた刑事がいる。確率は低いだろうが、万が一、涼一を見知っている刑事にでもたずねてこられては、ややこしいことになってしまう。

刑事たちの説明によれば、一週間前に、今回の現場から三十キロほど長野寄りで同じ手口の事件があった。やはり交通量の少ない陸橋の上から、似たような大きさの石を投げた人間がいるらしい。

犯行に使われたらしい、何の変哲もない石の写真を返しながら、涼一はたずねた。

「犯人の目処（めど）は？」

「まだです」棒のように痩せた刑事が応える。

投げられたときのようすを細かいところまで、そしてなにか恨まれるような心当たりはないか、とあれこれ質問を受けた。

涼一は、自分が見たことはすべて正直に、そして「恨みについては、まったく心当たりがない」と応えた。

本当は、恨まれる覚えがありすぎた。もしも〝谷川涼一〟が、あの時刻にあの場所を通ると公表したら、手に手に石どころか火炎瓶や槍を持った人間たちで、陸橋の上はあふれかえったに違いない。

だが、過去に涼一がカモにした連中が、今回の行動について知っているとは思えない。

「犯人のいた橋は、ふだんほとんど人が通らない寂しい通路なので、いまのところ目撃者がいません」

眉の濃いほうがそう説明した。

詳しいことがわかったら、またうかがいます。ほかに思い出したことがあれば、いつでも連絡ください、と言って、連絡先を書いた紙を渡された。

帰り際に、痩せたほうが「そういえば」とつけ加えた。

「広報が流したから、マスコミが押しかけてくるかもしれない」

少しだけ同情するような表情を浮かべて、刑事たちは帰っていった。

涼一はあわてて看護師を呼び、面会は絶対に断ってくれと頼んだ。

今朝になって看護師に聞いたのだが、その直後からマスコミ関係者の面会申し込みがかなりあったそうだ。一般面会のふりをして潜り込もうとした記者までいたが、さすが大きな病院だけあってガードは堅く、すべて追い返してくれた。詐欺師が時の人になって顔などさらしては、洒落にならない。


時計の針を見る。まだ、十時半。

松岡茉莉が勤めている病院でなかったら、応急処置が終わったところでとっとと逃げ出していたのに、と思う。

ドアに人の気配がして、身構えた。

「こんにちは」

そう言って顔をのぞかせたのは、当の茉莉だった。勤務中のはずだ。

「やあ、どうも」痛みをこらえて、手をあげる。

「お加減、どうですか」心配そうな表情だ。

「大丈夫です。そもそも、入院する必要もなかったくらいです」

「だめですよ。おなかを縫ったんだし、頭とかだって打ったんですよね」

「そんなことより茉莉さん、お仕事中じゃないんですか」

「ちょっと抜け出してようすを見に来ました」ちらりと舌を出し、肩をすくめた。「わたしが変なお願いしなければ、こんな目にあわずに済んだんですから」

いえいえと手を振ると、傷口と肋骨が少し痛んだ。顔に出さないようにする。

「あれとこれはべつですよ。警察も言ってましたけど、おそらく愉快犯ですね。死人が出ずに済んだのが不思議なぐらいの悪質な犯罪です。茉莉さんはぜんぜん気にしなくていいですよ」

すぐに返事がないので、どうしたのかと思っていると、はなをすする音が聞こえた。

「よかったです。——高速道路の大事故って聞いたから、どうなるかと思ってすごく心配しました」

目頭を指先でぬぐっている。

女に泣かれるのは弱い。つい、あと二回ぐらい事故にあってもいいですよと言ってしまいたくなる。

ハンカチで涙をぬぐった茉莉が、ベッドサイドのワゴンに目をとめて「それ」と言った。

「なにか？」

「可愛いボールペンですね」茉莉の顔に笑みが戻った。

「ああ、これね。いいでしょ」

あなたのお兄さんに借りたままになっているんです、と言いかけたところで、先に茉莉が言った。

「わたし、シャチが好きなんです」

なるほど、そういうことか——。

とっさに、松岡に借りたとは言わずにおこうと思った。

手のつけられない風来坊も、心に柔らかい部分があるということだ。脇腹の痛みに耐えつつ、笑いを噛み殺した。

「このあと脳のCT検査の結果を待って、もし異常がなければ、午後一番で退院できるそうですから、心配しないでください」

茉莉が出ていくと、少し名残惜しさを感じた。東京に呼んで、ぜひ松岡とチームを組ませてみたい。きっと美味しい仕事が——。またはじまった。職業病だなと自分であきれる。

頭を切り替え、今回の犯行手口について考えてみる。

手間がかかっていそうなわりに、確実性に欠ける。つまりは脅し目的ということだ。脅しではあるが、手元が狂って死なせてしまってもかまわない、というところか。その冷酷さを思ううち、ふと、どこかで出会ったことのある手口だという気がしてきた。どこで、いつ出会ったのだろう。少なくとも、一週間などという近さではない——。

「めずらしく、真剣な顔してるな」

突然の横柄な声に、考えが中断させられた。

見れば、両手をポケットに突っ込んだ松岡捷が入ってくるところだった。

「よう、捷ちゃん」

「死にかけたらしいな」

軽口を叩いてはいるが、いつものように、にやにやと笑っていない。

「まあね。ぼくも、油断してたよ」

そのとき松岡の後ろから、短い髪を逆立てた巨漢が入ってきた。体つきは外国映画に出てくるガードマンのようだが、顔はどう見ても和風だ。

「ああ、これは前に話した小池だ。おれは免許がないんで、こいつに送ってもらった」

小池と呼ばれた大男が、また小さくうなずいた。軽トラックぐらいなら正面からぶつかっても撥ね返しそうだ。

「よく受付を通してもらえたね」

「めんどくさかったぜ。しょうがねえから、茉莉を呼び出して話をつけてもらった」

そんなことより、と松岡の目が細くなった。

「これは、あのことと関係あるのか」

いつものようにへらへらした口調ではない。松岡の体から、いままで感じたことのない怒気が発散されている。涼一は、わざと軽い調子で応えた。

「わからないね。警察が言うには、先週起きたのと同じ、悪質ないたずらだろうってさ」

「あんたはそれを信じるのか」松岡は目を細めたまま聞く。

「信じたいよ。命を狙われたなんて考えると、寝覚めが悪いからね」

松岡は、両手をポケットに突っ込んだまま、じっと涼一を睨んでいる。その背後から小池までがこちらを見ている。

息苦しい沈黙に耐えられなくなった。

「わかったよ、わかった。そんな怖い顔しないでくれ。たしかに、偶然じゃないかもしれない。だけど、だったらいったい誰がぼくの命を狙うんだ？」

「ぶどうを畑単位で買う話をしたんだろう」

「したよ」

「その場に青木もいたんだな」

涼一は、薄い上掛けのはじをいじりながらゆっくり応えた。

「いたけど、彼が人殺しまで企てたとは、どうしても思えない。まるっきりの善人だとは言わないが、それほどの悪党とも思えない。それに、ぼくが捷ちゃんの実家を出るとき、青木はまだあの家にいた」

松岡が先走らないように、考えていることと少し違う話をした。しかし、松岡は疑いの目を向けたままだ。

「仲間がいたのかもしれねえだろ」

「考えすぎじゃないかなあ」

「あのなあ、もともと、茉莉が青木を追い出してくれと相談に来た。おれはそのつもりでいた。それをあんたが、あれはたぶん善人だとかなんとか言いだしたんだ」

「たしかにそれを言われると、返す言葉もない。だけど、暴力はだめだと茉莉さんが言ったから……」

「おれが白黒つけてやる。本人に聞くのが一番早い」

そう言うと、すぐにも部屋から出ていこうとする。

「おい、捷ちゃん。ちょっと待ってくれって」

さっきから、ひとことも口をきかずにつっ立ったままの小池を見た。目が合ったので「止めてくれ」と目顔で合図した。小池はドアから出かかっている松岡の肩にその大きな手を乗せた。振り返った松岡に、涼一が言う。

「気持ちはありがたいが、軽挙は控えてくれ。ぼくを狙ってこれだけのことをしたのなら、裏になにかあるはずだ。そいつをたしかめたい。青木を脅すならいつでもできる。殴り合いなら、捷ちゃんたちの敵じゃないさ」

松岡は黙ったまま応えない。

「午後にも退院できると思うから、もう少しぼくにまかせてくれ。落とし前は自分でつける、それがぼくの流儀だ。それに、これはもうぼくのトラブルでもある」

松岡は短い時間、涼一を睨んでいたが、やがて「わかった」とうなずいた。

涼一に視線を向けたまま、わずかに顎を上向ける。

「ぼこぼこにするときは、絶対に声をかけろよ」

それだけ言うと、小池の背中を軽く叩いて病室を出ていった。

変わった男だ、とあらためて思う。

あれだけ人の金で飲み食いしても、ごちそうさまひとつ言わないくせに、こんなときばかりはすぐに駆けつけてきて、いますぐ仇討ちに行きそうなことを言う。松岡が仲間に愛されている理由が少しわかったような気がした。

シャチのボールペンを、返し忘れたことに気づいた。呼び戻そうとしかけて思いとどまった。お守り代わりにしばらくあずかっておこう。彼にはいつか、金張りのカランダッシュでも渡せばいい。

いや――。

茉莉の笑顔が浮かんだ。松岡にとっては、どんなに高価なボールペンより、やはりシャチなのだろう。

青木の住民票の調査は、知り合いの探偵社に依頼することにした。頼んだほうが手っ取り早い。

彼の厳密な素姓の調査は、まだ手をつけていなかった。怠慢だったと素直に認めざるを得ない。青木の人間性にだまされて甘く見ていたのもある。ただ、それ以外にも先延ばしにしてしまった理由がいくつかあった。

ひとつは単純に、手間がかかるようになったことだ。少し前までは、住民票を追うのは簡単だった。しかしここ数年、個人情報の保護に個人も役所も過敏になって、ずいぶんやりづらくなった。住民票の確認ひとつにしても、いちいち委任状だの身分証だのを求められる。その程度の書類の偽造はたやすいが、詐欺師というものは本能的に、お上相手の犯罪を嫌う。

抜け道のひとつは、弁護士や行政書士の職権を使うことだ。正確には『職権用紙』というものを使って申請するのだが、これにはもちろん裏の理由があることを承知で協力してくれる〝先生〟が必要だ。当然、安くない金がかかる。

しかしそんなことも言っていられなくなった。

もう十年以上つきあいのある、『田沢探偵事務所』という探偵社の田沢社長に頼むと、気持ちよく引き受けてくれた。金さえ払えば、目的だの理由だの聞かないところがいい。こちらも、どんな手段を使うのか探ったりしない。

依頼内容を伝えて電話を切りかけたところで、涼一は、ちょっと待ってくれと言った。

「ついでだ。あとふたり調べてもらいたい人間がいる。ひとりは染井義信、元刑事だ」

田沢が電話の向こうで、メモをとりはじめた気配が伝わった。

13　捷

「今日は逃げねえのか」

体を小刻みにゆすっている浜口が、からみつくような視線を松岡捷に向けた。

浜口は、噛んでいたガムを、捷の足元に吐き捨てた。むき出しになったコンクリートの床に、灰色の塊がぽとりと落ちた。

渋谷駅の西、新旧の山手通りと玉川通りが作る三角形の一角。取り引きが塩漬けにでもなったのか、テナントが空になったまま、おそらく数年は放置されている雑居ビルがあった。

その古いビルの二階、がらんとした部屋に、あわせて十二人の男が集まっていた。かびとほこりの臭いが漂い、そこらじゅうに蜘蛛が巣を張っている。電気は来ていないし、そうでなくとも照明器具などは、すべて取りはずされるか壊されている。それでも、街灯や周辺のビルから照明が差し込んで、相手の表情が判別できるほどには明るさがあった。

捷は、薄暗さのせいで険悪さが増して見える敵方の顔を、うんざりしたように眺め、小さく溜め息をついた。

今回の目的にぴったりのこの場所を、探し出したのは浜口たちだ。

考えてみれば、あの変な詐欺師や、最近絵美のおもり役をしているらしい無愛想な元刑事と出会ったのは、この浜口たちと公園で揉めた夜だ。

あのときの痛めつけかたが足りなかったらしく、捷の友人である丸山を通して連絡してきた。

「けりをつけようぜ」と言ったらしい。

捷は、絵美の家を出てから、丸山の部屋に転がり込んでいた。

丸山は昼間、父親が営む塗装店を手伝っている。実家の庭の一角に離れを作ってもらって、そこを自分の居住空間にしていた。部屋のベッドには捷が寝て、丸山は通販で買った安物のソファに寝ている。どうやら、丸山にしてみれば捷を居候させていることが自慢らしい。

浜口が「けりをつけようぜ」と連絡してきた夜、丸山と小池との三人で、下北沢にあるいきつけの喫茶店に入った。このあたりが地元の、丸山や小池がよく暇つぶしをしている店だ。

喫茶店に入るなり、丸山は浜口からの申し出を捷に報告した。

「あのタコの誘いに乗って、のこのこ行くわけないよな」

丸山はそう言って、捷に同意を求めた。小池は無言だが、小さくうなずいたところを見ると、同じ意見らしい。

捷は目の前のバナナサンデーに視線を落としたまま、すぐには応えなかった。

こってりと盛られたクリームに、先週久しぶりに眺めた白峰三山の姿がぼんやりと重なる。都心の排気ガスくさい空気とは、まったく成分が違うのではないかと思える風の肌触りもよみがえった。

中学卒業を目前に家を飛び出し、十年以上も住所不定のまま、学校へも行かず、もちろん正業にも就かずに生きてきた。理由を考えたことはない。いや、理由が必要だと思ったことすらない。北は池袋から南は目黒、西は環七通りから東は神宮外苑、このあたりをぐるっと囲んだ一帯を転々としてきた。自分で部屋や宿を借りたことはない。たまたま知り合った男や女のところに寄宿しながら生きてきた。

後悔はない。これまで、一度として後悔などしたことはないが、ごく最近になって、胸の片隅に虫歯ができたような疼きを感じることがある。

病院のベッドに寝ている谷川の姿を見たとき、その疼きがさらに大きくなった。その正体がなんなのか、考えてみたところで、わかりはしないだろう。生きたいように生きる姿勢はいまさら変えられない。そう。やりたいようにやるだけだ。

「なあ、行かねぇよな」

捷は視線をあげて、エサを待つ子犬のような表情の丸山を見た。すっかりお人よしの雰囲気だが、これでも昔は、小人数とはいえ渋谷界隈を徘徊するカラーギャングのリーダー格だったらしい。もっとも、喧嘩がいまひとつの丸山がそんな地位にいられたのは、力自慢の小池という親友の存在があったからだろう。

時代の流れで当時の仲間はしだいにばらばらになり、いまはせいぜい三、四人でクラブに繰り出す程度だ。捷と出会ってからのこの数カ月に至っては、すっかり捷に心酔してなんでもお伺いを立てる。

正直なところ、やったとかやられたとか小競り合いを繰り返すことに、少しばかり飽きてきた。しかし――。

「暇つぶしに、行ってみるか」

捷は、バナナサンデーの山をくずし、大きな口を開けて頬張った。唇のはしについたクリームを舌の先でなめ取る。

「おいおい、嘘だろ」丸山が身を乗り出した。

捷は「本気だ」と応えた。さくらんぼを口にくわえ、ふっと種を吐き出す。

本心をいえば、暇つぶしをしたいからではない。

谷川の事件があってから、やり場のない怒りに、体中の筋肉が炎症を起こしたような感じがするのだ。谷川はたしかに、ろくでもない野郎だ。死んだほうが世の中のためだ。だがあいつは、クズではない。それ以上に、自分の頼みを聞いた人間が危害を被るのは、絶対に許しがたい。やるなら、堂々とおれにかかってこい。そう考えるたびに、そこらじゅうのものを破壊したくなる。

小競り合いには飽きていたが、無性に暴れたい。

そんな気分を丸山に説明してみてもはじまらないだろう。

これまでも、丸山の友人たちと、浜口が属するグループは、ことあるごとに角突き合わせてきたと聞いている。原因はそのときどきのささいなことだ。だが、不仲の根底にあるのは、同じ地区の出身というつまらないこだわりにあるらしい。

どちらもメンバーの実家はほとんど下北沢近辺にあり、近隣の中学を出ている、学年も近い。ようするに、猿山の喧嘩なのだ。

浜口が属している集団は十数人いる。彼らもかつて渋谷で勢力を誇ったカラーギャングの末裔らしい。すっかり過去のものかと思えば、いまでもこのあたりでは屈指の勢力だ。一方の丸山や小池を中心とする数人は、同じ地元の出身にもかかわらず、彼らとは距離を置いてやってきた。

渋谷は巨大な繁華街を抱えているが、地理的に見れば狭い街だ。顔を合わせる機会は多い。会えば小競り合いが起きる。丸山とその友人は、人数的には圧倒的に不利でくやしい思いもしてきたが、捷が加勢するようになって、このところ局地戦では連勝していた。

二十歳を過ぎた者どうしの喧嘩で、大怪我や死者が出ないのは、親やその前の代からの顔見知りも多く、どこかで手加減があるせいかもしれない。しかし、浜口たちが暴力団の構成員などとつながりを持ちはじめたのだとしたら、いつかとりかえしのつかないことになるかもしれない。

「浜口のばかはなにか企んでいるに決まってる。やめたほうがいいぜ」

丸山がめずらしく弱気なことを言う。

いつでも無口の小池は、隣で黙ってカフェインレスコーヒーを飲んでいる。

誘えば来そうな仲間がほかにも三人ほどいるが、頭数を競いだしたら勝負にならない。

捷は、十五歳のときから、可能なかぎり不真面目に生きてきた。いまもそのライフスタイルに変わりはない。しかし、徒党を組んで「やったやられた」と意地を張り合うことに、興味を持ったためしがない。

「おれは飽きた」捷は吐き捨てるように言って、ソファに背をあずけた。「いいかげん、飽きた」

「なにが？」

「もう、ガキじゃねえんだ。道で会ったら挨拶しろだとか、あそこの店には顔を出すなだとか、くだらなすぎねえか」

「だったらよけい変だろ。話し合いで済まないのがわかってて、なんで行くんだよ」

普段はなんでも捷に従う丸山が、めずらしく口を尖らせた。

「いつまでも、おれがおまえらとつるんでいるかどうか、わからねえぞ。いまのうちにけりをつけたほうがいいんじゃねえか」

捷がそう言うと、丸山も小池も少し寂しそうな顔をしたが、それ以上は反対しなかった。

「賛成だ。これで終わりにしよう」小池が、筋肉ではちきれそうな自分の太ももを叩いた。

「おいおい。小池ちゃんまでなに言いだすのよ」丸山がおどけてみせた。

小池はその風貌からは想像できないが、父親が税理士事務所を開いている。小池自身は中学から高校にかけてかなり荒れ、一度は鑑別所まで行ったこともあると聞いた。一年ほど前、突然この地に現れた捷との、十分に及ぶ〝タイマン勝負〟に惜敗してから、なにか心境の変化があったらしく、いまは簿記の学校へ通いながら、昼は親の手伝いをしていると聞いている。そろそろ〝卒業〟したい気持ちもよくわかった。

「ということで丸山、悪いけど段取りをつけてくれ。いつ、どこでもいい」

捷のそのことばで結論は出た。

「度胸は褒めてやる」

薄暗い廃墟のような部屋に、浜口の芝居がかった声が響いた。

「ぐだぐだ言ってねえで、さっさと話をつけようぜ」

捷は、浜口の目を睨んだまま応える。

さっきから、靴の中で足の指をゆっくり閉じたり開いたりしている。こうすると、ほどよい緊張とリラックスが同時に得られるのを、いままでの体験で覚えた。

「だけどおめえら、三人ってのは寂しいな。こっちから何人か貸そうか？」

浜口の隣に立つ、ひょろりと背の高い男が言った。この前、捷が夜の公園で二発ほど殴った市原という男だ。

　おいおい市原、フットサルの試合じゃねえぜ、と誰かが茶々を入れ、笑いが漏れる。

　浜口側の人数は九人、捷の隣には丸山と小池しかいない。

「おれは、三人でも多すぎたと思ったけどな」

　そう言って捷が振り返ると、丸山が声をたてて笑った。小池は表情を変えない。

「ふたつ、条件がある」捷が、指を二本立た。「ひとつ目、一対一で勝負をつけよう。道具（エモノ）はなしだ。素手でどっちかがギブするまでやる」

「ばかか。こんだけ人数の差があるのに、そんな話に乗るわけねえだろ」

　そう言った浜口が、吸っていた煙草を投げ捨てると、仲間のほとんど全員からふたたび嘲笑が漏れた。口々に、アホ、とか、早くやっちまおうぜ、とはやしたてる。

「最後まで聞いてやれよ」

　いままで、部屋の隅で腕を組んだまま黙っていた男が、低い声で言った。身長は捷より十センチほど低いが、そう思わせない威圧感がある。服の上からでも、鍛え抜かれた体であることがわかる。この前はわずかに遅れて登場したため、乱闘に加われなかった石崎だ。

「でも、石崎さん……」

　ふり返った市原は、石崎に睨まれて口を閉じた。

捷は指を鳴らして、皆の注意を惹きつけた。

「内輪揉めはあとにしてくれ。——条件のふたつ目だ。もしも、おれが負けたら、おれのことは好きにしていい。抵抗はしない。おれのダチも、もうこの界隈になるべく顔を出さない。出してもおとなしくしてる。だからそっちもちょっかいを出すのはやめてくれ」

「ふん」と浜口が鼻先で笑った。

「そしてもし、おれが勝ったら——」捷はそこで一拍置き、敵側の顔をひとまわり見た。

「こいつらは、好きなように道を歩き、好きな場所でナンパして、好きなところで酒を飲む。おまえらに、からまれることなく。もちろん、橋本さんたちにもな」

橋本というのは、浜口たちグループの兄貴分的存在で、このあたりを縄張りにする暴力団の準構成員だ。浜口が身の丈以上に肩をいからせていられるのは、橋本の存在があってのことだ。

捷は続ける。

「おまえらは、やくざとつきあって、パシリになったり、タトゥー入れたり、クスリのおこぼれもらったり、なんでも好きにやってくれ。だけどな、今夜かぎりで丸山や小池たちと揉めるのはやめてくれ」

「言いたいことはそれだけか？」石崎が抑揚のない口調で言った。

「それだけだ」

「好きにしていいというのは、ことばどおりだな」

「おかま掘るのだけはかんべんしてくれ」捷が顔をしかめてみせた。

浜口たちの集団から笑いが漏れる。

「ちょっと待て」

石崎はにこりともせず、軽く顎を振って、皆を壁際に集めた。そのままなにか話し合っている。ぐだぐだ言ってねえで、とか、埋めちまえばわかんねえ、などということばが聞こえてきた。

「——橋本さんには、おれが説明する」

最後に石崎がそう宣言すると、反論するものはないようだった。話し合いは終わった。

「条件を受ける」石崎が短く言った。

「お、話がわかるね」捷は肩をすくめる。

「さっきの条件どおりだ」石崎が低い声で続ける。「素手ならなんでもあり。どっちかが泣きを入れるか、立てなくなるまでやる。そっちは誰が出るんだ。こっちはおれが出る」

すかさず、一歩足を踏み出した小池を、捷が手で制した。

「おれだよ。体がうずうずして、もう我慢ができねえ」

捷のことばに石崎は表情を変えず、腕時計やキーチェーンを、仲間にあずけた。

「準備はいいか」

「ああ」

捷が言い終えるより先に、驚くべきスピードでステップを踏んだ石崎が、目の前に迫った。小さく繰り出した右のパンチが的確に捷の顎をとらえた。よけきれなかった。捷は二歩ほど後退して、なんとかふんばった。頭をきつく振って、ぼうっとなりかけた意識を戻す。体勢を立て直す前に、石崎が迫り、また同じパンチを出してきた。捷はぎりぎりで見切ってスウェーでかわしたつもりだった。ところが、こんどの右のパンチは見せかけで、左のブローがみぞおちに決まった。背骨まで響いた。

胃からこみあげるものを飲みくだし、身をかがめ、ガードをしながら数歩後退する。壁に背中をあずけ呼吸を整えた。

どうやら、石崎はボクシングの覚えがあるらしい。まともに殴り合っては、相当に苦戦するかもしれない。

いつもなら、ここでラフなファイトをする。

わざと転んでみせたり、よろめいたふりをしたり、まったく関係ない話を持ち出して声をかけたりという奇策に出る。一度など、強烈なすかしっ屁を放って、相手の戦意をくじいたこともある。

今夜は、そういう気分ではなかった。

身をかがめ、両手で顔と腹をガードし、石崎の出方を待つ。

またするすると近づいた石崎が、ストレートを出すと見せかけ、脇腹を殴った。思わずガードの甘くなった顎にパンチを食らう。

捷はうめいて、尻餅をついた。

「見ろよ。手も足も出ねえぜ」

浜口たちから、猛烈な嘲笑がわき上がる。

丸山の、少し悲しげな「捷ちゃん」という声が聞こえた。

石崎は追い打ちをかけない。身構えたまま、捷が立ち上がるのを待っている。

浜口たちの一団から「やっちまえ」「土下座しろ」「フルチンでセンター街を走って来い」などと野次が飛んだ。

捷がちらりと振り返ると、丸山は泣きそうな顔をしており、小池はこめかみの血管が切れそうなほど鬱血した顔をしていた。

捷はふたりに向かって笑ってみせた。口のあたりを手の甲でぬぐうと、血がついた。やれやれ、と思った。ビールを飲むとき、しみるじゃねえか。

「おまえ、強いな」

捷は、床に尻をつけたまま、石崎に向かって声をかけた。

身構えた石崎が、いきなりなにを言い出すのか、という表情を浮かべている。

「そういうやつは好きだ――」

捷は体のばねだけを使い、手をつかずに一瞬で立ち上がった。

「だけど、勝つのはおれだ」

ひとことも口をきかない石崎が、ふたたびするすると寄ってきて、右に左にとパンチを繰り出す。捷はガードした腕がしびれたようになっていくのを感じた。あまり長くはもたないかもしれない。

ほんのわずかできた隙間から、みぞおちにボディブローを食らった。捷はまたも尻餅をついた。浜口たちのグループの盛り上がりは最高潮になっている。

「フルチン、フルチン、フルチン」

手拍子に合わせて、大声をあげる。

ふと、ピンク色の入院着に身を包み、あちこち大げさに包帯を巻かれても、ベッドで涼やかに微笑む谷川の顔が浮かんだ。

――落とし前は自分でつける、それがぼくの流儀だ。

あんな野郎に負けていられるか——。

一度大きく深呼吸した捷は、体をしならせ、ふたたび一瞬で立ち上がった。

石崎は一気に間合いをつめ、右のジャブを突き出してきた。とっさにそれはかわしたが、左のストレートがガードした腕の上から決まった。捷は一メートルほど後方によろめいて、ふたたび壁に背をつけた。

ガードのほんのわずかの隙間から、石崎のパンチが二発三発と食い込む。捷は渾身の力で膝蹴りを出し、相手が引いたところでどうにか身をかわした。吐きそうになるのをなんとかこらえる。

「いまの、きいたなあ」

ふたたび手の甲で口もとをぬぐった。うっすらピンク色の筋がつく。

足がふらついている。見栄を張らずに、ふらつくにまかせた。重心が右に左にゆれる。手も足も出ないとはこのことだ。

石崎が、無言で迫ってくる。しかし、そのステップに開始当初の繊細さがないのを見てとった。

圧倒的に優勢であるという自負心が湧いたのかもしれない。あるいは、これで仕留める、という意気込みが顔をのぞかせたのかもしれない。

石崎の右のアッパーが捷の顎をかすめた。そのあとのパンチをどうにかかわしながら、あとずさった。計算どおりなら、あと二歩で壁のはずだ。背中をつけたらこんどこそ終わりだ。石崎の顔にかすかに笑みが浮かぶのが見えた。捷が動かずにいると、石崎が全身の力をこめた左のアッパーを突き出そうとするのを読み取った。

勝負に来た——。

石崎の目に勝利を確信した光を見た。

これで決まる——。

捷は、よろけるふりをして重心を移しておいた左足を軸にして、すばやく時計回りに体をひねった。

石崎の拳は捷のシャツをかすめただけだった。一回転しながら、半ばやけくそで叩きつけた捷の右肘は、本来なら空を切ったかもしれない。しかし、石崎が本能的によけようと頭をひねったため、肘の先は狙い澄ましたように、石崎のこめかみに命中した。当たった瞬間、捷は骨のきしむ音を聞いたように感じた。

石崎の体がゆれて、声もなくくずれるように床に倒れた。

部屋の中から音が消えた。

捷は、息を呑む周囲に向かって、「よけないほうがよかったのに」と言った。そして「折れてはないと思うけどな」とつけ加えた。

せめてもの虚勢を張ろうとしたのか、てめえと言いながら一歩踏み出した浜口を、捷が睨んだ。浜口の足は止まった。

捷は、荒い呼吸を整えながら誰にともなく言った。

「おまえらは、カラーギャングとかいってイキがってたころのことが忘れられねえんだろ。自分が、世界と流行の中心にいるような錯覚のまんま、いまでもマスかいてるんだ。だけど、二十歳過ぎて何年経ってんだ？　ガキどもから見りゃ、おまえら立派なおっさんだぜ。おまえらは、それを認めたくなくて、似たようなイモを見つけちゃ喧嘩をふっかける。いいかげん卒業しろよ」

刺すような視線を感じながら肩をすくめ、「まあ、おれに説教されたくないか」と笑った。

「とにかく、今日のところはおとなしく地元のシモキタに帰って、居酒屋で反省会でも開けよ」

おれたちも帰ろうぜ、と声をかけると、丸山と小池がこわばった表情のままうなずいた。

ドアのところで立ち止まった丸山が、浜口たちに向かって、ひとこと「フルチン」と言った。

ビルを出てしばらく歩いたところで、丸山が背中をつついた。

「なあ、捷ちゃん。さっきの『似たようなイモ』ってのは、おれらのことか」

口を尖らせているくせに、鼻声だった。


「うわー、すげえ」

丸山が、高さ二メートル五十センチの塀とその奥にそびえる邸宅を見上げたとき、思わず漏らしたことばがそれだった。

門の中に通されて、最上級クラスのベンツと、レストアしてある古いアストンマーチンと、ぴかぴかの赤いBMWが並んだカーポートを見たときも、庭の奥にある、犬小屋と呼ぶのは気が引けるような屋敷に住むドーベルマンを見たときも、ただひたすら「すげえ」を連発する。

「ガキのころ、このへんまでチャリで来てピンポンダッシュしたことがあったけどさ、ぜんぜん相手にされなかった」

まるで禁断の地に足を踏み入れたような興奮ぶりだ。

「みなさん、いらっしゃい」

先に〝リビングの間〟で待っていた敷島絵美が、立ち上がって優雅な手つきで招いた。

きょろきょろと眺めまわしている挙動不審な丸山、対照的にほとんど無感動の小池のふたりを先に行かせ、松岡捷はポケットに手を入れたまま顔を伏せぎみに続いた。

「捷ちゃん、久しぶり」

「うす」

捷が小さくうなずき返すかどうかというあいだに、絵美が悲鳴に似た声をあげた。

「捷ちゃんどうしたの、その顔！」

小走りに寄ってきて、派手な爪をした指先で、捷の頬を撫でた。その腕を払いのける。

「うるせえな。なんでもねえよ」

「また喧嘩したんでしょ」絵美が腕を組んで軽く睨む。「まったく。いつまでも子どもなんだから」

脇から丸山が、「まったく、子どもなんだから」と口真似して、捷の尻に膝蹴りを当てた。

捷が軽く腕を振ると、拳の裏が丸山の額に命中した。

「あいたっ」丸山が額を押さえて、うめいた。「捷ちゃんの裏パンはマジ痛いんだから、手加減してくれよ」

「ぐだぐだ言ってねえで、適当に座れ」

瓢箪形の厚いガラス製のテーブルの周囲には、いくつかソファが置かれている。

丸山は、そのひとつに、勢いをつけて尻を落とした。

「うわ、すげえふかふかだ」

「失礼します」

短い髪を逆立てた小池は、一礼してから丸山の隣に腰を下ろした。

絵美は、思ったよりもシンプルないでたちだった。成金趣味の、ひらひらで透け透けのドレスでもまとっているのかと思ったが、ほとんど飾りもひだもついていない青いワンピースを着ていた。ただ、丈は短くて、自慢の素足がすらりと伸びている。

「若い人がいっぱいで、緊張しちゃうわね」絵美がすべすべした足を組み替えた。

「それより、こいつらに、食いもんと飲みもんやってくれよ」

「はいはい。相変わらずね」

絵美が笑って、松永という今年還暦を迎えるお手伝いの女性を呼び、料理と飲み物を運んでほしいと告げた。

「承知しました」

松永は捷ににっこりと微笑みかけると、いそいそとキッチンに向かった。彼岸のときに、松永が大量に作ったおはぎを一度に十六個食べて以来、捷はすっかり彼女のお気に入りだ。

「お飲み物は、なに召しあがる？」

絵美が、捷の連れふたりに聞いた。

「おれ、まずビール」丸山が手をあげた。

「自分は、ノンアルコール、ノンカロリーなら、なんでもいいです」小池が両膝に手を置いたまま、応える。

「あら、こちらのかた、こんな立派な体なのに、お酒弱いのかしら」

「とんでもない。こいつが本気になったら、この家にある酒全部、空にしますよ」丸山がひらひらと手を振った。

「あら、じゃあ遠慮なさってるの？」

「違います。ストイックおたくなんすよ。とくに最近はちょっと変で、体を鍛えることと、経理の勉強しか興味がないらしいす。きっとどこかで頭でも打ったんすよ。水でもやってください」

「あら、そうなの」絵美が小池の太もものあたりを、さすった。「彼女とかいないのかしら」

「いますよ」すかさず丸山が応える。「すっげえ可愛いの。ポケットに入るくらい小さくて、顔もわりと可愛いの」

小池が、へらへらと笑う丸山を睨んだが、手を出そうとはしなかった。

「あら残念、わたしのお友達に、マッチョな男性に目がない人がいるから紹介しようと思ったのに」

丸山が、自分なんかどうっすかと乗り出したが、露骨なまでに無視された。

料理と飲み物が運ばれてきて、丸山は早食い競争の予選会のような食いっぷりを見せた。

小池は礼儀正しく口に運び、捷はソファに背をあずけたまま、松永が捷のために買ってきてくれたシロップ漬けのさくらんぼをつぎつぎ口に放り込む。

「それにしても、わざわざ捷ちゃんのほうから会いたいって連絡くれるなんて、雷と槍が一緒に落ちてくるんじゃないかしら」

捷はふんと笑い、さくらんぼをビールで流し込んだ。

「それで、どんな用なの？」絵美はワインをなめるようにして飲んでいる。

捷は皿に種を吹き出してから、ちょっと聞きたいことがある、と応えた。

「染井とかいうおやじと、勝沼へなにしに行った？」

「あら、妬いてるの？」

脇で丸山がくすっと笑ったので、足を蹴飛ばした。

「べつに、あんたが、誰とどこに行ったって関係ねえ。だけど、谷川のあとをつけてただろう。なにをしてた」

「なんだ。お見通しみたいね」

絵美は、自分のグラスにワインを注いでから、嘘つくのもめんどくさいからほんとのこと言うわ、と続けた。

「茉莉さんに会いに行ったの」

「茉莉に？」

「そ、捷ちゃんの可愛い妹さん」

ソファにだらしなく身をあずけていた捷が、上半身を起こした。

「誰に聞いた」

「なにを？」

「茉莉のことだよ。おれはひとことも言ってない」

「探偵社を使ったのよ。けっこうお金使ったんだから」

「いくら探偵だって、わかるはずがねえ。知ってるのは――」

捷が丸山を睨むと、丸山は自分の鼻を指差した。

「え、おれのこと疑ってる？」

「ほかに誰もいねえだろ。話したのはおまえだな」

「話してねえよ」

「だったら、これからちょっと二階のトレーニング室に行こうか。あそこなら、少しぐらい音をたてても近所に聞こえない」

丸山が泣きそうな顔になった。

「わるかったよ。話しちまった。だって、ちょうどパチンコで負けが込んでて、五万もくれるっていうからさ。三万だったら言わなかったと思う――」

「あほか」捷は吐き捨てるように言ったが、手は出さなかった。

絵美が口を添えた。

「でも、深い意味はなかったのよ。暇つぶしみたいなもんかな。捷ちゃんも、この家でしばらく生活してたから、なんとなくわかるでしょ。毎日だらだらしてるのって、美容によくないのよね」

捷は、茉莉とどんな話をした、と聞き返した。

「なにも。ただ世間話をしただけ。会うためについた嘘がすぐばれちゃったから。ファッションとかお化粧のことで盛り上がったわね。そのあと、せっかくだから、捷ちゃんの実家を見に行ったの」

「家まで？」

「だって、つまらないのよ」

絵美の口調がいつもと違う。少し前から、こうしてときどき気の抜けたような表情を浮かべることがある。なにかをあきらめたような、あるいはなにかに気づいたような、いってみれば悟ったような顔つきだ。どうしたのかとたずねてみたいが、いまはやめておくことにした。

一気にビールをあおってほんのり顔を赤らめた丸山が、絵美の体のあちこちに好色な目を向けている。

「あの家から谷川をつけたのか」

「そうよ」

「なぜ」

「詐欺師に興味があったから」

「中央道で、石を投げたやつを見たか」

「なによ。取り調べみたい」

「いいから、言えよ」

「もっとやさしく聞けないの」

「あのう」早くも酔ったらしい丸山が、口を挟んだ。「おれは、女の人には、すっごくやさしいっすよ。捷ちゃんなんか相手にしなくても、おれならなんでもしますよ」

「あら、どうもありがとう。でも」絵美が申し訳なさそうに、両手を合わせた。「あたし、極度の面食いなの。ごめんなさいね」

丸山は、ふてくされて、キャビアの載ったカルパッチョ風の白身魚を、大量に頬張った。

やりとりを見ていた小池が、この家に来てはじめて笑った。

「それで、投げたやつを見たのか、見てないのか」

「はっきりとは見てないの。橋の上に人がいるなって思ったときには、もう投げてたから。そのあとは、ぐっちゃぐちゃで、なにがなんだか覚えてない。気がついたら、染井さんが車を停めて、助けに行ってた。あの人、すごいのよ。だってね……」

捷は、適当にうなずいて、そのまま考え込んだ。まさかとは思っていたが、やはり絵美と染井がなにか企んだわけではなさそうだ。だとすれば、可能性は三つ。ふざけた野郎がたまたま投げたものが谷川に当たったか、誰か特定の人間を狙ったのがはずれて巻き込まれたか、もとから谷川を狙って投げたか。

「もし、誰かを狙ったのだとしたら、不思議なことがある」

絵美は、白い喉を見せてワインを飲み干し、続きを待っている。

「そいつらは、どうやって、標的を見分けるつもりだったんだ？　仲間がいたとして、『ターゲットの車が高速に入ったぞ』という連絡くらいはつけたかもしれないが、陸橋の上から、とっさにナンバーを読んで投げたんじゃ間に合わねえだろう。このおれだって、きっと無理だ」

「たしかに、そうね。じゃあ、やっぱりいたずら？」

「いや、おれは違うと思う。なあ、丸山」

「は？」

いきなりふられた丸山が、カニのソースのパスタを口からたらしながら顔をあげた。

「もしもおまえがだぞ、誰かとあんないたずらするなら、ふたり同時に四個いっぺんに投げるか？」

うーんと考えた丸山が、たぶんそうしない、と応えてから、続けた。

「もしおれが、誰かとつるんでやるなら、一個ずつ投げて、どっちが命中させられるか賭けるな」

ほらな、と松岡がうなずいた。

「せこい悪党が考えそうなことは、せこい悪党に聞くとよくわかる」

「おい、ひでえな」

捷は、丸山の抗議を無視して、絵美に説明を続けた。

「だからあれはせこい悪党じゃない。四個をほとんど同時に投げたってことは、犯人たちは、特定の車に絶対に命中させたかったんだ。一個でも当たれば、相当のダメージを与えられるだろう。それに、成功しても失敗しても、この前の愉快犯がまたやったと普通は考えるから、カモフラージュになる」

　絵美は、顎に指先を当てて聞いていたが、ふーんと唸った。

「捷ちゃんて、そんな理屈も考えられるのね」

「それは褒めてるのかよ」

「もちろん」

「ありがたいけど、犯人たちはあんまり頭はよくないな。おれとか丸山に簡単に見抜かれる程度だからな」

「たしかに」と丸山がうなずいた。

「そこんとこをふまえて、さっきの問題に戻る。どうやって目標を見分けたんだ？　あんまり賢くないやつがどんな手を使った？」

　しばらく、トランシーバーを使ったんだとか、車に発信機をつけただろうとか、丸山と絵美があれこれ意見を出したが、これというものはなかった。

「あのさ――」

　口を挟んだのは、小池だった。

「なんだ？」捷が先を促す。

「あとをつけてたんじゃないか」

筋肉の塊のような体を動かさず、視線だけを捷と絵美交互に向けている。

「誰が？」丸山が聞く。

「誰かはわからない。だけど、目標の車のすぐ後ろに、目印代わりの目立つ車がぴたっとついていれば、わりと遠くからでもわかるだろ」

少しの間を置いて、はじめに丸山が「それだよ」と言った。「きっと正解だ」

捷もうなずく。

「たしかにそれなら、インターに入るころ連絡すれば、すぐに見つけられるな。——あんたらは、谷川のすぐ後ろにいたんだろ？」

聞かれた絵美が、二台後ろよ、と応えた。

「二台後ろ？　つまり、谷川の後ろに一台挟んで、あんたらの車があったのか」

「そうよ」

捷は、ふうんとうなずいて、わずかな時間考えた。

「なあ、小池、高速の陸橋の上から石を投げて、目的の車に当てる確率はどのくらいだろうな。インターに入ってから一キロ半ぐらいの地点だし、谷川は制限速度を守る男だった」

「そうだな」小池が目を閉じた。「夜中とかに、怪しまれないよう同じ重さの石——あ、氷なんかいいかもしれないな、道路に落ちたら砕けて溶けるから。そんなのを車には当てずに練習しておけば、かなりの確率で当てられると思う。ずれても前後一台だな」

　捷は、だろうな、とうなずいた。

「だとすれば、簡単な引き算だ。命中度が目標物プラスマイナス一台とすれば、染井がそいつらの仲間でないかぎり、狙われたのは谷川だ」

　丸山が、「ちょっと待ってよ、どんな計算よ」と言って、水滴でテーブルに図を描きはじめた。

「谷川のすぐ後ろに、どんな車がいた？」捷はかまわず続ける。

「よく覚えてない。そもそもわたしは、景色しか見てなかったし」

「スポーツカーか、ワンボックスか」

「だから、覚えてないの。でも、外車系の目立つ車なら印象に残ってると思う」

　図を描いて数えていた丸山が、あ、ほんとだ、と叫んだ。聞かれもしないのに、勝手に説明をはじめる。

「谷川の前の車を狙ったんだとしたら、谷川がグルじゃなければならない。谷川の後ろを狙ったんだとしたら、絵美さんたちがグルじゃなければならない。だからターゲットは谷川だ」

丸山が自分の説明にうなずきながら感心している。

丸山の説明は無視して、絵美が提案した。

「だったら、谷川さんに聞いてみたら？　あの人、後ろにも目がついていそうだから、覚えているかも」

「いや」捷は目を細めて、天井を睨んだ。「あの男なら、とっくにそんなことには気づいてるはずだ。あいつには聞かずにつきとめたい」

「男の意地っていうやつ？」

「どう思おうとかまわない」

絵美が、少し乱れた髪を手ぐしで直しながら話題を変えた。

「話はそれだけ？」

捷は小池と丸山にちらりと視線を向けてから、言った。

「もうひとつある。あんたがどう思ってるか知らないが、茉莉は妹だ。たしかに血はつながっていないし、めちゃくちゃ可愛いってのも認める。だけど、それだけだ。おれとあんたのあいだのことに茉莉は関係ない。おれはあんたが嫌いじゃないが、束縛されるのは大嫌いだ。もしおれがこの家に来なくなったとしたらそれが原因だ。茉莉にはなんの関係もない」

ほとんど表情を変えずに聞いていた絵美が、小さくうなずいた。

「わかった。それなら、わたしにもひとつ言わせて」

「なんだよ」

「捷ちゃんも、そろそろ自分の力で生きていくことを考えたほうがいいわよ」

「どういう意味だ。あんたにそんなこと——」

「言われたくない、でしょ。わかってる。わかるけど、大切なことだと思う。いますぐにとは言わない。でも、一度でいいから本気で考えてみて」

　捷が応える前に丸山が割り込んだ。

「でもなあ、捷ちゃんが上司に叱られながら働いてるとこ、ちょっと想像できないよなあ」

　ひとり納得してにやにやしている丸山の顔面に、また捷の拳が当たった。

「頼むからさあ、手加減してくれよ、捷ちゃん」

　丸山が鼻を押さえて泣いた。


　夜も更けたから今夜は泊まっていったらどうかと提案してくれた絵美に礼を言って、敷島の屋敷を出た。

「いやー、食った食った。三年ぶんは食った」

　丸山が、やや身を反り返して腹をさすっている。小池は苦笑している。

「それにしても、絵美さんていい女だよな。さっき腕に手を置かれただけで、おれ、ちょっとやばくなった。ひんやりしてて気持ちいいんだ。捷ちゃんに悪いけど、ソファで前かがみになったまま、しばらく動けなかった」

「ばかか」

小池があきれたような顔で、丸山の頭を叩いた。丸山は後頭部をさすりながら、屋敷を振り返る。

「なあ、捷ちゃん、おれらに気をつかわないで泊まっていけばいいじゃんか。絵美さん、本当に捷ちゃんのことが好きみたいだぜ」

「おめえの汚ねえ部屋のほうが性に合ってる」

「あ、泊めてもらっててこれだよ」

捷は、だったらたまには掃除しろ、と吐き捨てた。

「それとさ、聞こうと思ってたんだけど、ゆうべなんかちょっと意味深なこと言ってたよな。『いつまでもいない』とか」

「おれも、知りたい」めずらしく小池が割り込んだ。

捷は、無言のまましばらく歩き、立ち止まってふたりの顔を見た。

そんなせりふにたいした意味はない。それよりも、このふたりでさえ気づいていない捷の心境の変化を、絵美がまるで見抜いているような発言をしたことに驚いた。つい照れ隠しに反抗的な態度をとったが、いまにも喉から出そうなひとことがあった。

――だったら、おれはどうしたらいいんだ？

しかし、意地でもそんなことは聞けない。

ふと、携帯電話が鳴っているのに気づいた。絵美からだ。

〈捷ちゃん。わたし〉

「なんか、忘れもんか？」

〈違うの。思い出したの〉

「なにを？」

〈もしかしたら、さっき言ってた犯人の仲間の車。写真に撮ったかもしれない〉

14　涼一

医者に言われなくとも、あまり動きまわるのはよくないと思っていた。

さっさと完治させたほうが結果的には早い。それに、部屋にこもっていても〝仕込み〟はできる。

谷川涼一は、新宿区にあるワンルームマンションのベッドに横になったまま、商売をいくつか進展させた。

いま手がけている中で最も手間がかかっているのは、静岡県の大物県議会議員を巻き込んだ贈収賄に便乗した詐欺だ。

県が所有権を持つ工業団地跡地が、再利用の価値もないと見向きもされずにきた。谷川は、「近い将来、この地に県と国の後ろ盾でシェールガスの貯蔵施設および精製プラントができる」という話を、三年も前から、静かに、しかしさまざまな手を使って広めてきた。たとえば町の居酒屋の噂話として、たとえば商工会メンバーの集まるパーティーでの県議による内緒話として。あまり露骨に喧伝しないがゆえに、かえって地元の人間には信憑性を持って拡散したようだ。加えて、以前から鼻薬をかがせている原発反対派の地元選出参議院議員に、後援会の挨拶で思わせぶりなことも言わせた。

石油基地や原発用地買収といった話では、正直なところ手垢がついて簡単に釣れてくれない。最近では、個人投資ならCO²排出権取引投資かレアメタル採掘権、規模を大きくするなら次世代エネルギーあたりが狙い目だ。

なんとか努力が実って、ひとくち嚙みたい地元議員も、周辺の大地主たちも、あるいは建設業者や土地ブローカーまでもが臭いをかぎつけ、腹の探り合い状態になった。本当かどうかを確認したいが、おおっぴらに聞いてはやぶへびになる。しかし、濡れ手で粟の少数組には入りたい。こういう心理が働きだすと、こんどは逆に否定するほど信憑性が増していく。

面白いのは、若いホステスがいる店で火付け役の県議を接待するたびに、「プラント建設の際にはどうぞよろしく」と唱えていたら、議員自身がそういうものだと思い込んでしまったことだ。

頃合いを見計らってハイエナどもに近づき、贈収賄の仲をとりもつ。そして、きちんと口利きの手数料をとる。

本当の狙いは手数料ではない。贈賄の金をまるごともらう。総額で五億を見込んでいる。受け取っておいて、しばらくのあいだは「延期になっている」とごまかす。両者がやがてだまされたことに気づいても、訴え出るわけにはいかない。

この手は、北海道ですでに一度使った。マスコミは、外国人詐欺団による原野商法が横行しているなどと、とんちんかんな報道をしていたが、あれも道議や道庁の大物が多数噛んでいるのであやふやになったのだ。どうせ、個人の懐が痛むわけではない。せいぜい欲深い役人と、企業の裏金操作担当の何人かの首が飛ぶぐらいだ。後ろめたさはない。

刈り入れはいよいよ三カ月後あたりだろうか。当面の金には困っていないので、じっくり醱酵(はっこう)させる。

東京に戻ってからそんなことをしつつ三日が経った。脇腹の抜糸はまだだが、そろそろ外を歩きまわろうかと思っていたところ、探偵社の田沢から、頼んでいた報告が来た。

涼一は、田沢を自分のマンションから歩いて十分ほどのファミリーレストランに呼び出した。あえて子ども連れの客が多い店を選んだ。

席につくなり、田沢が笑いかけた。

「こっちからマンションまで出かけたのに」

「いや、外の空気を吸いたくなってね」

「ふん。相変わらず、おれのことも心底は信用していないか」

「まあ、そうひがむなよ。ちょっと気障(きざ)に言わせてもらえば、ぼくは自分のことも信用していない」

「なるほどね」

田沢は笑って、きちんと手入れされたひげをさすった。

「ところで本題だ」

田沢が、A4サイズのクラフト紙の封筒を出した。さっと首をめぐらして、周囲を確認する。

　主婦らしいグループが、ふたつ離れたテーブルにいる。おしゃべりに夢中で、こちらの話し声はとても聞こえないだろう。

「まずは、青木についてだ。──おまえの睨んだとおりだ。こいつ食わせもんだぞ」

　やっぱりそうだったか、という思いがふつふつと湧き上がる。当初の直感では、青木は相当にしたたかか、根っからの善人か、どちらかだと思った。はじめて松岡家に挨拶に行ったとき、青木が只者でないことはわかった。しかし、それでもまだ油断があった。したたかな人間がぶどう栽培に興味を抱いていけないという法はない。それに、やつが松岡家に入り込んで、一家を食い物にしようとしているとは思えなかった。

　疑いきれなかった決定的な理由は、あの土地にはぶどう畑しかないからだ。それこそ、天然ガスも出ないしリニアモーターカーの停車駅もわずかにずれた。ぼろい儲けを見込めない土地に、三年間も住み込みで働いている。少なくとも詐欺師ではない──。

　そう考えて、自分を信じないどころか、あっさり他人を信用してしまった。このところ、仕事がかなりうまくいっているので、慢心があったのかもしれないと、いまは素直に認める。

「それで、正体は？」グラスの水で喉を湿し、先を促した。

「まあ、順にいこう」

田沢が差し出したレポートにすばやく目を通す。一枚目の半分もいかないところに、その記載があった。

青木が山梨にやってくる前の住所は、茉莉たちに申告したとおり、愛知県名古屋市になっている。名古屋市内で二度転居し、その前は京都で二度、大阪で一度、あきらかに痕跡を消そうとしている。さらにその前は――。

大阪の更生保護施設になっていた。

「つまり、服役してたってことか」

「ああ、堺の大阪刑務所だ」

田沢が、小さく咳払いしてから、そこに詳しく書いてあるが、と続けた。

「喧嘩の果ての傷害致死だ。懲役七年の実刑。死なせた相手は実の兄だ」

「兄を？」

「ついでに、事件のことも調べておいた。当時の新聞記事のコピーもある。といっても、地方版に載ったローカル記事だがな」

「喧嘩で兄を死なせて七年か」

情状にもよるだろうが、少し軽いという印象も抱く。

「まあ、詳しくはあとで読んでもらうとして、いま、ざっくり説明するよ」

田沢が、ちびちびコーヒーをすすりながら、説明をはじめた。

いまから十五年前、青木惇は大阪市内のクラブでバーテンダーをやっていた。兄の崇は——金払いはともかくとして——この店の常連客だった。

ある晩、ささいなことで兄弟喧嘩になり、先に兄の崇が弟を殴った。店に迷惑をかけるからとふたりで店を出た。兄が興奮するからほかの人間はついてこないでくれと、惇は客や店の女の子を止めた。

店のドアを出たところにある狭いエレベーターホールの脇、非常階段の近くで話し合うち、口論になった。兄の崇がまた殴り、こんどはさすがに惇も腹に据えかねて崇の胸を突いた。酔っていた崇は階段を転げ落ちて頭を打った。打ち所が悪く、脳挫傷、硬膜下血腫などの原因で翌日死亡した。突き飛ばした瞬間の目撃者はいないが、惇の自白と現場の状況に矛盾はなかった。

裁判の結果、懲役七年の判決が下った。ふだんから崇は酒癖が悪く、誰かれかまわずからんでは喧嘩沙汰を起こしていたと何人も証言した。一方の惇には前歴がないばかりか、兄に似ず勤勉な青年だという証言がいくつもあって、喧嘩の結果の傷害致死としては軽めの量刑になった。惇が控訴しなかったため一審で結審し、五年七カ月で仮出所した。その後は問題を起こしていない。

「兄貴を死なせていたのか」

涼一は、もう一度小さくつぶやいた。青木の、いつもなにかにおびえたような、口ごもった話しかたを思い出す。過去に犯したあやまちが、彼にそういう態度をとらせるのだろうか。

「それと、電話でも言ったがクロモズとの関係はどうだ」

クロモズとは、本名黒田（くろだ）和雄（かずお）、高速道路で石を投げるという手口から、ふと思いついた名だ。大阪を根城にした詐欺師で、〝クロモズ〟の呼称は、黒田本人以外に、彼が率いる詐欺師集団を意味することもある。謎が多い詐欺師であり集団だ。

黒い百舌鳥（もず）を模した鳥の絵をトレードマーク代わりにしており、関西ではこの絵を見せただけで充分な脅しになるそうだ。

クロモズの名が出たとたん、田沢が周囲を見まわした。時刻は午後二時、子連れの主婦と学校をさぼった高校生ぐらいしか見当たらない。田沢は頭を小さく左右に振り、やや声を抑えて応えた。

「それがつかめない」

「なんだ、おまえらしくないな」

「クロモズご本尊の情報がほとんど流れてこないんだ。もう少し待ってくれ」

「おまえの勘では、からんでいると思うか」

「まあ、橋の上から石を投げるというやりかたを見ると、可能性は高いな」

否定してほしい気持ちもあったが、田沢はあっさり認めた。

「わかった。情報をつかみしだい教えてくれ。――それで、ふたり目については？」

「染井義信四十五歳、元警視庁巡査部長、最終勤務地は……」

「悪いが、警察を辞めるまでのいきさつと、辞めた直後のことは知ってる。ここ二、三年の動向と、家族のことに絞って教えてくれ」

田沢はわかった、と応え、資料を二枚ほどめくった。

「別れた妻の名は真知子、四十一歳、娘はさとみ、十一歳でこの四月から六年生だ。真知子は三年前に再婚している。相手の名は藍沢昌尚（あいざわまさなお）といい、義信と同じ四十五歳――」

その昌尚が一年ほど前にひき逃げにあい、後遺症を負った。事実上それを理由に解雇した勤務先を訴え、現在は裁判が進行中。したがって、生活はあまり楽でないこと、義信は短期雇いの単純作業の仕事などをする合間に、稲葉AGという探偵社の委託を受けた仕事をしていること、その中から仕送りしているらしいことなどを説明した。

「別れた妻に仕送りか――」

ついてない人だ、と思わざるを得ない。だが、自分にはどうしてやることもできない。染井も手を貸してほしくなどないだろう。わかった、とうなずいた。

「それじゃ、最後のひとりにいこうか」

「松岡桐恵、旧姓西田桐恵だな」

茉莉の実の母親であり、捷にとっては二番目の母だ。

「うん。甲府のほうで洋服のリフォーム店に勤めていたとか聞いた」

「たしかに、いたようだが、一年ほどだ。そしてな」田沢は、内緒話をする少年のように、やや前かがみになった。「驚くなよ。あの女——」

15　義信

「ほぼ、きみの想像したとおりだった」

稲葉ＡＧの稲葉社長は、いつものように自分の机のはしに尻を乗せていた。染井義信は、稲葉をやや見上げる形で、応接セットに浅く座っている。

「しかし、一度会っただけで、あのふたりの関係がどうしてわかった？　うちの腕っこきを出張させても、調べ上げるのに三日かかったぞ」

稲葉が煙草に火をつけ、うまそうに吸い込んだ。

「ただの勘ですよ」義信は控えめな口調で応える。「想像してみただけです」

本当は会ってもいない。谷川から、松岡家の内情について、簡単に説明を受けただけだ。

稲葉は、あまり信用していない顔で、ふうんとうなずいた。

「なんだか、事件性がありそうだな」

稲葉が、探るような視線を向けてくる。

「まだ、なんとも言えません」

「もしかすると、このあいだの中央道の投石事件に関係があるのか」

「それをたしかめようかと思いまして」

稲葉はまた、ふうん、と小さく唸って、煙草の煙をゆっくり二回吐き出した。

「まあ、きみがくわえてきた案件なら、どうせ金にはならんだろう。深くは聞かない」

義信は、この部屋に入ってはじめて笑った。

「ひどい言いようですね。――でも、そのとおりです」

「こっちで調べた費用は、次回のきみへの支払いから相殺でいいんだな」

「恩に着ます」

稲葉は、なにをいまさら、と笑ってから、書類を手にとり、唐突に説明口調で話しはじめた。

「松岡桐恵こと旧姓西田桐恵と、青木惇の兄、青木崇は、ほんの一年ほどだが同棲していた――」

稲葉が派遣した調査員の調べによれば、桐恵は十五年前まで大阪市に住んでいた。もともとは福井県の出身らしい。高校卒業後大阪に出て、しばらく会社勤めなどをしたらしいが、二十歳のときに茉莉を産んだ。茉莉の父親の名はわからない。相手は高校時代の担任教諭だという噂もあるが、真相は桐恵の胸の中だ。桐恵は茉莉を女手ひとつで育てるため、二十二、三歳のころから、大阪市内のバーに勤めだした。

このバーの常連客だったのが、青木崇、死んだ兄のほうだ。崇は無店舗型の中古車販売店などをやって一時は羽振りがよかった。調査員が入手した、当時の写真を見ると、渋い感じの二枚目だ。

この崇の猛烈な攻めに落ちて、桐恵は肉体関係を持ち、同棲するに至った。しかし、崇が酔って暴力を働くため、わずか一年ほどでこの関係は終わった。

同棲を解消し肉体の関係がなくなったあとも、崇がしつこく店を訪れたため、桐恵は数年のあいだに三回も店を変わった。崇のほうは酒のためか景気のせいか、しだいに商売がうまくいかなくなり、事実上廃業していた。

桐恵の三度目の転職先が、事件当時にいた店だ。この店には、以前に一度だけ顔を合わせたことのある、崇の弟、惇に誘われたのだった。惇は桐恵の身の上に同情し、また兄のしうちに対して責任を感じたらしく、「兄には内緒にするから」と自分が働きはじめた店に桐恵を誘った。兄から身を隠すために弟のいる店に勤めるというのは、一般的には不思議に思えるが、じつは崇と惇はその性格の違いから昔から仲が悪く、この二年ばかりは手紙はおろか電話すらしたこともなく、ほとんど音信不通となっていたのだ。桐恵が繁華街で惇と再会したのは、奇跡に近い偶然だった。

当時桐恵は二十九歳、惇は二十二歳になってまだ数カ月、周囲の証言では男女の関係にあるようには見えなかった。ちなみに、茉莉は小学三年生だった。

平穏な時間は長く続かず、やがて崇がこの店をかぎつけた。仲たがいして音沙汰もなかった弟と同じ店で働いていることに腹を立て、金も持たずに店で飲食しては惇や桐恵に支払わせた。このあたりが裁判での情状酌量の理由になっている。

口論の内容は、惇が兄に対し「いいかげんに、桐恵さんにつきまとうのはやめろ」と言い、崇の言い分は「おまえら、デキてるだろう」というものだったという。店にいた複数の人間の証言なので間違いはないだろう。

惇に対する一審判決が下るころ、桐恵は店を辞め、茉莉を連れて名古屋に引っ越した。足跡をくらまそうとするかのように、その後静岡の清水市を経て甲府に越した。甲府ではもともと好きで得意だった裁縫の腕を活かせる職に就いた。働きはじめて半年ほど経って、勝沼で屈指のぶどう園を営む松岡憲吾との見合い話が来て、これを受けた。松岡憲吾が桐恵を気に入り、話はすぐにまとまった。

「そして、現在に至る。とまあ、こんなところだな」

自分の机に尻を乗せて話していた稲葉が、すっと立ち上がり、机から二本目の煙草をつまみ上げて火をつけた。ふーっと白煙を吹き上げる。

「青木惇は、桐恵のあとをつけてきたと思いますか」義信が煙をよけるようにして、聞いた。

「どうだろう」稲葉は、義信の迷惑げな顔など気にしないようすで、煙を吐き出す。「仮出所してから、勝沼に現れるまで五年かかっている。桐恵たちが転々としているとはいえ、あとをたどることはできたはずだ。血眼になって捜したという絵は浮かばないな。放浪するうちに、たまたま見つけたか、風の便りに聞いてなんとなく顔が見たくなった、というあたりが本当のところじゃないか」

「同感です」義信がうなずく。「ただ、恋愛関係にまでは至っていなかったかもしれませんが、少なくとも惇のほうに思慕の感情はあったかもしれませんね」

稲葉が、へえ、と目をむいた。

「おまえさんが『思慕』なんてことばを使うとはね。時代は変わったもんだ」

「やめてください」義信は顔をしかめた。

「年齢が七、八歳差か。ありえなくもない」稲葉がうなずく。

義信は、その先のことに思いをめぐらせていた。

青木という男があのぶどう園で、身を粉にして働いてきた事情はわかった。いまも、その純情に変わりはないのだろうか。青木の中で、なにかをきっかけに悪意が芽生え、ぶどう園の乗っ取りを画策しはじめたのだろうか。そして、桐恵もそれに乗ったのか。それとも、十五年前のことを恩義に感じているか、あるいは弱みでも握られているのだろうか。

茉莉が説明していないところをみると、なにも知らされていない可能性が高い。

関係者の心中を推理するには、あまりに情報が少ない。次のカードを探さねばならない。

稲葉に別れを言って、エレベーターに乗った。

ポケットから一枚の写真を取り出す。きのう、小池と名乗るやたらと体のでかい男がアパートまでたずねてきた。敷島絵美の使いだと言って、写真を置いていった。

松岡の家から谷川をつけていたときに前を走っていたおんぼろトラックだ。ナンバーも写っている。

どういうことかと、絵美の携帯電話にかけるとすぐに本人が出た。

〈捷ちゃんが、その車を運転していた人間が谷川さんを襲った一味だって言うのよ〉

　そう推理するに至った事情も簡単に説明した。

「それをどうしてわたしに？」

〈まだ、依頼は生きてるわ〉

「最初とはずいぶん状況が違ってきていますが」

〈なんだったら、個人的にお願いしてもいいけど〉

「なぜわたしにこだわるんです」

〈あのとき、胸やけがするぐらいガソリンの臭いがしてるのに、ぜんぜん躊躇しないで谷川さんを助け出したでしょ〉

「あの場にいれば、誰でもそうすると思いますが」

〈みんな、見てるだけで手は貸さなかった。とにかく、なにか危険なことが起こりそうなら、捷ちゃんの力になってあげて〉

　少し考えて、わかりました、と応えた。

　電話を切って、もう一度トラックの後ろが写った写真を眺めた。

　せっかくのよく撮れた写真だが、偽のナンバープレートだろうという気がする。ほかに特徴といえば、あのときも気づいたが、荷台の後尾に黒っぽい鳥のような落書きがしてあるだけだ。

谷川に連絡をとって見せてやろうかと思ったとき、携帯電話に着信があった。ディスプレイを見れば、登録していない番号だ。

これは、稲葉から貸与されている会社所有の電話機だ。未知の番号から義信宛てにかかってくる可能性はほとんどない。間違いか、前任者への電話だろう。

そう思ってようすを見ていると、留守番電話機能に切り替わったところで一旦切れ、また鳴りだした。きりがないので、出てみることにした。

「はい」

〈染井義信さんの携帯電話に間違いございませんか〉

思ったとおり、聞き覚えがなかった。声そのものにも、大企業の秘書課長のようなしゃべりかたにも。

「失礼ですが、おたくは？」

〈ただいまお電話を代わりますので、そのままお待ちください〉

「おい、ちょっと……」

いきなり保留音になった。切ってしまおうかと思ったとき、また唐突につながった。

〈おたくが染井さんか。噂は聞いた。わたしは、シキシマＨＤという会社の会長をしている敷島祐三郎という。先日は、妻がお世話になったようで、まずはお礼を申し上げる――〉

16　涼一

谷川涼一は、事故の直前に後ろにぴったりくっついていたトラックの特徴を思い出していた。覚えていたことに特別な理由はない。いつもの習性で、映像として記憶に刻まれている。古いという以外、ほとんど特徴のない車体だった。ナンバーも、あのあたりでごく普通に見かける山梨ナンバーだ。

もしも犯人の一味だとしたら、盗難車か偽プレートだろう。それに、ナンバーについても住民票同様に調査が面倒になっている。苦労して洗っても無駄に終わる可能性が高いので、時間と労力節約のため田沢に金で頼んだ。結果は予想していたとおり、偽造ナンバープレートだった。車両そのものの出処(でどころ)を調べるのは容易ではないしあまり意味がない。車からのルートはあきらめようとしていた矢先、田沢からメールが届いた。

《添付の画像を見たら、電話をくれ》

すぐに、添付されている写真を開いた。どこかの草むらに乗り捨てられた平台のぼろいトラックが写っている。前からと後ろから撮った二枚だ。あのとき、すぐ後ろについていた車両によく似ている。ナンバーは取りはずされている。これに間違いなさそうだ。

　画面を開いたまま、すぐに田沢に電話をかけた。

〈あとをつけていたのはこのトラックじゃないか〉いきなり田沢が聞いてきた。

「間違いない」

〈絵に気づいたか〉

「なんの絵だ」

〈後部からの写真を拡大してみろ。ナンバースペースの上だ。アオリというんだが、荷台の囲い板みたいなところだ〉

　そんな細かいところまでは見てなかった。電話を耳に当てたまま、画像を拡大する。

　これは――。

　たしかに、後尾の荷台を囲む板の部分に、あまり上手でない絵が描いてある。黒い鳥だ。カラスとはあきらかに違う。おそらく百舌鳥だ。

　唾を飲む音が聞こえたらしく、田沢が口を開いた。

〈やっぱり、クロモズに間違いなさそうだな〉

「そうらしい」

　つきつけられた現実に言葉を失っている涼一に、田沢が説明をはじめた。

このトラックは大阪市内にある『中谷土建』という会社の持ち物で、投石事件の三日前に盗難にあっている。事件の翌日、現場から東京方面へ向かって最初のインター、大月を降りて五分ほど走った空き地に乗り捨ててあった。

盗難車ではあるが、車体価格がほとんどないに等しい古さであるし、車内からなにかしらの犯罪に使われた形跡も見つかっていないことから、警察ではおざなりな調べで終わった。ただ一点、屋根に、カラースプレーで大きな赤いバッテンが描かれていた。これも、若者がいたずらで車を盗んだと判断する材料になった。

実際は、涼一をマークするためにこれを目印に使ったのだろう。

「いろいろありがとう」

そんなことばしか出てこなかった。励ますつもりなのか、田沢が軽い調子でつけ加えた。

〈うちは、車両保険の調査もやってるから、事故車、盗難車の情報はかなり詳細に入ってくるぞ。次回から、そっち関係の仕事も回してくれ。今回の料金は、『初回限定サービス』にしとく〉

礼を言って通話を終えた。

ベッドに腰を下ろしたまま、窓から見える空をぼんやりと眺めた。

クロモズがからんでいるのではないかという疑念が濃厚になった。

クロモズの名をはじめて意識したのは、かれこれ十年近く前になるだろうか。詐欺師として独り立ちしたころだ。伝説の詐欺師としてそれ以前から名前だけは知っていた。しかし、関西を拠点にしているということもあって深い興味は抱かなかった。

本名とされている名は黒田和雄。見ようによっては愛嬌すら感じさせる黒目がちな瞳とやや特徴的な鷲鼻、そしてなによりその残忍な手口、〝百舌鳥の速贄（はやにえ）〟のように腹が減っていようと満腹だろうと、とりあえず見つけた獲物はつかまえ串刺しにする習性から、このあだ名がついたと聞く。個人的な情報に関しては、いまのところその程度しか知らない。

五年ほど前、関西で不審な自動車事故が続いた。涼一の同業者のあいだでは、保険金詐欺ではないかと噂された。事故の内容は、見通しのよい道で電柱に激突したり、脇見運転で橋から落ちたり、同乗者が全員死亡する大きな事故ばかりだ。車両保険やむち打ちの入院費狙いといった、軽いものではない。人が死ねば数千万から億の単位で金が動く。

たしか、それらの〝事故〟の中に、高速道路で並走するトラックの荷台から落ちた鉄パイプが、運転手を直撃したケースがあった。

クロモズがからんでいるのではないかという噂が東京に流れてきたころ、ぷっつりと同種の事故は起きなくなった。

だが、まさかという思いが消えてくれない。

あのクロモズが、山梨のぶどう畑に食指を動かすだろうか。


白黒をはっきりさせるため、涼一はべつな方面からあたることにした。

携帯の電話帳を呼び出し、発信ボタンを押す。機械に二度転送されて、ようやく目的の相手が出た。いつもどおり、こちらが名乗るまで無言だ。

「もしもし、谷川だけど」

〈よう、久しぶりだな。最近、ぶどうに興味があるらしいな〉

「相変わらず地獄耳だな」

電話の相手は、ブチというあだ名の情報屋だ。本名もあだ名の由来もわからない。あらゆる情報を売買している。ただし、少し高い。その代わり金さえ積めば、警視総監の尻のほくろの位置でさえも教えてくれる。そして、こちらの情報が誰かに流れる覚悟もしなければならない。便利な代わりにリスクも高い。

〈もう少し知ってるぞ、そのぶどうを買いつけに行って死に損ねた〉

さすがブチだ、このぐらいでなければ金を払う価値はない。さっそく、本題を切り出した。

「大阪のクロモズが、関東に来ていると聞いてないか。あるいはその手前の甲信地方あたり」

〈さあねえ〉

　食えない男だ。

「もちろん金は払う」

〈五十だ〉

「おいおい、ぼったくるなよ。こっちに来てるかどうか聞きたいだけだぜ」

〈いやならべつにいい〉

　足元を見やがってと腹は立つが、弱みに食いつくのはお互い様だ。

「わかったよ。五十万払う。いつもの口座でいいな」

〈クロモズは、ときどき上京してる。この一年ぐらいで頻度が増えた。しかし、ここふた月ほど来ていない〉

「相手は誰だ」

〈与党系の大物代議士に顔つなぎがしたいらしい。手づるを探してる〉

「狙いはなんだ」

〈プラス二十〉

「わかった。言い値で払うから、全部教えてくれ」

〈それが、省庁や族議員じゃなくて、与党の幹部に渡りをつけようとしているらしい。消費税も上がったし、オリンピックも決まったから、ますます公共事業が増えるだろう。それを見越して、動きだしたってことじゃないのか〉

「公共事業？　クロモズは、債務整理が得意だろう」

〈この不景気だから、多角経営に乗り出したんじゃないか。そういえば、一年ほど前に病気をしたと聞いた。おれも去年胃をやられて生活態度をあらためたよ〉

ブチの私生活など興味がない。

「クロモズの病名はなんだ」

〈内臓系というぐらいしかわからない。いずれにしても、動きだしているということは完治したんじゃないか。そもそも、病気というのだって、なにかの方便かもしれない〉

さすがのブチにも知らないことがあるらしい。

「話は変わるが、五年ほど前に阪神地区で不審な交通事故が続いたな。その中に、高速道路で隣のトラックから鉄パイプが落ちた事件があったと思う。クロモズがからんでいると聞いた覚えがある」

もし本当にクロモズなら、警察にも尻尾をつかまれていないはずだ。このネタに、ブチはまた金をふっかけてくるだろうと覚悟したが、意外な答えが返ってきた。

〈なるほど、そういうことか〉電話の向こうでうなずいているようすが見える。

「なにが？」

〈たしかに、手口が似てるな。おまえがなにをやったか知らないが、おれだったらやつに詫びを入れて、二度と近づかないね〉

あまりありがたくない忠告に対して礼を言い、電話を切った。

唐辛子を食べたあとのように、じんわりと汗がにじみ出てきた。

これで、ほぼ確実になった。

涼一は、詐欺の過程で暴力や脅迫は絶対に使わない。振り込め詐欺も汚い詐欺だと思って軽蔑しているほどだ。選ぶ対象は金持ち、その強欲を逆手にとって金を巻き上げる。できることなら、だまされたと気づかれないのが最高だ。

しかし、クロモズのやり口はそれと正反対だ。自前の武闘組織を擁し、資金繰りに困った個人や会社を狙う。人当たりはいい。やさしげな目をしていて、相手に取り入るのがうまいらしい。つい気を許し、気づいたときには通帳と印鑑をあずけることになっている。

債務をまとめて面倒見ると親切に言われ、クロモズを信用し、自己破産や清算をすれば若干残ったかもしれない財産まで、それこそ米粒ひとつ残さず持っていかれる。中には訴えを起こすと騒ぐものもいるが、そのときは、強面の人間が出てくる。天涯孤独でないかぎり、誰にでも弱点となる人間はいるものだ。

「あんたが警察署のドアを一歩くぐった瞬間に家族がひとり減る。妻か、娘か、選ばせてやる」

そう言われて、引き下がらない人間は少ない。神経がぼろぼろになるまで責められ、結局はわが身に保険金をかけて〝事故死〟する道を選ぶ。

クロモズとその一派に、最後の一円までむしりとられて消えた人間は、いったい何人いるだろう。

青木惇も、桐恵も、大阪から流れてきた。クロモズと接点がなかったとはいえない。田沢のメールを受け取った瞬間から、背筋の毛がざわざわして不快だ。

クロモズに狙われていた、という事実を受け入れなければならない。

殺し損ねたのではないだろう。あれは単なる警告だった。確実に殺すつもりなら、いまごろはどこかの水底か山中に埋まっているはずだ。

まだ警告段階だが、やりすぎて相手が死ぬことになっても、それならそれでかまわない——。

クロモズらしい考えかただ。

それにしても、クロモズが松岡家に狙いをつけた理由はなんだ。

ブチは《省庁や族議員ではなく、与党の幹部》と言っていた。なにを狙っている。

涼一は、自分が手がけている跡地払い下げの贈収賄詐欺を思い出した。

目的は不明だが、やはりクロモズも一年、二年という時間をかけて仕込んできたのではないか。

そこに涼一が現れたので、強烈な脅しをかけてきた。自分がかかわっていると感づく手がかりを残して。

あんなトラックまで用意していたということは、近くにアジトがあるはずだし、松岡家にも協力者がいるはずだ。そしてそれは青木以外に考えられない。

染井の連絡先は聞いてある。勤務中は携帯電話を仕事先に借りるらしいが、プライベートでは同じアパートの住人に呼び出してもらうのだそうだ。

聞いている番号にかけると、無愛想な男の声で「染井さんはまだ帰ってきてない」と言われた。折り返し欲しいと頼んだら、無言で切れた。ちゃんと伝わっただろうかと心配していたが、夜になって染井から電話があった。

〈染井だ。なんの用だ〉

「このあいだの事故のことをまだ調べていますか」

〈暇つぶしにな。それより、トラックの写真が手に入った。いるか？〉

「ありがとうございます。でも、あのトラックのことなら調べがついています」

染井が、電話の向こうで小さく笑ったように感じた。

〈さすがだな。だったら、首謀者もわかったのか〉

「そのことで電話しました。染井さん、この一件からもう手を引いてください」

〈どういうことだ？〉

涼一は、正直にクロモズの人間性とやりくちを説明した。

〈おれにもちょっかいを出すということか？〉

「それだけじゃない。やつは、染井さんの別れた奥さんや子どもさんを狙うかもしれませんよ」

しばらく沈黙があった。ここまで言えば手を引いてくれるだろう。染井はただ巻き込まれただけなのだ。

〈女房と子どもの件はなんとかする。これはおれの仕事にもなった〉

「どういうことですか」

〈また、敷島の奥方に雇われた〉

「絵美さんに？」

〈陸橋の上から石を投げるような危険なやつらが、可愛い捷ちゃんの実家を乗っ取ろうとし

ているなら、阻止する手伝いをしてあげて、ということだ〉

「それで、受けたんですか」

〈おれも金が必要だ。仕事のえり好みはできない〉

「お金ならご用立てしますよ」

言ってしまってから後悔した。

染井はほとんど間を置かず〈気持ちだけもらっとく〉と答えた。怒ってはいないようだ。

「それでは共闘といきますか。正直いえば、染井さんと一緒なら心強い。近日中に青木惇に会いに行こうと思っています。正面突破です」

〈わかった〉

「事前に知られると差し障りがあるかもしれないので、アポは直前にとろうと思います」

〈それも了解した〉

結局、ふたりの予定が合う二日後に、勝沼へ行くことになった。

車はまた詐欺仲間の本堂に借りることになった。あの事故以来、本堂がしつこく言ってくるからだ。

「またおシャカにしてもらえねえか。原形をとどめないぐらい、グッチャグチャにな。ばっちり保険に入っておいた。ＳＵＶに買い換えようと思ってるんだ」

濃紺の中古のアウディのキーを渡しながら「よろしく」と、涼一の背中を叩いた。

人の命をなんだと思っているのかとあきれたが、詐欺師なんてそんなものだ。ありがたく借りることにした。

約束の朝、染井のアパートへピックアップしに行くと、待ち構えていたらしいふたり組が、するすると近寄ってきた。

「おれをコケにするつもりか」

松岡捷が、ポケットに両手を突っ込んだまま涼一を睨みつけてきた。あきらかに怒っている。その隣に、仲間の小池という男が無表情に立っている。

「いや、ぜんぜんそんなつもりはないんだけど」

愛想笑いをしながら、どこから情報が漏れたのだろうと思った。敷島絵美だ。「プロに頼んだから捷ちゃんは手を引きなさい」とかなんとか言ったのだろう。あの女、利口なのかばかなのかわからない。

そこへ染井がアパートの部屋から出てきた。この状況を見て、にこりともしない。

「面子(メンツ)が増えそうです」

「本人も覚悟の上だろう。だが、そっちの連れはだめだ」

染井がちらりと小池を見た。小池の目の周囲がわずかに赤くなった。

「ぐだぐだ言ってねえで、さっさと行こうぜ」

どうぞとも言わないのに、松岡捷がすっと助手席に乗り込んだ。

続けて、小池がバックシートに乗り込もうとすると、松岡が止めた。

「そっちの元デカのおっさんの言うとおりだ。小池は帰ってくれ。ここまで送ってもらって助かった」

「だけど……」

「渋谷のガキとタイマン張るのとは違うみたいだ。おまえは経理の勉強をしてくれ」

小池の表情が一瞬こわばったが、素直に下がった。

「待ってるぞ」

小池のことばに、松岡はただ、ああ、と応えた。

車が動きだすと、窓の外に視線を向けたままの松岡が、ぼそっと言った。

「おれんちの問題に巻き込んで悪いな」

涼一が気楽な口調で応える。

「もう捷ちゃんひとりのトラブルじゃなくなった。ぼくは借りを返さなきゃならない。いくら詐欺師だって、尻尾を巻いて逃げたという評判を背負ったままでは肩身が狭い。それに、染井さんは、正規のお仕事みたいだよ」

「詐欺師に肩身なんかあんのかよ」

「ひどいなあ。——それより捷ちゃん、今日のところは探りを入れるだけだぜ。パンチを入れちゃだめだ」

「そんな約束はできねえ」

たしかに、猟犬を狩りに連れ出しておいて吠えるなと命じるようなものだ。小さく溜め息をついて涼一がルームミラーに目をやると、染井と目が合った。にこりともしていない。出発するときからずっとこうだ。もともと愛想のいいほうではないが、今日は特別に虫の居所が悪そうだ。妻の家庭が気になるのか、絵美に無理難題でも押しつけられたか、あるいは涼一などのまったく知らない難問を抱えているのだろうか。

話題を変えてみることにした。

「ぼくはこう見えて、運命論者的なところがあってね。この三人がチームを組むのは宿命かもしれない」

「どんな宿命だよ」

「ぼくたちの前世は、揃って天国から蹴り落とされた落第天使じゃないかな」

「なんだそりゃ」

「あまり大きな声では言えないんだが、天使界にも落ちこぼれはいるんだ。腹黒いやつ、喧嘩好きなやつ、協調性のないやつ。でも、そういう問題児は人間界に落とされるらしい。修行してこいってね。だからこんなふうに、自分のためにもならないのに人助けしなきゃならない。しかも、そんな変わり者が三人も集まったんだぜ。これは神様のいたずらとしか思えないだろ」

「なんだ作り話か。アホくさ」

「まあね。詐欺師は話を作るのが仕事だからな」

やりとりを聞いていた染井は、とうとうこわばった表情をくずさなかった。

17　義信

染井義信は、右手を自分の首筋に当てて、ゆっくりと揉みほぐした。
中央高速に入ってからずっと、バックシートのヘッドレストに頭をもたせかけたまま、視線をやや上向きに据えていた。さすがに少し、首の筋肉が凝った。
なぜそんな恰好をしていたかといえば、もちろん、橋が気になったからだ。

　まさかとは思うが、もう一度石が降ってくる可能性がゼロとはいえない。そのことについて、とくに谷川と話はしていないが、用心するに越したことはない。

　松岡に目をやれば、助手席のシートをめいっぱい倒して、寝息をたてている。図太いのか、なにも考えていないのか、相変わらずよくわからない男だ。

　どうせ狸寝入りをしているのだろうと松岡を見ていたら、先日の敷島祐三郎からの電話を思い出した。

〈妻が男を引っぱり込んでいるのは知っている。そのことはいい。それで、欲求不満が解消されてヒステリーの抑止剤になっているならな。だが、その若者のためにあれこれ動きはじめたらしい。それはだめだ。家から出て、そんな根無し草や詐欺師や不祥事を起こしたヤメデカとつるんで——〉

　そこで祐三郎は、ああ失礼、と形ばかりに詫びた。義信も、お気遣いなく、と口先だけで言った。

〈とにかく、そういうことはやめさせてほしい。それに、ついでだから、その若者と妻が寝ているところの証拠でも押さえてもらいたい。万が一泥仕合になったときに、かなり有利に話を進められるからな。幸い、あんたは絵美に信用されているらしい。もしかしたら、少しは気があるのかもしれない。報告を受けたかぎりでは、あんたは絵美の好みのタイプだと思

う。どうだ、あんたならやれるだろう〉

「買いかぶりですし、お受けするつもりもありません」

　寝てはいないはずだと、教えてやる義理はない。

〈わたしは、あちこちの私立学校に少しまとまった額の寄付をしていてね、それも名門校と呼ばれる学校だ〉

「こんどは、善行の自慢ですか」

〈わたしが言いたいのは、女の子ひとりぐらい、中学の途中から編入させてなんの不自由もなく大学卒業まで面倒見られるということだ。留学したいならそれもよし、大学院に進むならそれもけっこう〉

「娘のことを調べたのか」

〈現在の父親のこともね〉

　驚きより、腹立ちが勝った。祐三郎は淡々と続ける。

〈仮に裁判に勝ったとしても、それですべて好転するわけではないだろう。どうだ、頭を切り替えては。札幌にもうちの支店がある。配送センターもな。わが社は、心身にハンデを持った人を冷遇したりはしない〉

「交渉のしかたが汚いぞ」

〈不思議なことを言うな。汚いというのは、弱みに付け込んで脅したときに使うことばだろう。わたしは援助の話をしている〉

「断る」

〈聞いたとおりの男だな。まあ、即決でなくていい。考えておいてくれ。こちらからまた電話する〉

その翌日、玄関先に三十センチ四方ほどの封がされた箱が置いてあった。《染井様》と印字されている。部屋に持って入り、慎重に開けてみた。

緩衝材に、精密機械がいくつかとコードが包まれていた。説明書もある。読む前から想像はついた。

室内型の超小型カメラと盗聴器だ。すぐに箱へ戻した。

「さて、なんとか無事に着けたようですね」

谷川の声で我に返った。


会いに行く相手は予定どおり青木惇だ。途中のサービスエリアで休憩しがてら、谷川が電話を入れた。アポイントというほどのものではない。

「近くに行く用事があるので、ちょっとぶどう畑を見せてほしい。勝手にいじったりはしない」

そんな趣旨だ。

車の中で谷川が、もう一度、こんどは少し詳しく解説してくれた。

関西にいる、『クロモズ』とかいう凶悪な詐欺師が、松岡の実家であるぶどう園に目をつけたらしい。正確な狙いはわからない。しかし、松岡家に多額の現金はなさそうだから、おそらくぶどう園そのものを乗っ取るつもりなのだろう。今後は、青木がその計画に協力しているという前提で駒を進める。こちらは青木を疑っているし、青木のほうでもそれを察している可能性は高い。しかし、いまはまだビジネスの相手として接しなければならない。お互い猫を被ったままの対面ということになる。

「わかったかな、捷ちゃん」

「わからねえ」

「だと思った」

インターを降り、甲州街道をすぐに折れ、見覚えのある景色の道を上っていく。ＪＲの駅舎が見える直前を山側に右折する。線路下のトンネルを抜けさらに細い農道を進むと、やがて松岡家の白い家が見えてくる。

家から死角になったあたりに車を停め、車から降りた。

「あそこにいるぜ」

松岡が、顎で棚の一角を指した。たしかに、やや斜面を下ったあたりで数人が作業している。その中のひとりが青木のようだ。

「行きますか」

谷川の声にうなずき、三人でゆっくり農道を下っていく。

あと二十メートルほどというところで、青木のほうでも気がついたようだ。作業の手を止めてこちらを見ている。キャップのつばが影を作って、表情まではわからない。

「こんにちは」先頭を歩く谷川が愛想よく声をかけた。「近くに寄る機会があったもので」

「どうも」青木がうなずき返す。

「今日は役員を連れてきました」

谷川が、後方に立つ松岡を振り返った。

松岡捷を青木にぶつけるというのは、松岡本人が強く主張した案だ。もし青木になんの他意もなければ、捷の名前ぐらいは知っていても顔までは知らないはずだ。反応を見せれば一味である可能性は固まる。

「かんべんしてください。もう、わかってますから」

青木は苦い表情でそう言うと、花柄のスモックを着たふたりの女のほうを向いた。

「ここはいいから、向こうのピオーネを見てください」

中年の女たちは「はい」と短く応え、義信たちにちらりと視線を投げると、畑の中をあがっていった。

「高速道路で起きた事件のことは聞きました」青木は、まだ青黒いあざが残る谷川の顔を、痛々しそうに見ながら言う。「そして、そっちの役員さんていうのが、じつは松岡捷さんだってこともいまはわかっています」

「誰に聞いた」ようやく、松岡が会話に加わる。

青木が、少しあきれたような顔つきになった。

「誰にもなにも……。捷さんだってご存じでしょう。ここは田舎です。ヤマダさんちのトラクターが壊れたとか、スズキさんちのおばあさんが腰痛で今年は減産するとか、全部筒抜けです。捷さんらしき人が茉莉さんをたずねたことも、その捷さんと一緒にいた洒落男が高速で事故にあったことも、知らない人はいませんよ。それに――」

青木は、枯れた枝でも見つけたのか、すっと立ち上がって、ぶどうのつるの先を剪定ばさみで切り落とした。ぱちり、という乾いた音が響いた。

「――作況にかかわらず棚をまるごと予定価格で買い取るなんて、いくら新規参入でも話がうますぎますから。捷さんは噂どおりのめちゃくちゃイケメンだし、谷川さんだってバイヤーには見えませんよ」

　義信は青木の表情を観察しながら話を聞いていた。もっと寡黙な男だと思っていたが、少し印象が変わった。

「やっぱりバレたね」谷川が苦笑して、松岡を見る。「どう頑張ったって捷ちゃんは、ビジネスマンに見えないよ」

「しょうがねえだろ」松岡が、足元の石を蹴った。「おれに持ち込まれたトラブルなんだ」

　谷川は、まあいまさらどっちでもいいや、と笑い、青木に向き直った。

「そういうことなら、いっそ話が早い。腹を割って話しましょう。作業の邪魔をしたら申し訳ない。すんなり答えていただければ、すぐに退散します」

　青木が控えめな動きで肩をすくめ、「しかたないですね」という表情を作った。

「時間を省くために、最初に申し上げましょう。青木惇さん、あなたがどこの誰であるか、桐恵さんとどういう関係にあったのか、そこまでは調べがついてます」

　適当な高さの石垣にハンカチを広げ、谷川はその上に座った。作業台に腰を下ろした青木は黙って聞いている。顔の表情に変化は見られない。谷川が続ける。

「わたしたちが知りたいのは、あなたがここでなにをしているか、ということです。あなたの狙いはなんですか。このぶどう園にふらりとやってきて、労働対価を超えた献身的な働きを見せたのは、どんな目的があったのでしょう」

「ありませんよ」青木が、あまり抑揚のない声で応えた。「すっかりご存じのようなので正直に話しますが、わたしは実の兄をはずみで死なせてしまい、刑務所に入りました。仮出所後、理解のある雇用主や好意的な仕事仲間もいましたが、やはり『実の兄を死なせた男』というフィルター越しにわたしを見ているのがわかります。いえ、ひがみでもないし、恨んでいるわけでもありません。わたしだって、立場が逆なら同じでしょう」

義信は、青木の目に視点を据えたまま、その話しぶりを聞いていた。いかにも朴訥そうなその見かけの裏に、なにか企みが隠されているのか。あるいはないのか。はっきりとはわからなかった。しかし、刑事時代に何度も見た、なにかをあきらめたような瞳の色は感じた。

「桐恵さんがこの土地にいることを知っていたのは事実です。刑務所を出たあと、ひととこ
ろに落ち着けなくて、ふらふらしていたとき、噂で聞きました。そうしたら、なんだか懐かしくなって、ちょっと顔を見せて、桐恵さんに挨拶して去るつもりでした。茉莉ちゃんと面と向かって会うのははじめてで、ぼくの顔も素姓も知りません。だから茉莉ちゃんには黙っていていただけると助かります。ぼくのためというより桐恵さんのために。昔のことはあまり掘り返してほしくないと思いますから」

「桐恵さんにも悪意がないとわかればね」谷川がすかさず応える。

青木はあきらめたようにうなずいた。

「とにかく、少し滞在したら、東京にでも出るつもりでした。しかし、ここからの景色――」

青木はそこで一旦ことばを切って、眼前に広がる景色に手を振った。

「一面に広がるこのぶどう畑を見て、ここで働いてみたくなったんです。もちろん、桐恵さんに迷惑をかけるつもりはありませんでしたから、会ってすぐに『お互い見知らぬふりをしましょう』と申し出ました。桐恵さんは、内心は迷惑に思ったかもしれませんが、できることは協力しますと言ってくれました。兄とのことで、わたしに多少の借りがあると考えていたのかもしれません。おことばに甘えて、推薦してもらうなら誰がいいか桐恵さんに聞いて、農協の人と隣家のかたに高級ウイスキーを持参して、口利きしてもらったってわけです」

「そこまでは、だいたいわかりました」谷川が、顔のまわりをうるさく飛びまわっている羽虫を追い払った。「ところで、さっきちょっとお話に出ましたが、わたしの事故のことはご存じのようですね」

青木は、やはり表情を変えることなく谷川を見つめた。

「知っています。事故のことはニュースでもやってたし、知人に会うたび『このあいだ松岡さんのところにたずねてきた男だろ』と聞かれましたから」

「その噂によれば、わたしが狙われたのは偶然ですかね」

「そこまではわかりません。少し前に甲府のほうで起きた事件と同じ、愉快犯だろうと聞きました」

「なるほど」

谷川は軽くうなずいて、それ以上自分が狙われたことへの質問はしなかった。話題を青木自身のことへ向けた。

「あなたという人間を少し見誤っていたようです。最初にお目にかかったときに、『この男は、根っからの善人か、それとも相当な役者か』と悩んだのを覚えています。しかし、こんな田舎に入り込んだってうまみはないだろうという考えが捨てられず、ただ風変わりで物好きな人なんだという判断を下してしまった。ところがあなたは、いろいろ先のことまで考えているしっかりした人物だ。先入観はいけませんね。いい勉強になりました」

「買いかぶりですよ」

青木が、さきほどからずっと変わらない落ち着いた口調で言った。谷川も冷静に応えた。

「いきがかり上、ぼくは松岡家に肩入れしようと思っています。松岡家の資産がよその誰かの手に渡らないよう、微力ながら尽力させていただきます。いただくなら、ぼくがいただきます」

谷川の思い切った発言にも、青木は顔色を変えなかった。なにも聞こえなかったかのように、眼下に広がる棚を満足げに見渡し、説明しはじめた。

「みなさん、ご存じですか。ぶどう栽培というのは計画生産なんですよ。『どのぐらい実りそうか』じゃない、『どのぐらい実らせようか』なんです。今年は、この松岡ぶどう園で過去最高の収穫高を見込んでいます。憲吾さんも楽しみにされています」

「それはよかった。ねえ、捷ちゃん」

谷川が爽やかに微笑みかけたが、松岡はポケットに両手を突っ込んだまま、うなずきもしない。

青木が尻の泥をはたきながら立ち上がった。

「ご用件がお済みでしたら、作業に戻ってよろしいでしょうか。今日中にこの棚を見てしまいたいので」

18 涼一

話し込んでいるうちに、気づけば午後の一時をまわっていた。

松岡が「腹が減った」とうるさいので、前回食べ損ねたほうとうを食べようということになった。青木の耳にも聞こえたかもしれない。

青木お気に入りの店とはべつなほうとう屋の駐車場に入った。

谷川涼一は、運転席から降り立ってすぐに駐車場を見渡したが、とくに怪しげな車はなかった。

「それじゃ、行きましょうか」

ぶらぶら歩きだした松岡が振り返って、そういえば、と涼一を睨んだ。

「さっき変なことを言ったな。『ぼくがいただきます』とかなんとか」

「やだな捷ちゃん、気にしてるの？　冗談だよ、冗談」

軽く松岡の肩を叩き、ちらりと染井の表情をうかがった。

少し前から気になっていることがあった。染井が、ひとことも発していない。

ちょうど昼時ということもあって、店はそこそこ混んでいた。

広い座敷の一角、掘りごたつ式のテーブルに腰を下ろした。

松岡は、あずきぼうとうと生ビール、染井と涼一はかぼちゃぼうとうを頼んだ。

「ねえ捷ちゃん、そのあずきぼうとうってのは、写真を見るかぎり巨大なおしるこみたいだけど」

「そうだよ」

「甘いのかい」

「甘くないしるこがあるのかよ」

　それをつまみにビールを飲むのかと聞きたかったのだが、機嫌が悪くなりそうなのでやめておいた。話題を変える。

「ところでさっき、青木が『ぶどうは計画生産』みたいなことを言ってただろう。まだろくに実もならないうちから、見通しがつくの？」

「ああ」松岡はデザート専用のメニューを見ている。

　先を続ける気配がないので、涼一のほうから促す。

「『一アールあたりの生産高』とかいう資料はあったけど、計画生産については知らなかったな。よかったら、教えてくれないか。もし、知ってたらだけど」

　ちょうどそこへ、松岡だけが注文した生ビールのジョッキが運ばれてきた。松岡は、待ちかねたように受け取り、一気に半分ほどを空にした。大きく息を吐くと、顔つきからいくぶん怒りが消えたように見えた。口のまわりについた泡を手の甲でぬぐう。

「ぶどうの樹は、その年に伸びた新しい枝にしか実をつけない。しかも、一本の枝にひと房かふた房だけ残して間引きする」

「一本の枝にひとつかふたつ？　たったそれだけなんだ」

見せかけの相づちではない。本当に興味を持って聞いている。どんな知識であれ、いつどこで商売に役立つかわからないからだ。

「そうだ。だから、何本枝を残すか、それによって実る房の数は決まってくる。作業の手数にはかぎりがあるし、房の数を抑えたほうがうまい実がなる。極端にいえば、一本の樹に百個実らすのと五十個実らすのとじゃ、ぜんぜん味が違う。その兼ね合いが難しい。だから、『今年はこの品質の房をこれだけの数実らせよう』って計画を立てて剪定をする。あいつが言ったのはそういうことだ」

涼一は感心しながら聞いていた。十五で家を飛び出したとはいえ、さすがぶどう園に育った人間だ。

「つまり、春のうちから、秋の収穫の量と質は、ほぼ決まっているってことか」

「まあな。そういうことだ」

「すごいね捷ちゃん。喧嘩とビジュアル以外にも売りがあったんだ」

松岡はきつい目を向けたが、いつものように「てめえ、ばかにしてんのか」とは口にしなかった。ほうとうが運ばれてきたからだ。

「お待たせしましたー」

鉄なべに、汁がぐつぐつと煮立っている。

「熱いですから気をつけてくださいねー」

割烹着を着た女の店員は、そう言い残して忙しそうに去っていった。

「うわ、うまそうだ」涼一は湯気に顔をのけぞらせた。「染井さんも食べましょうよ。かぼちゃのとろけ具合が、癖になりますよ」

しばらく無言のまま、三人でずるずると音をたててほうとうをすすった。

「このあとどうするつもりだ」松岡が聞く。

「また、スワンボートにでも乗る?」

「マジに答えろ。青木をちょっと脅すだけなら、わざわざ三人でここまで来る必要はなかっただろう。おまえが『けっこうやばい相手かもしれない』とか大げさなことを言わなかったら、小池に運転してもらっておれだけ来てもよかった。三人で来たのはビビったからじゃない。小池を巻き込みたくなかったからだ。肩すかしっていうんじゃねえか、こういうの」

「まあ、なにごともなければ、それでいいってことにしようよ。相手の出方を見るという目的もあったから」

ほうとうが半分ほどに減ったあたりで、涼一はふたり組の影が近づいてくるのに気づいた。

「ちょっと同席させていただいてよろしいですか」

語尾のあがる、関西風のイントネーションでそう言ったのは、痩身の男だ。肝臓でも悪いのか、どす黒い肌をしている。しなびた茄子を連想させる顔つきだ。ただ、目は冬山のクレバスのように冷ややかで暗い。その後ろに控えたもうひとりの男は、体つきがごつくて、畑から掘り出すときにスコップの先でつついてしまったじゃがいもみたいな顔をしていた。

涼一は、ちらりと染井に視線を走らせた。ほとんど表情は変わらない。

こちらの返事を待たずに、栄養不足の茄子が、四つのうちひとつだけあいた席に座った。傷だらけのじゃがいもは、すぐ後ろに正座する。

「向こうのテーブルがあいてますすよ」

涼一はあくまで丁寧な口調で応じた。

「まあ、そう言わんと。わたしたちは、この席が気に入りましてね」

『わたしたち』と口に出すとき、窮屈そうだった。イントネーションの具合からしても、やはり関西方面の出身らしい。

「なんだ、おまえら」

さっそく気色ばんだ松岡を、涼一が手で制した。

店員がやってきて、おしぼりと冷たいほうじ茶の入ったグラスをテーブルに置いた。

「ご注文がお決まりでしたら、おうかがいします」

暢気な声で注文をとる店員に、色の悪い茄子が応えた。

「お姉さん、すまんね。すぐに帰ります」

「はあ。そうですか」

店員はちょっと首をかしげたが、そのまま戻っていった。

「誰だよ、おまえら」涼一の制止を無視して、なおも松岡が食いさがる。

「誰でもいいです。飯のお邪魔をしたら悪いから、さっさと用件を言います。この件から手を引いてください」

関西風に語尾のあがる、妙に丁寧なことば遣いが、涼一の癇にも障りはじめてきた。

「この件とは?」染井が静かに聞き返した。

よかった。きっかけは何であれ、染井がやっとしゃべった。涼一は頭の中でくす玉を割り、クラッカーを鳴らした。

「わかってますやろ。このあたりをうろつかんといてください、ちゅうことですわ」

無理な標準語はあっさり崩壊したようだ。

「ぼくに石をプレゼントしてくれたのは、あんたたちか」

「なんのことやら、まったくわかりまへんな」

茄子男が、首をかしげた。すぐ後ろでじゃがいもが、声を出さずににやにやしている。

「これは、脅しですか」涼一が丁寧に聞く。

「脅してるつもりはありません。こう考えたらどうです。道を歩いていて向こうから来た人間とぶつかりそうになる。そんなとき、衝突を避けるため、お互いに身をかわすですやろ。あれとおんなじですわ。あんたらは、この件への関心を捨てる。こちらは、あんたらと、どこかのぶどう農家の三人の身の安全だけは保証する。あくまで、身、だけですけどな」

ほかのふたりがよけいなことを言わないうちに、涼一が先に応えた。

「ご用件はだいたいわかりました。ただ、参考までに教えてもらえますか。もし、関心を捨てられなかったらどうなるんでしょう」

「消えます」

「どこへ？」

「あんたら三人、はじめからおらんかったみたいに、きれいさっぱり消えます」

じゃがいもは、楽しくてしかたない、という顔でにやついている。

「ほう」染井の目が細くなった。

「そんな顔せんでも」茄子顔が笑う。「念のために申しておきます。警察に駆け込んでも意味はありませんわ。なーんも証拠はないですから。だいたい、届け出書類が回る前にカタがつきます。それと、ついでに申しときますが、どこぞの団体さんにいくらか金積んで仲介してもらおうてなこと考えても無駄です。うちらは、そういう古い団体さんの義理やしがらみとは関係ありまへん。独立した組織です」

「クロモズがそんな大所帯を切り盛りしているとは思わなかった」

涼一のことばに、茄子が首をかしげた。芝居くさいしぐさだった。

「そんな名前の御仁は知りまへんな」

黒い茄子は、びっしり汗をかいたほうじ茶のグラスに手を伸ばすと、ごくごくと喉を鳴らして一気に飲み干した。

「あ、お姉さん。お代わりもらえますか」グラスを振ってから涼一に視線を戻す。「――とにかく、もうこの場所へ来んほうがええ」

「あそこにあるのはおれの家だ。よけいなお世話だ」松岡が割って入る。

「どうせ、いままで十年間も寄りつかんかったんや。もちっと待てるやろ」

「もちっと待つと、どうなるんです？」涼一がたずねる。

「知る必要はない。選択肢もない。近寄らんか、消えるか、や」

「安っぽい脅しはそれだけか」松岡にしては紳士的なものの言いかただ。

「安っぽいかどうか、楽しみですな」

茄子の裂け目のような目が、さらに細く冷たくなった。そこへ、店員が冷たいほうじ茶のお代わりを注ぎに来た。

「おおきに」

茄子は店員に礼を言うと、グラスにたっぷり入った中身を、涼一の鉄なべの中に全部流し込んだ。

松岡が膝を立てようとするのと、じゃがいもが身構えるのが同時だった。涼一は松岡を手で制した。

「いや、いいんだ。ちょうど薄めようと思っていたところだ」

茄子男は鼻先で笑い、すっと立った。

「行こか」

じゃがいもは松岡を睨んだまま、その大きな体に似合わずすばやく立ち上がった。そのまふたりは、一度も振り返ることなく店を出ていった。ほどなく駐車場から、前方の席以外のすべての窓に真っ黒なシールを貼った黒い大型のバンが出ていった。

涼一は、すばやくナンバーを読み取った。

関西のナンバープレートをつけている。念のため記憶したが、調べてみたところでどうせ偽物か幽霊会社の持ち物だろう。この短時間で駆けつけてきたということは、やはり近くに詰所のようなものを作ったのかもしれない。

「無駄足にならずに済んだみたいだ」

涼一は松岡に話しかけたが、当の松岡は憮然としたまま応えない。しかたなく両手を膝にこすりつけて、器に目を落とした。

「でも、タイミングを見てくれればいいのにね。ほうとうがすっかり冷えてしまった」

そう言って、涼一はほうじ茶で薄まったほうとうをつまみ上げた。まずそうな汁がしたたり落ちた。

「さすがに、これじゃ食えない。やつらからの借りが、また増えた」

染井が手洗いに立った隙に、松岡が小声で言った。

「なあ、あの元デカのおっさん、思ったほどでもねえな」

「どういう意味かな？」

「ちょっと怖そうなのが来たら、ビビってまともに声も出ねえじゃねえか」

「そうかな。ぼくには、ずっとなにか考えごとをしているように思えた。気が弱くて頼りにならないわけではないと思うよ」

帰路、そろそろ東京都に入ろうかというころになって、助手席でずっと狸寝入りをしていた松岡が、ぼそっと言った。

「うちのことで世話になった。また、縁があったらどこかで会うかもしれないな」

涼一はあわてて松岡を見た。

「おいおい、捷ちゃん。そりゃどういう意味だい」

「あの親父がどうなろうと自業自得だ。なんだかめんどくさくなった。これ以上かかわるのはやめる。どうせ戻るつもりのない家だ」

「だけどさ、このままにすると、おそらくあの白い家も、ぶどう園も、ベンツも家具もなにもかもとられちゃうぜ。憲吾さんは病死かもしれないが、桐恵さんと茉莉ちゃんは、よくて路頭に迷う。悪くすれば、事故死かもしれない」

「あの、目つきの悪い男が、そうはしないって言ってただろう」松岡が不機嫌そうに言う。

「まさか捷ちゃん、信じるわけじゃないよね」

「どうせ、おれとは他人だ。関係ねえ」松岡が窓の外を向いたまま応える。

涼一は、ルームミラーに半分だけ顔が映った染井に声をかけた。

「ねえ染井さん。捷ちゃんがこう言ってるんで、しょうがないから、ぼくひとりで頑張ります」

「なに言ってんだおまえ」松岡の声が尖ってきた。

「おれもまだ降りるわけにはいかない。報酬をもらってるあいだは」染井が事務的に言う。

「おめえら、ばかか」松岡が、コンソールボックスのあたりを、尖った靴の先で蹴った。

「おいおい、借り物なんだから傷つけないでくれよ。どうせ壊すなら、大破にしてくれってさ」

「話を持ち込んだおれが、もうやらねえって言ってんだ」

「だったらいいさ。ぼくと染井さんでやるから。捷ちゃんは気が進まないなら、絵美さんとのんびりしてなよ」

涼一のへらず口に我慢できなくなったのか、松岡の声が怒りに満ちた。

「本気でぶち殺すぞ」

「考えてみてくれないか。車を運転していたら空から石を投げつけられ、ほうとうを食べていたらまだ半分も残っているのに水浸しにされて、それで尻尾を巻いて逃げたら、ぼくは明日からどんな顔して道を歩けばいい？」

染井が続けて口を挟んだ。

「おれは何度も言ったとおり、仕事として受けた。途中で投げ出すことはできない」

染井の少し長い、しかも前向きなせりふを聞けたので、いくぶん心が軽くなった。

「ねえ捷ちゃん。どうせ、人間一度は死ぬ。どんなに几帳面に生きてても、風にあおられたピンサロの看板に当たって死ぬかもしれない。びくびくしてもしかたないさ」

松岡は鼻を鳴らしたが、反論はしなかった。

「それに、クロモズと互角にやりあえたら、こっちの株もあがるってもんだ。ちょっとわくわくしてるんだ」

「勝手にしろ」

「じゃ、決まりだ。──なあ、なかなかユニークなチームだと思わないか」

「誰がチームなんて組むか」

涼一はこれからの計画を頭の中で組み立てながら、アクセルを強めに踏み込んだ。

19　捷

〝決着〟をつける前に、段取りをつける時間が少し欲しい、と谷川は言った。

松岡捷は、それまでのあいだ、ふたたび敷島の屋敷に寝泊りすることにした。

居候させてくれていた丸山は、捷が出ていってしまうことが残念そうだったが、今回は気まぐれではなくちゃんとした理由と目的がある。

理由は、なにかあったときに丸山に迷惑をかけてはいけないからだ。

谷川の話だと、敵は裏社会からもはみ出した連中らしい。なにをするかわからない。無関係な丸山の家族まで危険な目にあわせるわけにいかない。その点、敷島の家はセキュリティがしっかりしているし、絵美の命さえなんとか守ることができれば、家は丸焼けになっても心は痛まない。

目的のほうは節制だ。敷島家ならバランスのとれた食事がとれることに気づいた。丸山のところに居候していると、どうしてもカップ麺におにぎりだとか、ラーメン餃子セットなどという食生活になってしまう。そんな食事を続けていると、いざというときに体の切れがなくなる。

ちょうどいい具合に、敷島祐三郎が会社の幹部を引き連れて、台湾に慰安旅行に出かけた。一週間ほどは戻らないらしい。仮に帰国したとしても、ふだんは本社ビルから目と鼻の先にある赤坂のマンションに暮らしている。この一週間で体調を整えるつもりだ。

考えていることを正直に説明すると、絵美は溜め息とともに同意してくれた。

「捷ちゃんがこうと決めたら、聞く耳持たないでしょ。染井さんと谷川さんがついてるのがせめてもの救いね」

おれをガキ扱いするのもいまのうちだ、と思った。

朝は遅くとも八時には起きる。毎日昼近くまで寝ていたことを思えば、画期的な早起きだ。

朝食は、嶋田という名の絵美と同い年の賄いさんが作ってくれる。この午前中担当の家政婦は、結婚して姓が変わったが、夕食担当の松永の娘だそうだ。母子揃って本来の家主である祐三郎のことが嫌いらしく、その反動からか捷に好意的だ。

捷が頼んだら、喜んで特製ジュースを作ってくれることになった。

中身は野菜が主体で、プロテインと蜂蜜も少し加えてもらっている。これを五百ccほど飲み干してから、ジョギングに出かけるのだ。

予定外だったのは、連れができてしまったこと。初日から絵美が「わたしも行く」と言って聞かないので断りきれなかった。

上から下まで最新かつ最高級かつど派手なジョギングウエアに身を包んだ絵美は、そのままモデルが務まりそうなほど絵になっている。一方の捷は、下北沢の衣料品店で千九百円で買ったスウェットの上下だ。そのふたりが並んで、豪邸のあいだを縫って走る。

最初は、置いていってしまえばいいと思っていた。ところが、絵美の足は意外に速く、一キロも走らないうちに捷のほうが息を切らした。

「どうしたのよ、捷ちゃん、喧嘩とジョギングは別物かしら」

もわかっていた。

「瞬発力と持久力の違いだよ」

まるで疲れたようすを見せない絵美に、顔を歪めて言い返すが、説得力がないのは自分で

格闘の練習などいまさらしてみてもしかたがない。得体の知れない犯罪組織を相手に、まさか素手や多少の武器で太刀打ちできるとは思っていない。だからこそ、基礎体力を養っておきたかった。最後にものをいうのは、やはり体力と精神力だ。

敷島家の二階には、ウェイトトレーニングのできるスペースがある。洋室を改造したらしいトレーニング室には、ベンチプレスからプルダウン、各種エクステンションもついた、コンパクトながら充分な機能を持っている高級機が据えてある。今までは、ときどき絵美につきあって軽く汗を流す程度だったが、本格的に取り組むことにした。

朝は特製ジュース、昼は脂身の少ない肉と温野菜と少量の玄米、夜はじっくり煮込んだ薄味のスープ。栄養価は高いがカロリーは抑えめ。松永母娘連携のヘルシーメニューとトレーニングマシンとジョギングのおかげで、体が軽くなってきたのが実感できる。

こんな高揚感を味わうのは、いつ以来のことだろう。

「捷ちゃんさん、お代わりはよろしいですか」

白い割烹着をまとった、夕食担当の松永母が声をかけてきた。

〝捷ちゃんさん〟というのはやめてくれと何度も頼んだが、そのたびハイハイと返事をして、一向に直す気配がない。さすがの捷も根負けした。

「もう腹いっぱい。ごちそうさまでした」

なんとなく、松永には丁寧な応対をしてしまう。理由は自分でもよくわからない。

松永が割烹着の前で手を合わせ、嬉しそうに言う。

「こんなこと言ったらなんですけど、最近は捷ちゃんさんのおかげで、なんだかやりがいが出てきました。だって、いままでは、ただ取り寄せたお刺身をお皿に盛り付けるだけとか、仕出し弁当に添える蛤(はまぐり)のお吸い物をこさえるだとか、そんなのばっかりで……」

「松永さん。今夜はこれでけっこうですよ」

延々続きそうな松永の愚痴を、絵美が笑顔で断ち切った。松永は、それじゃまた明日、とおじぎをして帰って行った。

二人きりになって、しばらく考えごとをしていた捷は、真顔で絵美に声をかけた。

「なあ、ちょっと聞きたいことがある」

「なあに」

ホームシアターで、連続ドラマを見はじめた絵美は、画面から目を離さず聞き返す。

「住民票って、どこでもらうんだ？　区役所か」

赤ワインのグラスを口につけたところだった絵美が、「えっ」と声をあげた。その拍子に、中身が少しガウンにこぼれた。

「やだ、シミになっちゃう」

あわててハンドタオルで拭いているが、落ちそうにない。

「買い換えればいいか。──捷ちゃん、住民票が欲しいの？」

「まあな」

「最近便利になったから、コンビニでも出せるわよ」

「マジか」

そんな手があるとは知らなかった。聞いてみるものだ。

「ああ、でも住基カードが必要かも、──いままで申請したことないの？」

「ないから聞いてるんだろうが」

「二十五年も生きてきて、一度も住民票を使う機会がなかったってことね。捷ちゃんて、天然記念物ものの自由人だわ」

少し前までなら、ばかにされたと腹を立てたかもしれない。しかしいまは、こんな女からも笑われるほど世間知らずなのだという悲しみが湧く。

「いままで動かしたことがないなら、きっと実家のある甲州市にあるわよ」

「おれは、山梨に住んでないぞ」

「だから、それは本当は違反なのよ」

それからしばらく、住民登録や戸籍のことについて教わった。説教くさい口調だったら、途中でやめたかもしれないが、絵美は面白がって丁寧に教えてくれた。

「だけど、急に住民票をもらってどうするの？　とうとうアパートでも借りるの？」

「アパート借りるのにも住民票がいるのか」

「まあ、ちゃんとしたところならそうね」

絵美はついでに、と言って、年金や健康保険の仕組みも簡単に教えてくれた。

途中で、捷の学習許容量を超えた。やはり自分には無理かもしれない。

社会の歯車となって生活するということは、なんと面倒なのか。だが、社会がそれで成り立っているとすれば、ほかのほとんどの人間はこの仕組みを理解しているのだろう。円山町のラブホテル街を歩いている間抜け面のカップルも、シモキタの商店街で手押し車を押している婆さんも、皆規則を守って生きているというのか。

「免許が欲しくなった」住民票が必要な理由を説明した。

「バイクは危ないからイヤよ」

「バイクじゃねえよ。車だ。谷川のやつ、詐欺師のくせに免許持ってるんだぞ。いまさら学歴は気にならないが、いつも助手席にしか乗れないのは悔しい」

「だったら教習所通う？　お金なら出してあげるわよ」

そのあとに、ぼそっと「まだ、いまならね」とつけ加えたのが聞こえたが、気づかないふりをした。

「いらねえよ」

缶を逆さにして、わずかに底に残ったビールをあおった。一日ひと缶だけと決めた、最後の一滴だ。

「――自分で働いて稼ぐからいい」

「捷ちゃん」絵美が体を押しつけてきた。

レックスとマックスが、なぜか遠吠えをはじめた。

20　涼一

谷川涼一は、中央区月島にそびえ立つ高層マンションの一室から、ガラス越しに東京湾の夜景を眺めている。

月島といえば「もんじゃ焼き」が全国的に有名で、いかにも昭和の匂いが残る木造家屋の下町というイメージが強いが、じつはこの地には高級かつ高層のマンションがいくつも建つ。

いまいる部屋は、涼一が雑念を排して思考するときに使う書斎だ。

三十三階の南西の角にあって、南はレインボーブリッジから、西は六本木や東京タワーはもちろん、角度的にいえばぎりぎり新宿副都心あたりまでの範囲が一望できる。秋から冬にかけての晴れた日には、富士山もくっきりと姿を現す。眺望とセキュリティだけで決めた物件だ。

置いてある家具や電気製品は必要最低限に絞っており、挽きたてのコーヒーを淹れるほかは、調理もしない。テレビはあるが、必要に応じてニュース系の番組をチェックするか、資料用の映像を再生するだけだ。ベッドは、ごくシンプルだがマットレスにだけは金をかけたセミダブルがひとつ。どんな友人も、美女も、誰ひとりこの部屋に連れ込んだことはない。

夜景の広がる窓に面して据えつけた、特注の黒檀(こくたん)の机は、横幅が二メートルある。ふだんほとんどものを置かないその上に、いまは書類やメモが散乱していた。

ほとんどは黒田和雄、〝クロモズ〟についての調査資料だ。

過去、これほど神経と金と手間をかけた調査をした記憶はない。大げさでなく、命がかかっている。自分だけならまだいい。松岡などは、なんだかんだと言いながらも、まだ甘く考えているようだ。いくら彼が肉弾戦に長けていても、組織暴力の前では無力に近い。まして松岡と染井の流儀からすれば、拳銃などの武器を使うという発想もないだろう。

ならばここは頭脳戦でいくしかない。

しかも、戦線を広げることはできない。一点突破だ。クロモズの弱点を探し、そこをキリのように突く。突破できれば勝つ可能性もある。できなければ、あのしなびた茄子顔の男が言ったように〝消える〟だけだ。クロモズ一味の仕事と思われる案件を調べるほど、その冷酷さが浮かび上がる。被害者が全財産も社会的信用も失って自殺するぐらいでは、まったく心を痛めないやつらだ。直接手を下した証拠を隠滅するために、家一軒丸焼きにすることなどめずらしくない。

しかし、ここまで調べても、クロモズの弱点らしきものが見つからなかった。

机の隅に立てたフォトスタンドに目をやる。

日に何度も熱い視線を送っているその写真の主は、涼一の愛人でも隠し子でもない。ようやく手に入れたクロモズのスナップ写真だ。コインパーキングに停めた車に乗り込もうとした瞬間を、上方から写してある。おそらくは近くの建物の三階あたりから盗み撮ったものだろう。写し込まれたオレンジの日付は、いまから五年前を示している。

　鷲鼻が多少目立つほかは、髪型も目つきも服装の趣味も、大手電機メーカーの課長さん、といった雰囲気だ。ただし、腹は出ていない。ジャケットとスラックスの上からでも、引き締まった体つきなのがわかる。完全会員制のジムで汗を流しているらしいことは、調べがついている。今年五十五歳のはずだから、五十歳のときの写真だ。いまでもほとんど変わらないと思っていいだろう。

　クロモズに家族はいない。入手できた戸籍の上では、天涯孤独だ。愛人らしきものも見当たらない。特定の女はいないようだし、もともと、バーやキャバクラで豪遊する趣味もないらしい。そのあたりの心情は、涼一にも共感できる部分がある。複数所有しているセキュリティの厳しいマンションを、都合に応じて転々とするところも似ている。

　涼一にとっては、仕事の段取りを考える時間が最も心安らぐが、クロモズはクラシック音楽と古いモノクロ映画を鑑賞するのが息抜きらしい。唯一の道楽ともいえるのが、アジアアロワナの飼育だ。香港から取り寄せた最上級種——新車のプリウスにどっさりオプションをつけたほどの値段——のアジアアロワナを数匹飼っているらしい。ビタミン剤入りの餌を与えて飼育した純国産コオロギを与えているそうだ。水槽の幅は四メートルほどあるというから、床は補強工事でもしたのだろう。しかし、クロモズに電話して「アロワナの餌にゴキブリの死骸を混入したぞ」と脅しても、あまり効果があるとは思えない。愛情を注ぐ対象が犬や猫ではなく、高額とはいえ魚というところが、クロモズの心の温度を象徴している気がしてならない。

困った。

人間の弱点とは、すなわち愛するもの、かけがえがないと思っているものだ。

それがクロモズには見当たらない。

もちろん、多少の金では解決できないだろうし、こちらからの逆の脅しに耳を貸すとも思えない。このままでは、三人揃って〝百舌鳥の速贄〟にされてしまう。

ただひとつ気になったのは、どうやらやつらが日本のあちこちで用地買収の動きを見せているらしい点だ。

それがわかったきっかけは、涼一自身が、静岡県のシェールガスコンビナート用地買収詐欺を進めていたときだ。

同じ静岡県内の、太平洋を一望する高台に、バブル崩壊のときにつぶれてそのままになっているリゾートホテルの残骸がある。もちろん、涼一も以前からその存在は知っていた。自治体が無謀ともいえる運営計画に資金参入したことで、破綻当時はニュースでずいぶん叩かれた。利権関係が複雑で、一旦国有化されたあと、アメリカのペーパーカンパニーに二束三文で売却された。口利きをした代議士は、自宅をビルのような豪邸に建て替え、のちに国会で追及を受けることになった。

　問題の物件は何回か転売されたあと、現在は、ほとんど名もない日本の会社が所有していることになっている。しかしバックにいるのは、黒い噂のある大陸系の企業だ。

　このホテル跡に大規模レジャー施設ができるという風説をキャッチした。それも、ごくごく一部の人間だけが知っている。地元の人間ですらほとんど知らないというところがくさい。嘘くさいのではなく、真実くさい。だからこそ、手の込んだ詐欺の臭いがする。

　しかも、目玉は〝家族向けレジャーランド〟ではなく、〝公営ないし公的資金がたっぷり入ったカジノ〟だという。

　政権与党の中にも、連立を組む党の中にも、真剣に「地方交付税削減の見返りに、公営ギャンブルの規制緩和」を公約にあげる議員が少なくない。まんざらありえない話ではないのだ。この噂を入手したとき、涼一自身「うまそうな話だ」と食いつきそうになったほどだから。

　だが、これは撒き餌だろう。こういう話に裏づけなど求めることはできない。勘だ。いままで、本業では一度も逮捕されず、ここまで生き抜いてきた涼一の勘が、これは架空の話だと警鐘を鳴らしている。

どこにもクロモズの名は出てこない。しかし、臭う。もしも、詐欺のお膳立てだとしたら、これほど大規模で、じっくり寝かせた仕事をこなせる詐欺師はそう多くない。

それに、《省庁や族議員ではなく、与党の幹部》に接触しようとしているというブチの情報にも合致する。いわゆる公営カジノの管轄利権は、どの省庁が持つかまだ決まっていないのだ。与党内の綱引きで決まる公算も大きい。

涼一は、多少心を許せる詐欺仲間にそれとなく打診してみたが、この件をまったく知らないか、せいぜい噂に聞いたという程度だった。ひとりだけ「関西系の人間が動いていると聞いた」と教えてくれたやつがいた。

やはり、クロモズの影を感じる。

だとすると、北海道、富山、三重、高知、宮崎でも似たようなことが起きているのは、すべてやつのしわざか。こんなに一度になにをしようというのか。強欲にとりつかれて、常軌を逸したのか。

いや違う――。

ひとつだけ、考えられる可能性がある。

引退だ。

最後に一か八かの大勝負をかけて、きれいさっぱり姿を消そうと考えているのではないか。同時多発的に詐欺を実行し、有終の美を飾って国外逃亡でもするつもりなのかもしれない。だとすれば、松岡の実家もその一大プロジェクトの一角として、候補にあがった可能性はある。たしかに、甲信地区にはまだ大物詐欺師の影がない。

もうひとつ、だます相手が誰なのかという問題もある。これほどの準備をしたからには、収穫の見込み額は一億や二億ではないだろう。そんな大金をだまし取れる個人や企業があるだろうか。

やれやれだ。考えれば考えるほど、勝ち目が見えなくなる。大型台風に扇風機で立ち向かうような気分になってきた。

青木の存在も無視はできない。

先日のほうとう屋の一件で、青木が一味とつながっているのは確実になった。高速での事故の日は、涼一の訪問を知っている人間は何人もいた。しかし今回、連絡したのは青木だけだ。会って話したあと追跡してくる車はなかったし、ほうとう屋へ行くという会話を聞いたのも青木だけだ。あの男が漏らしたと考えるしかないだろう。

その青木の、ぶどう園での役目はなんだ。どうしてあんなまだるっこいことをしている。クロモズがその気になれば、長くても一年で乗っ取れたはずだ。

なにを考えている。理屈に合わない。理屈に合わないことをするとき、人はなにを考えている?

なにを考えているのか——。

涼一は、夜景が広がる窓に向かって拳を突き出しそうになり、あわてて思いとどまった。

「そうか」

「そういうことなのか」

先入観は捨てろ、それも師匠の教えだ。

ふいに浮かんだ荒唐無稽な着想を受けて、頭の回転がさらに速度を増した。

机に置いた小ぶりの電波時計は、まもなく深夜二時になることを告げている。

このままベッドに入っても、とても眠れるとは思えない。昔から愛用している糸綴じのツバメノートを広げて、明日の計画を書き出すことにした。

最初の文字を書きはじめる前に、テーブルに載った唯一クロモズ関係ではない写真に目をやった。

撮影場所は、練馬区にある染井のアパートの近く。路地をほとんどふさぐように停まった黒塗りのベンツの後部座席の窓が少しだけ開いている。その脇で腰をかがめ、のぞきこむようにして車中の人間と話しているのは、ほかならぬ染井義信だ。

そして、ナンバーから割り出してもらった車の所有者は、シキシマＨＤだった。

21　義信

染井義信は、アパートから歩いて十分ほどの公衆電話ボックスにいた。

稲葉からは会社名義の携帯を貸与されているが、私用には使わないことにしている。ふだんの用事は、アパートの住人に借りて済ませる。

しかし、いまからかけようとしている電話の中身は、他人に聞かれたくなかった。

番号ボタンを押す途中で指先が躊躇しているうちに、電話機はあきれたように回線を遮断し、ツーツーという不快な音を鳴らす。突き返すように飛び出てくるテレフォンカードを、情けない思いで引き抜く。これでもう何回同じことを繰り返しただろう。

かける相手は、かつての妻、藍沢真知子だ。

第一の用件は、それとなく真知子に警戒を促すことにあった。いまから自分たちがかかわりあいにならざるを得ない、黒田という詐欺師とその一味は、冷酷な犯罪者集団らしい。普通なら、もとの妻子にまで手を出すというのは考えがたい。六年も前に離婚して、その後再婚相手と札幌で家庭を持っているのだ。しかし、谷川の説明によれば、常軌を逸した冷酷さがあるらしい。どうしても、ひと声かけずにはいられなくなった。

刑事時代の経験でもわかっている。悪党連中は、まずターゲット本人を脅す。本人に手を出しづらかったり、脅迫や多少の暴力に屈しそうもないとき、わが身よりも大切に思う人に危害を加える。

それは避けたい。いや、避けねばならない。しかし、いきなりということはないだろう。なにかしらの兆候があるはずだ。少しでもその気配があったら、それこそ自分の命と引き換えにしてでも、阻止しなければならない。

第二の用件は、夫の職場復帰の見込みをそれとなく聞き出すことだ。さとみの現況ともからめて聞いてみたい。

意を固めて来たはずだが、いざとなると元妻の携帯に電話をかけることは、命を張るより難しかった。

――勇気を失うことはすべてを失うことだ。生まれてこないほうがよかっただろう。

刑事になりたてのころに、先輩の万年部長刑事が教えてくれた。ゲーテだったか、ドストエフスキーだったか、とにかく偉そうな人物が残したことばだそうだ。その刑事は、ひったくりの現行犯を追いかけているときに刺されて重傷を負い、結局警察を辞めた。

〈もしもし〉

聞き覚えのある、真知子の声だ。

「突然すまない。おれだ」

〈あ……〉

直感でわかった。感嘆詞の「あ」ではない。「あなた」と言いかけて止めたのだ。そう思うと、胸の隅が痛んだ。

「いま、少しだけ話していいかな」

〈――少しだけなら。これから夕飯の支度をするから〉

「忙しい時刻にすまない。いつかけていいかわからなかったもので」

〈あの、この前の電話のことなら、もう気にしないで〉

「いや、そうじゃないんだ」

真知子が言うのは、家計が苦しくて娘のさとみを皆と同じ塾に行かせてやれない、と愚痴をこぼしてしまったことだろう。じつは明日にでも、以前聞いた真知子の口座に多少の金を振り込もうと思っている。そのあとではなんだか謝礼を期待しているようで、電話がかけづらくなると思った。

「最近、なにか変わったことはないか」

〈どんな？〉

「ほら、物騒な事件が続いてるだろう。通りすがりの家に空き巣狙いに入って、住人に見つかって居直って刺し殺すような事件が」

〈まあ、さとみもいるから、いちおう用心はしてるけど。でも、それでわざわざ電話してきたの〉

「もし、不安なことでもあれば、相談に乗ろうかと思って」

〈気になることがあれば、まずうちの人に相談するし、こっちにも警察はあるから〉

「そうだな」

そのあとが続かなかった。数秒の、しかしやけに長く感じる沈黙を破ってくれたのは、真知子のほうだった。

〈それだけじゃないでしょ〉

「どういう意味かな」

〈わざわざ電話してきた理由。またなにか面倒なことに巻き込まれたんじゃないの〉

以前から勘の鋭い女だった。だからこそ、警官の妻を続けるには神経がもたなかった。そんな彼女を包めなかった自分にすべての非はある。

「いや、迷惑をかけることはないと思う。ただ、もしも、ほんとにもしも、たとえば、花壇の花が一本でも不自然な折れ方をしていたとか、さとみが学校帰りの途中で知らない人に道をたずねられたとか、なんでもいい、とにかくいつもと違うことが起きたら、電話をくれないか。前に知らせたアパートの呼び出しでわかるようにしておく」

続けて、念のために了解をもらっておいた、谷川の携帯の番号を教えた。この先は、一緒にいる機会が増えるかもしれないからだ。

話している途中で、深い溜め息が聞こえた。

〈わかったわ。『気をつける』って言えば気が済むんでしょ。どうせ、なにがあったのか聞いても教えてくれないくせに〉

「すまない」

〈じゃあ、切るわね〉

「さとみは、さとみは元気か」

最後にさりげなく聞こうと思っていたことが、つい口から飛び出してしまった。

〈やっと本音が出たわね。――とても元気にしてる。このあいだ、クラスの男の子にラブレターもらったって、すごく怒ってた〉

「怒る？　つきまとわれてるのか。どんなやつだ」

頭に血が上った。なんだったら自分が話をつけてやってもいいぞ、そんな意味のことを言った。

電話の向こうで息が漏れた。数年ぶりに聞く、真知子の笑い声だと気づくまで少し時間がかかった。

〈ばかね〉

いままでの他人行儀な口調とは、うってかわった「ばかね」だった。

〈さとみも、その男の子のことが好きだから、照れて怒ったふりしてるんじゃない〉

「――そうなのか」

女の子というのは、そんなものなのか。本当なら、自分にはそんな年頃の娘がいたのだ。

返すことばを探しているうちに、通話が終わった。

受話器を置いたとき、下のまぶたから、なにかがしたたり落ちた。

指先で触れてみると濡れている。自分にもまだこんなものが残っていたのかと、不思議な気分でそれを見つめたとき、ようやく夫の仕事のことを聞き忘れているのに気づいた。

谷川の呼び出しを受けて、新宿西口の高層ビルにある『敷島』という日本料理店に向かった。

その名からして、絵美の夫の会社が所有する店であることは明白だ。

「お忙しいところすみません」

部屋の入口で待っていた谷川が頭を下げた。奥に、すでに腰を下ろしている松岡の姿も見える。

やや細長い四畳ほどの個室だった。いまどきの流行なのか、テーブルの下は掘りごたつ式になっているので、座るのが楽そうだ。

「申し訳ないですが、料理は話が一段落ついたところで、とお願いしてあります」

「かまわない」腰を下ろしながら応える。

「だったら、早く済ませようぜ」

松岡が、店の人間にお茶の代わりに、冷えた水をくれ、と頼んだ。

「あれ、捷ちゃん、ちょっと見ないあいだに変わったね」谷川がいつもどおり軽い口調で言う。

「変わってねえよ」

「まずビールよこせって駄々をこねないし。体が引き締まったし、顔つきもなんだか精悍になった」

「もひとつ言えば、そう言われたぐらいじゃ、ぶん殴らなくなった」

「なんだつまらない――」谷川はあっさりと話題を変えて、ブリーフケースからレジュメのような書類を三セット取り出した。「はい、これ」

「おまえの正体は、ほんとにわからねえな」松岡が谷川に向かってあきれたように言う。

谷川は高そうなペンをカチカチ鳴らした。

「ただのケチな詐欺師さ。さ、それよりさっそく本題に入ろう。あ、そうだ。この店は、絵美さんに手配してもらいました。この特別室は、談合だとか役人に賄賂を渡すときに使う部屋で、外に声は漏れないそうですよ。お金持ちに知り合いがいると便利ですね」

谷川のレジュメはよくできていた。これまでの経緯、大阪時代にあった事件、主要人物の特徴などなどが、要点を漏らさず、簡潔明瞭にまとめられている。

谷川が説明をはじめた。

「青木がぶどう園に入り込んだのは、偶然ではなく、なにか目的があってのことだと考えていいと思います。この点については、当初のぼくの不明をお詫びします。もちろん、都会暮らしがいやになったとか、桐恵さんが懐かしかったということばが全部嘘だとはいえないかもしれません。しかし、いまここに至っては、クロモズこと黒田和雄ないしその一味とつながりがあると考えざるを得なくなりました。それでは、目的はなにか？」

谷川はそこで一旦ことばを切って、義信と松岡を交互に見た。最後に松岡に視線を据えて、返答を促した。

「乗っ取るつもりだろ」あっさりと松岡が応える。

「この前もそういう結論になった」義信も、隣でうなずく。

「では、どうやって乗っ取るつもりでしょうね」

「破綻させるつもりだろう」義信が応える。「借金で経営を拡張させ、高級外車を買い、リフォームし、高い健康食品を買わせている。さすがに癌の再発は予定になかっただろうが、やつらにとっては好都合の想定外だ」

「ぼくもまったく同意見です。では、どうやって破綻させるのか。捷ちゃんが以前言っていたように、ぶどうは春先からその年の収穫高が見込める。うまい具合に大型台風でも来ればいいが、豊作だったら破綻なんてしない。しかも『甲州』は、値が張らない代わりに――いや、だからこそと言ったほうがいいかな――悪天候や病気に強い。少しぐらいのことでは壊滅的打撃にならない」

「高級品種が一番怖いのはウイルスだ」松岡がごくあたりまえに言う。

「そうらしいね。ぶどう農家が一番恐れているのは、ウイルスの感染だそうだ。ひどいときは、畑が全滅することもあるらしい。松岡ぶどう園でも、半分ほどは高級品種を作っているから、これはなんらかの手段を使ってウイルスに感染させる計画だと見ました。これだけでも大打撃だけれども、とどめを刺すために、甲州も全滅させたい。しかし、無敵というわけではないが、比較的病気にも強い品種だ。さて、どうするつもりだろう」

　こんどはさすがに松岡も考え込んでいる。義信にもこれという案はない。まさか、ひと房ずつ落としていくなどという手間はかけないだろう。

「これか」義信がつぶやく。

　レジュメのほとんど最後のほうに新聞記事のコピーが添えてある。あまり鮮明ではないが、文字は読める。

「あ、ずるい、答えを見ましたね」谷川が軽く睨んで笑う。

「どれだ。ああ、これか」松岡も同じ記事を読みはじめた。

「四年前、つまり青木が現れる一年前の記事です。勝沼じゃない、よその県にあるぶどう園で起きた事故です。ぶどう狩りをしてその場で食べた客が、食中毒を起こし、一時危篤になる騒ぎが起きました。客が持ち込んだおにぎりの具が悪くなっていたことがあとでわかったんですが、『ぶどう園で食中毒』という噂が先に立ってしまって、結局このぶどう園は閉鎖することになりました」

「そんなことがあったのか」松岡も知らなかったらしい。「ぶどうで食中毒なんて聞いたことないぞ」

「うん。ぶどうの実で食中毒は起きていない。しかし、人為的に起こすことは可能でしょう。

たとえば、実っている房に食中毒菌を吹き付けるとか」

「そこまでするか」

「やつらがぼくを襲ったのが、かなり重要な状況証拠です。『作況にかかわらず、棚ごと買い取る』と申し出た。やつらにしてみれば、よけいなところに出てきやがって、というところでしょう。それに、この記事のことをどうやって知ったと思います。よその県のローカル紙だから、ネットで検索してもなかなかひっかからなかったんですよ」

　ふたりが黙っていると、谷川が「茉莉さんです」と高らかに応えた。

「青木が外出して、確実に半日は帰ってこないときを見計らって、部屋に忍び込んだそうです……」

「そんなことさせたのか」松岡が気色ばむ。

　谷川があわてて手を振った。

「違うって。あとから聞かされたんだよ。ぼくがそんな危険なこと頼むわけがない」

「本当だろうな。もし、そんなことをさせたら……」

「わかってるよ。とにかく、茉莉さんが青木の部屋で、ぶどう園に関する新聞や雑誌のスクラップ帳を見つけたそうだ。その中に、この記事があった。ヒントにするつもりで保存しておいたのでしょう。茉莉さんはこの記事を写真に撮って、同じものを図書館で探したそうです。しかも、縮刷版のコピーまでしてくれた」

　義信が質問する。

「仮に、やつらの計画している手段がそうだとして、こちらはどうやって防ぐ？　ウイルスや食中毒菌を完全に予防はできないだろう。青木を追い出してみたところで、本質的な解決にはならない」

「もちろん、水際作戦はとりません。人手も物資もないですからね」

「じゃあ、どうするんだよ」松岡が睨む。

　谷川が、こほんとひとつ咳をした。

「火事を起こさないようにしたければ、火の気を断てばいい。食中毒を防ぐには、食わせなければいい。しごくあたりまえの理屈です」

「言ってる意味がわからねえ」

「今シーズンは、ぶどう狩りをやめてもらうんです。食べさせなければ食中毒にはならないでしょ」

　少しのあいだ谷川を睨んでいた松岡が、義信のほうを向いた。

「なあ」松岡にしてはのんびりした口調だった。「この詐欺師、おれたちのことをばかにしてるのか？」

相変わらずぞんざいな口のききかただったが、喧嘩腰でないのも、〝おれたち〟とひとくくりにしてもらえたのも、はじめてだ。

「かもしれないな」素直にうなずく。

「だよな」松岡がまた谷川を睨みつける。

義信はごくふつうに浮かんだ疑問をぶつけた。

「松岡憲吾がそれで納得するのか。相当な頑固者だと言ってなかったか」

それを聞いた松岡が、深く何度もうなずいている。谷川は笑って応えた。

「もちろん手は打ちますよ。思いつきみたいに受け止められちゃったかもしれないけど、一応きちんと考えた策です。たとえば、閉園するぶんの減収を買い取り額に上乗せする、という提示をして納得してもらいます。ま、とにかくしばらくのあいだ、細かいことはぼくにまかせてください。煮詰まってきたらまた相談します。——そろそろ料理にしましょう。捷ちゃんはすきっ腹だと怒りっぽくなるからね」

そう言って、床の間にある内線電話をとった。

「絵美さんが、最上級のコースにしてくれたんだ」内線電話を切った谷川が嬉しそうに説明する。

「だから捷ちゃん、あとでたっぷりとお礼しといてよ」

「うるせえ」

谷川が、そういえば、と話題を変えた。

「染井さん、なにかいいことがありました？」

「どういう意味だ」

「ここ何日かの顔つきからすると、なんだかふっきれたような表情をされてるから」

相変わらず、鋭い男だ。さとみの話を聞いて、娘に知られて恥ずかしいことはしないと、腹を決めたからだろう。しかし、あいまいにうなずいてごまかした。

「なんだよ。なにふたりだけで納得してんだよ」

「まあ、大人の話だよ」

ほどなく、義信が生涯でもほとんど口にしたことがない、というより実物を見たこともない手の込んだ日本料理が並びはじめた。説明を受けないともとの素材がなにかわからないような、しかもうっかりすると味わう前に口の中で消えてしまうような、芸術品ともいえる小ぶりな料理がつぎつぎと出てくる。真知子とでさえ、こんな食事はしたことがない。

コースの半ばを過ぎるころには、腹が満たされる感覚が湧いた。それを見計らったかのように、谷川がぽつりと言った。

「やっぱりぼくたちは、いいチームになると思うけどな」

22 捷

「なあ捷ちゃん。少しペースを落としたほうがいいんじゃないか」

二階のシガールームにあがって、ひとりだけ煙草を吸ってきた丸山が、心配そうに言った。

敷島家のだだっ広いリビングで、すでに二時間近く飲んでいる。

スコッチだろうと日本酒だろうと、ほとんどの酒は「超」のつく一級品が揃っているが、ビールだけはそれほどストックがなかったので、松岡捷の喉を満足させる前になくなりかけた。あわてた丸山が絵美に相談して、大瓶二十本入りのケースを出入りの酒店に持ってこさせた。

「これでちょうど一ダースだ」

小池が淡々と言って、床に置いた黄色いビールケースに空き瓶を放り込んだ。

もともと酒にあまり強くない丸山と、健康管理に気をつかっている小池は、それぞれ、せいぜい一本ずつ飲んだ程度だろう。少し前にバスルームに行った絵美は、根っからのワイン党だ。つまり、あとの十本はこの二時間足らずのあいだに、捷が干したことになる。

「今夜で、ゴチになるの二回目だけどさあ、それにしても、いつも贅沢なもん食ってるよな」

丸山が、むき身になったカニの足を専用のたれにつけて、ずずっと吸い、うーんと唸る。

「いつもってわけじゃないぞ」酔いを感じさせないしっかりした口調で捷が応える。「ふだんはもっとあっさりしたもんばっかだ。ダシの味しかしない温野菜とか、鶏のササミとかポークのフィレとかな。もともとおれが頼んだんだけどな。今日は、おまえらが来るっていうんで、特別なんだろ」

「どうしたんだ。酒の量を減らしたんじゃないのか」小池が真面目な声で割り込んだ。

捷にも、小池の言いたいことはわかる。急に、宴会をするから来いと呼ばれて、来てみればこのありさまだ。このところ、節制して体を鍛えていると自慢げに話したのはつい二日前のことだ。

丸山が、カニ足の二本同時食いをしながら間の抜けたことを言った。

「いいなあ、絵美さんて。気が利くし、美人だし、スタイルいいし。おれ、下僕でもいいからこの家に置いてくんねえかなあ」

「下僕だったら、カニは食わしてもらえねえだろ」

「あ、そっか」

「話すこともないならおれは帰る」小池が不機嫌そうに言った。

「また、堅いこと言っちゃって」

丸山が小池の盛り上がった腕の筋肉を拳で殴ったが、ぱちん、と乾いた音がしただけで、小池の体はゆれもしなかった。

「やっぱりあの詐欺師野郎、ぼこぼこにしとくんだった」

ビアグラスにビールを満たしながら捷がつぶやく。

「さっきから、そればっかりだな」小池は腰をあげるタイミングを逸したのか、野菜スティックのニンジンをつまんでかじった。

丸山が、あおり立てるように言う。

「そんなにむかつくなら、あんな野郎の言いなりになることねえだろ」

小池が、よけいなことを言うなという目で丸山を睨んだ。

もちろん、捷にも丸山の腹の内ぐらいわかっている。捷をそそのかし、揉めごとを起こしたほうが楽しいからだ。

高級日本料理店『敷島』の個室で谷川が持ち出した〝作戦〟にはあきれた。

さんざん、関西の大物詐欺師だとか血も涙もない一味だとか脅しておきながら、立てた対策が〝ぶどう狩りを中止する〟というのでは、ばかにされたような気がしてならない。

「なんだよ、そりゃ」

酔いが回るにつれ、谷川につっかかっていたら「場所を変えて、コーヒーでも飲みながら続きを話そう」ということになった。

近くのホテルのラウンジへ移動し、谷川と染井はコーヒー、捷はレモネードにアイスクリームを載せたものを無理やり頼んだ。

谷川がひとくちコーヒーをすすったところで、谷川が話の続きをはじめた。

「クロモズの弱点を突こうと思います」

「もっとちゃんと説明しろ」納得がいかない。

「弱点？　そんなものがあるのか」染井も同じ気持ちのようだ。

「ぼくは野球にあまり詳しくないんですが、ホームランバッターを空振り三振に打ち取るときは、あえて得意なコースのすぐ近くに投げるらしいですね」

そんなたとえ話をされても意味がわかるか。

「だから、もっと具体的に言えよ」

「謀(はかりごと)は密なるをもってよしとす、っていうからね。まあ、ちょっとまかせてくれないか。あと十日、いや、一週間でいい」

さらに言い返そうとしたが、先に染井が「そこまで言うならば、まかせてみるか」とうなずいてしまったので、この件は一週間ほど谷川にあずける、という結論になってしまった。

もちろん、捷は納得したわけではない。ふだん谷川が口にすることばのはしばしからも感じるのだが、あきらかに捷を小僧扱いしている。絵美に笑われるほどの世間知らずなのはたしかだ。しかし、詐欺師に軽く見られる覚えもない。

もやもやを発散するため、丸山と小池を誘って飲み歩こうかとも思ったが、だったらいっそこの家でダウンするまで飲み明かしてやろうと思った。

絵美がふだんから口にしている「大勢のほうが楽しいから、いつでも呼んでいいわよ」というのは、社交辞令ばかりではないらしい。丸山と小池を呼ぶと言うと大喜びで、漁港直送のカニだとか高級和牛だとかトリュフの載ったフォアグラだとかを食いきれないほど用意してくれた。

「だって、捷ちゃんが自分で働いて教習所に通うって言うんだもの、前祝いね」

そんなことのなにが嬉しいのかさっぱりわからない。それに、いまだにときどき考えごとをしている。わけを聞いても笑ってごまかすだけだ。

絵美がいるあいだは表に出さないようにしていたが、その彼女がジャグジーに行ってしまうと、あらゆる怒りが谷川と青木に集束していくのを感じた。

「その青木とかいうへなちょこ野郎に会いに行けば、自動的に変な関西なまりのスジもんが出てくるってことだろ」

ビールをグラス三杯飲んだだけで真っ赤になった丸山が、酔った勢いで大きな口を叩きはじめた。

「へなちょこかどうかわからないぞ」小池が静かにたしなめる。「見た目で判断すると後悔する」

丸山が唇を尖らせる。

「離れとはいえ、同じ敷地に茉莉ちゃんとそのお母さんが一緒に住んでるんだろ。お母さんには会ったことないけどよ、色っぽいらしいじゃねえか。それなのに、ぜんぜん色目も使わないなんて、しょぼい野郎に決まってるって」

捷が、一気にグラスを半分ほど干した。

「そんなことはどうでもいい。とにかく、あの青木を追い出せばいいだけなんだ。なのに、谷川はすぐ『暴力はいけない』とか、『力ずくは美学に反する』とか言いやがる。はじめの予定どおり、叩き出しゃいいんだ」

「そうだよ。おれはそれが言いたいんだよ」丸山が、ぱん、と大きな音をたてて、自分の太ももを叩いた。「少し前までの捷ちゃんには、そういう単純明快で筋の通った生き様があったんだよ」

　そう言ってこんどは捷の太ももを叩く。

「だけどさ、あの可愛い子ちゃんの妹が現れて、実家のようすを見に行ったころから、捷ちゃん変わっただろ。せっかく石崎にタイマンで勝ったのに、そのままなんにもなく済ませちゃうし、もう喧嘩はやんないとか言うし、教習所のパンフとか読んでるし、ゲーセンで獲ったイルカのぬいぐるみなんか大事にしているし……」

　急に黙ってしまった丸山の顔を小池がのぞきこんだ。

「なんだ丸山、おまえ、泣き上戸だったのか」

「違うよ。キャビアつまんだ手で目をいじったから、しみたんだよ。これがきっと成金の涙ってやつだよ」

「言ってる意味がわからん」小池があきれている。

「イルカじゃねえ」

　捷がぼそっとつぶやいた声に、目をごしごしこすっていた丸山が反応した。

「なんか、言った？」

「イルカじゃねえ、シャチだ」

「なんだ、そんなことか。やっとやる気になったのかと思った」

丸山の悔しさは、捷にもよくわかった。痛いところを突かれた思いだ。丸山につっかかられるまでもなく、自分でも納得してはいない。喧嘩に飽きたのはいい。もう二十五だ。とっくに卒業していていい年頃だ。しかし、そのほかのことまでも、ことなかれ主義に陥ってる気がする。それというのも、あの谷川の主義に影響を受けてしまったからではないか。暴力はいけないなどと説教たれるくせに、自分は爽やかな笑顔と白い歯を見せて大金をだまし取ってる、インチキ〝平和主義者〟のくせに。

高速道路で襲撃されて、谷川が怪我をしてしまったことに、引け目を感じていたのかもしれない。だが、それはそれ、これはこれ、だ。借りはべつな機会に返せばいい。やはり、自分の家で起きていることは、自分でけりをつけたい。

それに、あまり認めたくはないがもっとも大きな理由がある。このまま谷川にまかせておいて、万が一問題が解決してしまったら、いい目を見るのは谷川だ。「すごい」「さすが」松岡家の連中はそう言ってやつを称賛するだろう。その一方で、なんの役にも立たなかった自分に下される評価も想像がつく。

「少しは見所もあるかと思ったが、やっぱりハンパもんか」そんなふうな親父の目が、近所の視線が、目に浮かぶようだ。

「――なあ、捷ちゃんと小池がいれば、スジもんのひとりやふたり、どうってことないだろう。それに、おれには隠し球があるんだ」

丸山が自慢げに胸を張った。

「丸山、隠し球もいいが、キャビアがついてるぞ。ここんとこ」小池が自分の唇の脇に指を当てた。

「あ、小池。いま、おれをばかにしただろ。喧嘩がからきしだめなくせにって、思っただろ」はがしとった黒い粒を小池に向けてはじく。

「思ってる」

「これだ。だったら言うぞ。びっくりするなよ。おれの代わりにな、強力な助っ人呼んでやる」

「なんだ助っ人って」

「へへん、驚くなよ。石崎だ」

「石崎って、あの石崎か」

いかにして父親や谷川の鼻を明かすか、そればかり考えていた捷の耳も、その名には反応した。

廃墟ビルでの、石崎との決闘を思い出す。捷はきわどいところで勝利をものにできたが、一瞬の運に左右された勝敗だといっても大げさではない。そう冷静に受け止めている。再戦すれば、勝負の行方はわからない。

「石崎がなんで助っ人になるんだ」

捷が目を細くすると、丸山は顔中に笑みを浮かべた。

「やっぱ、おれの人徳ってやつかな」

捷も小池も笑わない。なにも言わずに、じっと丸山を睨み続ける。

「わかったよ。正直に言うよ。あのビルでの決闘のあとだよ。二、三日して、石崎から連絡があったんだ。捷ちゃんに直接電話すんのは、ちょっと鴨居が高かったんじゃないか」

「それを言うなら、敷居だ」小池が訂正する。

「小池でも知らねえんだな。高いとこにあるのは鴨居っつうんだよ。——とにかく、器がでかそうなおれのところに電話が来たわけよ。『借りは返す。手伝えることがあったら、呼んでくれれば感謝する』とか、すかしたこと言ってきたわけよ」

「で、なんて答えた」ふたたび小池が問い詰める。

「捷ちゃんに聞いておく、って言ってやった。そうしたら、石崎のやつ『よろしく頼む』とか、なんか素直になってた。あいつも可愛いとこあるよな」

捷は口もとが自然にほころぶのを感じた。石崎の名を聞いた瞬間は、なにか企みがあるのかと思ったが、どうやら違ったようだ。

石崎が〝借り〟だと思う心情も理解できた。立場が逆なら、自分も同じような気持ちになっただろう。

だとすれば、借りを返させてやるのも、武士のなんとかだ。それに、本気であてにするつもりはないが、もし石崎の手を借りることができれば、谷川を出し抜く可能性も高くなる――。

「あら、どうしたの？　みんなして、難しい顔して」

風呂からあがった絵美が、寝間着代わりのピンクのジャージを着て登場した。ゆったりしているようで、胸だとか尻のあたりのふくらみはしっかりわかる。丸山が露骨な音をたてて、唾を飲み込んだ。

「お料理がお口に合わなかったかしら」絵美が小さく首をかしげる。

「いえいえ」丸山が、あわててカニの身を口に突っ込んだ。「とんでもないっす。めちゃくちゃ、お口に合ってます」

「ほんと。よかった」

絵美と丸山は楽しそうに声をあげて笑ったが、捷は泡が消えかけたグラスを睨んでいた。

あんな親父のために、青木を追い出すんじゃない。クロモズとかいう得体の知れない詐欺師にかすめとられるぐらいなら、全部茉莉に残してやる。

おれはシャチだ——。

今日も身につけている、シャチのペンダントヘッドに触る。

凶悪なホオジロザメすらなぶり殺しにする、海の王者シャチだ。

モズだかハゲタカだか知らないが、待ってろよ、詐欺師ども。

23　義信

谷川から手を出すなと言われて、三日ほどが過ぎた。

染井義信が聞いた話では、松岡という若造は、絵美のところに泊まり込んで体を鍛えているらしい。若さが少しうらやましく感じる。

稲葉社長から、個人的に依頼してあった調査が終わったという連絡をもらった。

稲葉AGに向かう途中、また敷島から着信があった。しかたなく、応対する。

「あんたもしつこいな。例の話なら断る。機材も秘書課宛てに送り返した。それから、あんな狭い道にでかい車を停めて待ち伏せするような真似はやめてくれ。近所で評判になる」

〈きみが、なかなか面会してくれないからな。わたしは、自分でもどうにもならない性分があるんだ。欲しいと思ったものは手に入れるまであきらめない。あらゆる障害を排除して自分のものにする。そのプロセスこそが生き甲斐だ。会社がでかくなったのは、結果論だ。いまはきみをわたしの犬にしたい〉

「下衆な趣味だな」

〈まあ、そうつんけんするな。もう、浮気のビデオなんかどうでもいい〉

「なら用はないな。切るぞ」

〈きみが最近つるんでる、谷川という男がいるだろう〉

ブラフではなく知っているようだ。応えずにいると敷島が続けた。

〈わたしの知人が、あの男が目障りだと言ってね。なにか弱点を知りたい。あの男、天涯孤独らしく、つっつきどころがない。きみ、うまいこと言って探り出してくれないか。ちょっと借りのある相手でね。むげに断れないんだよ〉

「それは、関西の人間か」

〈きみには関係ない〉

「断る」

〈倒産したよ〉

「なにがだ」

〈真知子さんの夫が、復職の裁判を起こしていた相手の会社さ。まあ、怪我をした社員の首を切るような会社だから、計画倒産の臭いがするがな〉

おそらく、それは事実なのだろう。だとすれば、復職がかなわないだけでなく、裁判費用の回収もできないことになる。支援者がいるとは聞いたが、全額をカンパしてもらうことなど無理だろう。

泣きはらした真知子の顔が浮かんだ。

〈考えといてくれ。近日中にまた電話する〉

言い返すことばを探すうちに切れてしまった。

みぞおちのあたりから、不快感が湧き上がる。その理由はすぐに思い至った。敷島が経営する料理店で会合などして、本当に大丈夫だったのか。谷川は絵美のことを信用しているようだったが、絵美と祐三郎はまがりなりにも夫婦だ。どんなきっかけで漏れないとも限らない。

携帯電話を持つ手が、汗ばんでいることに気づいた。

「よう、時間どおりだな」

社長室の机に尻を乗せ、なにか歌を口ずさんでいたらしい稲葉社長が、義信の姿を見るなり破顔した。

「昔、五分遅れただけで追い返されたことがありますから」

義信がむすっとしたまま応えると、稲葉はますます楽しそうに笑った。

「おいおい、人聞きの悪いことを言うなよ。あのときは次の予定が詰まってただけだ。——そんなことより、これがきみに頼まれた調査の結果だ」

稲葉は、ふだんは電話とメモ帳しか載せていない机から茶封筒を取り上げ、義信に突き出した。

「お世話になります」義信は軽く会釈して受け取る。

「礼はいらないぞ。きちんと代金はもらうんだ」

またも、次回の仕事の報酬から前借りするという形で、調査を依頼した。この金を返済するために、どれだけタダ働きしなければならないだろう。ビルの夜警なら、一週間ほどか。やれやれだ。

勝手に応接セットに腰を下ろし、封筒の中身を広げる。A4サイズの紙を数枚綴じた報告書と、プリントアウトされた写真が二枚、それと、新聞記事を縮刷版からコピーしたものが数枚、それですべてだった。料理屋で谷川に渡された資料とほとんど変わらない。あらためて、谷川の情報収集能力に舌を巻く。

「しかし、謎だらけの男だな。その〝クロモズ〟こと黒田和雄って野郎は」

稲葉は、まるで手品のようにコーヒーの入ったカップをふたつ取り出すと、ひとつを義信の前に、もうひとつを自分の前に置いた。芳ばしい匂いが立ちのぼる。

「めんどくせえから、ブラックでいいよな」

「充分です」書類をめくりながら応える。

「ところでクロモズの話に戻るが、まるっきり気配を感じさせない。情報はどれも伝聞だ。この仕事に就いて、怪しいやつもずいぶん見てきたが、こんなに正体をつかませない人間ははじめてだ。まるで幽霊のようなやつだ」

ふだん強気一辺倒の発言しかしない稲葉が、めずらしく小さな白旗を掲げたので気になった。睨みつけていた黒田の写真から顔をあげて稲葉を見ると、目の中に真剣な光を宿している。

「なにか言いたそうですね」水を向けてみる。

稲葉は「ああ」と言って、腕組みをした。数秒考えたあとで「これは、あくまで推測なんだが――」と言いかけ、また口をつぐんだ。

「なんです？　途中でやめられたら気持ちが悪い」

「いや」とやや身を前に傾け、残っていたコーヒーを一気に飲み干した。「つまらん当て推量はやめておこう。おまえさんに変な先入観を植え付けないほうがいいだろう」

義信は、ぜひともその当て推量が聞いてみたかったが、稲葉が言わないと決めたら、あきらめるほかない。

「わかりました。お世話になりました」

さっと立ち上がり、退出しようとする義信に、稲葉が声をかけた。

「そういえば、最近、谷川涼一っていう詐欺師とつるんでるのか？」

義信は足を止め、振り返った。

「それがなにか？」

「いや、ちょっと小耳に挟んでね。もしかして、このあいだ中央道で事故にあったやつがそうか？」

「だったら、どうなんです」

稲葉の顔つきが、わずかに引き締まったように感じた。

「やつはこの数年、急に力をつけてきたようだ。日本各地の詐欺師仲間を手先のように使って、けっこうな勢いらしい。関西地方だけは手をつけてなかったらしいが、その謎の詐欺師やらと衝突するのを避けていたのかもしれん。問題のクロモズなんてのはおれにとっちゃ都市伝説みたいなもんだが、谷川は現実感がある。ぴちぴち跳ねそうなぐらい活きがいい印象だな。あまり深くかかわると、食われるぞ」

口数の少ない稲葉にしては饒舌だった。

稲葉の目に、媚びとも詫びともとれる色が浮いているのを見たとき、すべてが理解できた。

この男が元凶だったのだ。

稲葉に貸与された携帯の番号を調べるとは、敷島祐三郎という男、生半可でない調査能力の持ち主だと思ったが、なんのことはない、稲葉が教えたのだ。真知子とさとみのこともそうだ。細部まですべてではないにしろ、少なくとも存在を教えたに違いない。逆に谷川のことは、小耳に挟んだのではなく、敷島から仕入れたのだ。こんな男を信じていたとは——。

谷川が青木にだまされたことより、もっと情けない話ではないか。

義信の表情がよほど激変したのだろう、稲葉の顔つきも変わった。義信が悟ったことを知った顔だ。

「わかっちまったみたいだな」

「わたしがどうして殴らないかわかりますか」

押し殺した声で聞くと、稲葉は黙ってただ首を左右に振った。

「いま殴れば、打撲ぐらいでは済まないからです。そして、情けないことに、あなたに借りがあるからです」

「殴ってくれてもいいぞ」

顔をあげて義信を見たその表情は、開き直っているのでも、赦しを乞うているのでもなさそうだった。本当に、殴ってもらってかまわない、そう思っているようだ。

「殴らない、その代わり理由を聞きたい」

稲葉は、また頭を垂れた。

「敷島祐三郎という男、あまりに知人が多い。そして利益か弱みのどちらかで味方につけている。あの男に邪魔をされたら、うちのように企業や小金持ちを相手にしている商売は立ちゆかない」

理解はできるが、裏切りには違いない。

「ひとつだけ教えてください。敷島と黒田、どっちがどっちを食おうとしてるんですか」

稲葉の顔がわずかに歪んだ。

「おれにもわからないが、おそらく黒田が上だろう。敷島は客商売だ。そこに弱みがあるが、クロモズには突けそうな弱みはない」

「お世話になりました」

ドアノブがちぎれそうな勢いでドアを開けた。

いくつか選択肢はある。

問題は、どれが最良かということだ。敷島祐三郎のいいなりになる、絵美に頼んで逆に祐三郎をつかまえ手荒な真似をする、谷川に相談してみる、警察に相談する。どれもあまり賢いとはいえない。迷った。自分だけのことならこれほど優柔不断になることはない。

以前から約束していた短期の仕事をこなすうち、あっという間に三日、四日と経ち、とうとう五日が過ぎた。

誰からも連絡が来ない。静かすぎる。事態が収まったはずがない。

じりじりとした気分が限界を超えそうになったとき、幕が開くベルが鳴った。


「染井さん、電話だよ」

呼びに来たのは一〇一号室の大河原という男だ。大河原とは「電話取り次ぎ一回百円」の契約を結んでいる。

「わかりました。すぐ行きます」

「なんだか、急いでるらしいよ」

どこの誰だ、とたずねる前に、大河原はさっさと帰っていった。

稲葉とのやりとりが頭をよぎる。義信は、ウーロン茶で食べかけのものを流し込み、急いで階段を降りた。

大河原の部屋の玄関口にある固定電話が、保留の音を鳴らしていたので、受話器を持ち上げる。

「代わりました。染井です」

〈あ、染井さんですか。おれ、丸山といいます〉

いまにも泣きだしそうな声だ。心当たりがない。

「どこの丸山だ」

〈松岡捷の親友です〉

それで、事情が呑み込めた。

「どうした」

〈まずいことになって〉

はなをすするような音が聞こえた。それに、うまく舌が回っていないようだ。

「なんだ、泣いてるのか」

〈捷ちゃんたちが、ボコられて〉

そうか、こいつも殴られたのか。それで、こんなしゃべりかたなのだ。

「冷静に話せ。誰と誰が、どこで、なにをした、あるいはされたんだ」

〈捷ちゃんはなぜか手加減されたけど、小池は顔がわからないくらい殴られて腫れてる。歯も折れてる。石崎はあばらと腕をやられたみたいだ。どっちも早く病院に連れていかないと〉

「どこにいるんだ。しっかり応えろ」

〈どこと聞かれても、彼じゃ正確には説明できませんよ〉いきなり電話口の声が変わった。〈まあ、松岡ぶどう園のすぐ近くと思ってください〉聞き覚えのあるその冷静な声は、青木のものだ。

「青木だな。素人の若造相手になにかしたのか」

〈素人といっても、相当なもんですよ。こっちも怪我人が出た。無粋なもので脅さないと、収まりがつかないほどでした。まあ、そんなことはとるに足らない問題だ。警告したはずですよ。二度と近づかないほうがいいと〉

「なにを企んでる」

〈なにも企んでませんよ。人がせっかく額に汗して働いているところにやってきて、あれこれかぎまわったのはそっちでしょ。田舎でそういうことをされると、噂になるんです。せっかく真面目にやってきたのに、いづらくなるんですよ。あげくの果てに、いきなり喧嘩腰で

乗り込んできた〉

「もし、本当になにも裏がないなら、おれが謝る。どういう謝りかたをすれば気が済むのか、そっちが指示してくれ。その代わり、若いやつらは解放してやってくれ。必要があれば病院に運んでやってくれ」

〈そんなにあわてなくても、すぐに死にはしないでしょう。痛み止めは打っておきました。それより、ひとつ教えてください〉

「なにを？」

〈谷川の弱みですよ〉間髪を容れずに言う。〈あいつも相当な狸で、なかなか尻尾をつかませない。あなたになら、心を許すはずだ。あいつの家族でもいい。資産をあずけてある銀行口座の番号でもいい。とにかく、あいつの弱点を教えてください〉

　また谷川だ。あの男はどれだけ敵が多いのだ。いや、どうして皆あいつの弱みを知りたがる。それほど、警戒すべき相手ということだろうか。

「そんなものは知らない。おれにだって、個人的な話はしないんだ」

〈だったら、聞き出してくださいよ。元刑事ならお得意でしょ。期限は二十四時間。ただ、怪我人をそれまで我慢させるのはちょっと可哀想ですね。とくに骨折の手当ては早くしたほうがいいでしょう。それに、さとみちゃんも心配だし〉

一瞬で頭に血が上った。

「あの子はもうおれの娘じゃない。関係ないだろ」

〈だったら、泣き叫んでも知らんぷりしていられますね〉

今回の一件がはじまってから、幾度腹を立てたかわからない。しかし、今回が最も激しい怒りが湧いた。

「きさま、あの子に指一本でも触れてみろ。どこまでも追いかけてやる。絶対に息の根を止めてやる」

〈連絡先を言います〉

青木は義信の怒りなど意に介さず、携帯電話の番号を一度だけ言って、すぐに通話を終了した。

「もしもし、もしもし」

返ってくるのは、ツーツーという信号音だけだ。義信は、相手とつながっていない受話器をゆっくりと降ろした。

早まったことをしやがって、という腹立ちはある。しかし、そんなことをいまぐずぐず言ってもはじまらない。早急に手を打たなければならない。さとみの身も心配だ。

丸山は、松岡の傷は浅そうだと言っていた。それは、単に利用価値があるからに違いない。

とすれば、ほかのやつらは、あっさり消えていなくなる可能性もある。

　110番通報するか？　いや、それは最悪の選択だ。

　――はじめからおらんかったみたいに、きれいさっぱり消えます。

　育ちの悪い茄子みたいな顔色をした男の、妙な関西なまりを思い出す。あれは、安っぽいハッタリには聞こえなかった。サイレンの音がたどり着く前に、松岡たちはどこかへ連れ去られるだろう。それっきり、二度とは会えない。

　いま置いたばかりの受話器を取り上げた。公衆電話に行くのは面倒だ。それに、聞き耳を立てていたとしても、大河原にこの話の中身はわかるまい。

　こちらから電話をかけるときは、また別料金だ。

「こちらから二本かけさせてもらうぞ」

　薄いドアの向こうにいるはずの大河原に声をかける。バラエティ番組の笑い声らしきものが聞こえている。

「ほいさ。終わったら声かけてくんなんしょ」暢気な声が返ってきた。

　真知子に連絡するべきだろうか。いま、夫の昌尚は失意にあるだろう。そんなとき一緒に苦しむのが彼女なのだ。気は進まない。しかし、やはりこれだけは伝えねばならない。

　電話に出た真知子に、取り越し苦労だと思うが、と前置きした上で、簡潔に伝えた。

「もし、明日の朝六時を過ぎてもおれから電話が行かなかったら、さとみは学校を休ませ、誰にも行き先を告げず、どこかのホテルか旅館に泊まってくれ」

　想像していたとおり、矢継ぎ早の質問が返ってきた。その質問ひとつひとつに応えている時間はない。

「宿泊費はこれから振り込んでおく。そして、夜になってもおれから電話が行かなかったら、警察に相談するんだ。おそらく、そのころにはニュースになっている」

　まだ質問し続ける真知子にもう一度詫びて、電話を切った。

　次は谷川だ。

〈もしもし？〉

　やや警戒気味の反応だった。

「染井だ。夜分すまない。急用ができた」

〈なんです〉

「松岡とその仲間が青木一派につかまったらしい。松岡以外はリンチを受けている可能性がある。至急手を打たないとならない」

〈なるほど〉

　声が冷静だ。いきなりこんな話を聞かされても、まったくあわてる気配がない。

〈たとえばどんな手がありますか？〉

「本人に向かって言いづらいんだが、谷川涼一の弱点を探せと言われた。なまじの嘘をついたのでは、ばれる可能性がある。松岡はともかく、それ以外のやつらがちょっと危ないかもしれない」

さとみのことは切り出せなかった。これでは、稲葉を罵る資格はない。しかし、どんなにみっともなくてもかまわない。娘を無傷でいさせることが、すべてに優先する。あとで償いをしなければならないなら、どんなことでもする。

さすがの谷川も、こんどばかりは即答がなかった。考え込んでいるようすだ。数秒の間のあと、あくまで冷静な声が流れてきた。

〈電話ではらちがあきません。いまから車でそちらに向かいます。アパートの前で待っていてください〉

「わかった」

電話を切り、通話料より多めの金額を置いて玄関を出た。

部屋に戻り、さっと身支度を済ませる。

有り金のほとんどを封筒に入れた。谷川が到着するまでに、一番近いATMで真知子の口座に振り込むぐらいの時間はあるだろう。

24　涼一

通話の切れたスマートフォンをそっと机に置き、谷川涼一は眼下に広がる夜景を眺めた。

やれやれ。

ある程度予想はしていたが、少し予定が早まった。こんな夜になってから山梨までけりをつけに行かねばならなくなった。

気をとりなおし、身支度を整えながら、計画に齟齬があっただろうかと素直に自省する。

もちろん、松岡でさえあきれるような〝ぶどう狩りを中止する〟などという作戦にすべてをかけていたわけではない。

元来誰のことも信用していないし、とくにここ最近の染井の態度は少しおかしかった。それに、あの『敷島』という料理店に入ったとたん、いつも身につけている盗聴器センサーが反応した。もちろん、そのことは自分だけの胸にしまってある。絵美は知らないだろうし、これ以上感情的なトラブルは避けたいからだ。ふだんから怪しげな目的に使う部屋らしいから、常時セットしてあってもおかしくはない。涼一たちの会合に使用したかどうかは不明だ。

だから念のため、いくつか立てた対策の中で、一番軽めの作戦を話した。ふたりがまだ納得のいかないようすだったので、場所を変えてもう少し具体的に話して聞かせた。それでは腹の虫がおさまらない松岡が、短気を起こしてしまったようだ。少々計算外だった。

やれやれ、と溜め息が出る。血の気の多い人間はこれだから困るな。

さっきの電話のようすでは、松岡やその仲間に暴行を加えているらしい。もともと、殺人もいとわない凶暴な詐欺師グループなのだから、いまのところ命があるのは幸運だったと考えるべきかもしれない。

それにしても、喧嘩ぐらいしか脳のない若造相手に、やつらもスマートとはいえない手を使ったものだ。それだけ、涼一の放った一撃が効いたということだろう。

いつものように噂を流すという悠長な手は使えなかった。やむを得ず、あまり垢抜けたやりかたとはいえないが、ビラを撒いた。いわゆる〝怪文書〟というやつだ。

内容はこうだ。

《この近辺に、公営ないし公的資金が大量に投入される大規模なギャンブル施設建設の計画がある。子ども向けのテーマパークまで併設した、総合レジャーランドだ。その用地買収にからんで、汚職の噂がある。名前があがっているのは、県議会議員の××と××、それに市議会議員の××と――》

左派系市民団体を装って暴露文書を撒いたのは、全国で五カ所、クロモズのグループが用地買収詐欺を計画していると調べをつけた土地の周辺だ。もともと、やつらが苦労して信憑性のある風評を流していたから、面白いほどの反響があった。市民グループが集会を開いた地域もあると聞く。

いってみれば、クロモズの一味があとで楽しもうと花火をため込んでおいた倉庫に、たいまつを放り込んでどっかんとやってしまったようなものだ。この噂が静まるまで、彼らは詐欺に着手できない。もしかすると、二度と話を蒸し返せないかもしれない。損害額は、二億や三億ではきかないだろう。

クロモズたちの怒りが目に浮かぶようだ。

涼一は、書類や道具を入れたブリーフケースを抱えて部屋を出た。駐車場に向かうため、エレベーターのボタンを押して待つ。開いた扉から、東洋系の外国人夫婦が母国語でしゃべりながら出てきた。思わず、体を硬くしてやりすごしたため、あやうく箱に乗り損ねるところだった。

涼一は、クロモズ一味が仕掛けた詐欺の相手は、外国人ではないかと思っている。

理由は、取り引き相手の情報が、涼一の耳にも入ってこないことだ。取り引き想定額の大きさにもかかわらず、完璧に沈黙を守っているのは納得がいかない。それに、いまの日本に、これだけの大量の土地を一手に引き受けられる、しかも多少手を汚す覚悟のある企業なり個人なりはいない。したがって、交渉の相手は、最近日本の水源地や原野を買いあさっている、某国のブローカーではないかと読んだ。

もしこの読みが当たっていれば、外国人ブローカーは警戒して二度とこの商談の場につかないだろう。話はご破算となり、これまでに使った準備費用だけが赤字として残る。これが普通の企業だったら、担当課長は自主退職、責任部長は系列の弱小会社へ片道切符の左遷というところか。

クロモズグループは、プロジェクト失敗の責任をどんな方法でとらせようとするのか。内部的な粛清もあるだろうが、涼一のこともただではおかないはずだ。あのクロモズがどういう手を打ってくるか。緊張しながらそれを待っていたところ、こっちからのこのこ首を差し出しに行くばかどもが現れた。

師匠がよく言っていた『桂馬の高跳び歩の餌食』とは、まさにこのことではないか。

「若き血潮には困ったもんだ」

濃紺のアウディのドアに手をかけ、苦笑する。

彼らの身柄と引き換えに、こちらの弱みを献上しろだって――？

いくらお人よしだって、そんなことはまっぴらごめんだ。

染井は練馬区のアパートの前で待っていて、涼一が車を停めるなりひとことも発せずに乗り込んできた。

涼一も挨拶は抜きにしてすぐに発進させる。ナビを見るかぎり、環八通りの渋滞はあまりなさそうだ。まっすぐ南下して中央高速道のインターをめざす。

ちらりと見た染井の顔には、知り合ってからはじめて見る緊張の色が浮かんでいた。

「もう一度説明する必要があるか」単刀直入に染井がたずねる。

「充分です。事態は把握しました」

「途中、相談しながら行こう」

さっき電話で言ってた、涼一の弱みを出すとかいう話のことだろう。まったく、この人の善人ぶりにもほとほとあきれる。いまのうちにはっきりさせておこう。

「染井さん、これだけは申し上げておきたいんですが、わたしは、弱みなんてさらすつもりはありませんよ。そもそも、脅迫対象になる家族もペットもいないし」

「見せかけでもいいだろう。とりあえずその場が繕えれば、あとでなんとかなる」

涼一はふっと笑って頭を振った。

「甘いですよ。さっき、ご自分でもおっしゃったじゃないですか。そんなことにだまされるクロモズじゃありません。目の前で、それこそ腕の一本も切り落とさないと落とし前はつかないでしょう」

「ならばどうする」

染井の声が真剣だ。いまから、涼一の本当の狙いを話したら、この男でも逆上するだろうか。

「じつは染井さん。あなたと捷ちゃんには、謝らなければならないことがあります」

「なんだ、あらたまって」

「ぼくが、今回の一件に、やたらと熱心に首を突っ込んでいたのを変だとは思いませんでしたか」

「先を続けろ」

「太陽が西から昇らないのと同じぐらい、はっきりしていることがあります。いいですか、詐欺師はタダ働きはしません。ぼくだってちゃんと目的があって力を貸すふりをしてたんです」

「だからなんだ」

涼一は、前方に視線を据えたまま、サンバイザーに挟んでおいた書類を手渡す。染井に見せるため余分にとっておいたコピーだ。

しばらくして読み終えたらしいが、なにも言わない。腹を立てているのかもしれない。

「ごめんなさいね。ひとりで勝手に動きまわって。この一件が落ち着いたら、おふたりを南の島にでもお連れしますよ」

染井は、折り畳んだ書類を後部シートに投げ、黙り込んでしまった。


高速道路に入った。

さすがに今回は制限速度を超えて西へ進む。

ハンドルを握る手に思わず力が入るのは、隣に仏頂面の染井を乗せたからばかりではない。

これからクロモズ一派とけじめをつけに行く——。

勝算はあるが、百パーセントだとは言いきれない。相手は相当にしたたかだ。行動を完全に予測することは不可能だ。

夜空に浮かぶ明かりがつぎつぎと後ろに流れていく。下り方向ということもあってか、前方にはほとんど車の姿はない。控えめな音量のラジオからは、ジャズトリオの演奏が流れてくる。ムードは申し分ないが、残念ながら助手席に座るのは、憮然とした表情の染井だ。

さっきからずっとこの調子だ。さすがに、松岡捷のように「ぶっ殺す」を連発することはないが、機嫌がよくないのはたしかだろう。

ダッシュボードの時計はもう少しで午後九時になる。青木に痛めつけられたやつらが、ひどい怪我でなければよいが、と思う。

「電話を貸してくれ」染井が唐突に言った。

「グローブボックスの中に、予備の携帯電話があります。それを使ってください」

誰にかけるのか聞かなくとも、想像はつく。ラジオのボリュームを下げてやる。染井が不器用そうにボタンを押すのが見えた。番号は暗記しているらしい。

「もしもし、染井だ。いまそちらに向かってる。トラブルがなければ、一時間以内には到着する」

やはり、相手は青木かその仲間のようだ。

「――それで、どこへ行けばいい？――ああ、こちらは紺色のアウディだ。――ああ、わかってる」

そこまでで唐突に会話が終わったらしく、染井は携帯電話を畳んだ。

「勝沼インターを出たところで待っているそうだ。白のシーマ」

「了解です」

ひとつ間を置いて、染井が苦しそうに切り出した。

「じつは、いままで言えなかったことがある」

「なんです？」

「おれには、別れた妻と娘がいる」

簡単に再婚後の家庭の状況を説明した。涼一は黙って聞いていたが、調べたことと矛盾はなかった。

「その娘が危険かもしれない」

「その可能性は最初に申し上げました」

「稲葉が裏切らなければ、これほど早くは知られなかったはずだ」

「染井さんに説教するのは気が引けますが、誰も信じてはだめです。もちろんぼくのことも。仮にいま、ぼくがメイン口座の口座番号と暗証番号を教えたとしますね。それが本物だという証拠はありますか？」

「時間は稼げる」

「根本的な解決にはならない。すみませんが、無駄なことはできません」

時間にしてどれほどか、染井は黙りこくって考えていた。やがて、なにか決意したように深呼吸をした。

「わかった。娘のことなのでみっともないところを見せた。忘れてくれ」

「お役に立てずにすみません。それと、青木に娘さんのことを流したのは、たぶん稲葉じゃありませんよ。おそらく、敷島でしょう」

「しかし、あいつはまだおれと交渉中のはず……」

「一枚のカードをあっちにもこっちにも使う。やつにも詐欺師の素質があります」

ＥＴＣのバーをくぐり抜けると、たしかに左手の停車スペースに白いシーマが一台停まっていた。

「あ、あれですね」

涼一がそう言うのと同時に、シーマは右ウインカーを出して滑りだした。向こうでも、こっちがすぐにわかったようだ。

染井は、そのあとをなめらかな運転でついていく。

少し前に、ちょっとした準備をするため、運転を染井に代わってもらった。

シーマは甲州街道を左に折れ、甲府方面に向かう。松岡ぶどう園をめざすのかと思っていると、勝沼方面へ右折する交差点を通り過ぎてしまった。しばらくそのまま進んでいく。

「さっきちらりと見えましたが、あの車に乗っているのは、このあいだほうとう屋にやってきたふたり組ですね」

「そうだな」

「とっさのときにわかりやすいよう、あいつらに名前をつけましょうか。ええと、体がでかくてスコップで突きまわしたじゃがいもみたいな顔をしたほうを『じゃがゴリ』、しなびかけた茄子みたいな顔色をして、カミソリで割いたみたいな細い目の殺し屋を『茄子男』というのでどうでしょう」

「殺し屋だと、どうしてわかる」

染井がにこりともせずに聞き返した。

「だってあいつ、人を殺していると思いませんか?」

目つき、身のこなし、体から発散する気配、くどくど説明はいらないはずだ。

「そうだな」染井は小さくうなずいた。

娘のことはふっきれたのか、外からは冷静に見える。

やがて車は笛吹川にかかる橋を渡った。渡り終えてすぐ、左折する。だだっ広い道路から、ほんの少し入っただけで、急に日本中どこでも見かけそうな住宅街に変わった。狭い道をしばらく進み、やがてシーマは医院のような建物の駐車スペースに停まった。染井もその隣にアウディを滑り込ませる。

涼一は、ウインドー越しにすばやく建物を観察した。スクエアなデザインの二階建てだ。築は二十年から三十年といったところか。駐車場脇に立つ看板のアクリル板が、裏返しになっている。灯もついていない。つまり廃業したということだろう。壁に入ったひびは補修していないし、植え込みも荒れ放題といった印象だ。

シーマから降りたふたり組は、やはりほうとう屋で話しかけてきた男たちだった。『茄子男』が格上らしい。『じゃがゴリ』にドアを閉めさせ、相変わらず冬山のクレバスのようなまなこでこちらを睨んでいる。涼一はシートに腰を下ろしたまま、薄手のブリーフケースからインナーバッグを取り出した。相手から見えないように指先を突っ込んでから助手席のシートの下に落とし、足でそっと隠した。

涼一と染井が車から降りると、茄子男は「中へ入れ」と、入口に向けて顎をしゃくった。

「行きますか？」涼一が小声でたずねる。

「ああ」染井が短く応えた。

じゃがゴリが木製の扉に手をかけ、引き開けた。部屋の奥から薄暗い光が足元に差している。

一瞬ためらった涼一の脇を抜けて、染井が先に中へ入っていった。涼一も、おびえて足がすくんだわけではない。もちろん、言い訳などしなくとも染井はわかってくれているだろう。涼一なりに、この会合でけりをつけるつもりでいる。話し合いが終わるまで、不用意に頭をかち割られるわけにはいかないのだ。その警戒心を敏感に察して、染井はなにも言わずに露払いを買って出てくれたに違いない。

かび臭いような、湿った空気に包まれた。

見たところ、廃業して数年は経っていそうだ。ほうとう屋で出会ったときのことといい、さっきの待ち合わせといい、ふたり組の現れるタイミングがずいぶん早かったのは、こんなところを出張所にしていたからだ。おおかた、借金のカタで塩漬けになっていた物件を買い叩いたか、だまし取ったといったところだろう。

正面の小さな窓は受付の名残か。向かって右手には、十人も座ればいっぱいになる小さな待合スペースがある。撤去していないマガジンラックには、車椅子の老人と白衣の女性が妙に明るい表情で談笑する表紙の雑誌と、子ども向けの絵本が差さったままだ。血が通っている建物だったころの名残だ。胸に、温かく苦いものがこみ上げてきそうになる。

こんな景色をずっと昔に——。

「ちょっと待て」茄子男が後ろから声をかけてきた。

ほんの一瞬、タイムスリップしかけた涼一の意識が引き戻された。

立ち止まった染井と涼一の体を、じゃがゴリの手が乱暴にはたきまわす。身体検査らしい。

「べつに危険なものは持ってないよ」

涼一がやんわり抗議したが無駄だった。じゃがゴリはごつい手でふたりの体中をはたきまわし、染井からは携帯電話を、涼一からはスマートフォンと、麻のジャケットの内側に差していたシャチのフィギュアがついたボールペン、そしてブリーフケースをまるごと取り上げた。

「ねえ、お兄さん。そのボールペンだけは返してくれないかな。ぼくにとってお守りみたいなものなんだ。べつに凶器にならないよ」

じゃがゴリは、にやっと笑って床にボールペンを落とし、足で踏みつぶした。あっと声を出したときには、バラバラになっていた。

「ひどいなあ」大げさに顔をしかめる。「じゃあ、しょうがない。こっちのペンを使うよ」

涼一は、ベルトに這わせて隠し持っていた、まったく同じタイプのシャチのボールペンを取り出し、ジャケットの内ポケットに差した。

「てめえ、ふざけるな」

じゃがゴリがめずらしく声を発して、涼一のジャケットに手を伸ばした。

「おっと」ささやかに抵抗する。

揉み合っていると、茄子男が露骨な音をたてて舌打ちした。

「そんなもんほっとけ。さっさと、そっちへ進め」

茄子男は、左手奥へ伸びる廊下を示した。愛想のない蛍光灯に照らされた通路は寒々としていて、この先に起きることを暗示しているようだ。ふたたび、染井が先に立って歩く。涼一は、じゃがゴリに微笑みかけてから、あとに続いた。つい、見回してしまう。

すぐ左手に『診察室』と書かれた小さな部屋があった。通り過ぎながらのぞくと、明かりもついていない部屋の中に、空の本棚とパイプベッドだけがあった。

さらに進んだ廊下のつきあたりに、『物理療法室』とプレートが貼られたドアがあって、閉まっている。どうやら、整形外科の医院だったようだ。

まさか、捷やその仲間の手当てを、ここでやってるんじゃないだろうな。涼一はふとそんなことを考えて、胃のあたりが不快になった。昔から、暴力シーンや流血シーンは苦手なのだ。ホラー映画など、きっと一秒も目を開けていられない。

ふたたびじゃがゴリが、物理療法室のドアを開けて、顎をしゃくった。染井に続いて涼一も足を踏み入れる。

部屋は十五畳ほどだろうか。いかにも、元『物理療法室』という感じだ。向かって左側は窓、右側はほとんど壁で、はがし忘れたポスターが寂しげだ。

左の窓に沿ってリクライニング式の黒い電動式チェアが三台、右の壁際にマッサージ用のベッドがやはり三台、それぞれきちんと並んでいる。ほかは、治療器機だったらしいものの名残がいくつか散らばっているが、部屋全体から受ける雰囲気は、〝残骸〟といったものだ。

「こんちは」と挨拶をしてみたが、誰も応えてくれなかった。

このそう広くない部屋に、敵味方あわせて十二人の男がいるというのに。

25　義信

染井義信は、部屋にいる人間の位置と状態をすばやく把握した。

左手の電動式チェアには、一台にひとりずつ、計三人の男が座っている。

よく見れば、ただ座っているのではなく、手や足をロープで縛り付けられている。うちひとりは顔を知っている。小池だ。一番手前のいかにもチンピラ然とした情けない顔をこちらに向けているのが丸山だろうか。派手にあざができていて見るからに痛そうだが、ただそれだけと見た。鼻血もずいぶん前に止まっているようだ。

小池は、もともとはやさしげだった顔が腫れ上がって、いまでは〝じゃがゴリ〟と、まるで兄弟のようだ。試合後のボクサーのように、左のまぶたが腫れて、目にかぶさってしまっている。義信たちが室内に入っても、まったく反応することなく床を見つめているが、呼吸のたびにわずかに顔をしかめるところを見ると、肋骨でも痛めたのかもしれない。

三人目の男にも見覚えがあった。ひと月ほど前、夜の公園で松岡と若いチンピラが小競り合いをしていたとき、最後に現れたボス格の男だ。こいつが登場したので、簡単にけりがつきそうもないと判断し、さっさと撤収することに決めたのだ。たしか石崎とかいう名だった。

石崎はあの夜と同じようにTシャツ姿をしており、その下から筋肉の瘤がいくつも盛り上がっているのがわかる。ただしいまは、顔にはいくつも赤黒いあざができ、右手に添え木が当てられ包帯が巻かれている。骨折したと言っていたが、おかしな形に歪んだりはしていないようだ。

この騒ぎの張本人である松岡は、向かって右手、マッサージ用の黒いベッドに、後ろ手に縛られて座らされていた。ふてくされたような表情だ。

「怪我は？」

谷川の問いかけに、松岡は「おれはしてない」と短く応えた。

義信は会話に加わらず、その場にいる人間の観察を続けた。見知らぬ顔の男が三人いる。三人とも白いトレーニングウエアを着ており、無機質なこの部屋の造形と妙にマッチして、寂れたジムにでもいるような錯覚を抱く。しかし、男たちの目つき顔つきを見れば、ジョギングの途中に、ふらっと立ち寄ったわけではなさそうだ。

スキンヘッドで、やや身長の低いがっしりした体型の男、金髪を短く刈り、顔も体もモデルのように均整のとれた男、サイドを刈り上げたモヒカンのようなヘアスタイルの、背が高い男。見た目は不揃いだが、よく鍛えられた体をしており、臨戦態勢といった匂いをぷんぷんさせている。

この三人と、ここへ案内してくれたふたり――谷川が名づけたじゃがゴリと茄子男――のあわせて五人が実戦部隊ということか。

じゃがゴリの顔にわずかに赤あざがあるだけで、ほかのメンバーにはまったくダメージはなさそうだ。松岡ともうひとりの筋肉男の三人が束になっても、手も足も出なかったということか。さっき聞いた話と少し違うぞ、と思ったら、それが顔に出たらしい。

「この三人には手を焼いた」

ひとりだけ、ジーンズに洗いざらしたコットンシャツという気軽な恰好をした青木が口を開いた。顔には、ほとんど表情が浮かんでいない。谷川が応じる。

「しかし、この三人とも手も足も出なかったように見えるけどね。しょせん、素人とプロの違いということかな」

谷川のことばを聞いてへらへらと笑ったのは、不思議なことに松岡だった。ジャージの実戦部隊のほうは、わずかに顔色を変えている。どういうことか。

「とんでもない」青木がわずかに口もとを歪めて笑う。「さっきも言ったが、こっちもふたり、病院送りにされた。ひとりは頬骨の陥没骨折に鼻、もうひとりは鼓膜を破られた。それだけじゃない。ふたりあわせて、四本の肋骨と五本の歯と三本の指が折れた。しばらく使い物にならない。立派な傷害罪だ」

丸山が、まるで自分の手柄のようにへらへら笑うと、一番近くにいた、金髪を短く刈り込んだ男に頭をこづかれた。

「あ痛てっ」

「三人のお兄さんたちは手がつけられなくてね、しかたなく無粋なもので脅すしかなかった」

青木が、ちらりと茄子男に視線を走らせた。茄子男のジャケットの脇腹がわずかに膨らんでいるのは、拳銃でも持っているのかもしれない。

「怪我をしたふたりは送り返して、鮮度のいい要員を三人補充した。必要とあれば、まだいくらでも呼ぶ。総力戦なら、そっちに勝ち目はない」

なるほど、ジャージを着た三人は交代要員なので、精気がみなぎっているわけだ。これで情況が理解できた。

「さて、戦況は把握してもらえたようだ。余談はこれくらいにして、本題に入ろう」

青木が、冷めた口調で言う。最初に会ったころの、なにかにおびえるような、おどおどした雰囲気はどこにもない。義信も、これまで海千山千の犯罪者たちをずいぶんと見てきた。人殺し、強姦魔、連続放火犯、ぺてん師――。

彼らに共通していたのは臭いだ。

こちらの表情をうかがう目つき、嘘をつくときの口もと、焦った場面で自分の体に触れる指先、そういった無意識のしぐさに本性が現れる。

青木にはこれという癖がなかった。水のように無味無臭、人づきあいは苦手だが人畜無害、という没個性の青年を完全に演じきっていた。谷川さえも「だまされた」「判断が甘かった」と、しきりに自分を責めているほどだ。口には出さないが、義信も同じ気持ちだ。かたや元刑事、かたや売り出し中の詐欺師、ふたりも揃って形無しだ。この青木という男、兄をはずみで死なせたというが、本当にはずみだったのか――。

青木が兄を死なせたときに殺意があったかどうか、真相はわからない。だがいまは、巧妙に仕組まれた〝はずみ〟だったのではないかと思う。

不審な死体が出れば、警察が真っ先に疑うのは家族だ。同居人、親族、近辺にいる人間のことは、片っ端から徹底的に洗う。警察が一旦嫌疑をかければ、相当しつこい。だったら、素直に罪を認めたほうがいい。いや、むしろみんなが見ている前で死なせたほうがいい、そう判断したのではないか。

計画的な殺人とからまれた結果の傷害致死とでは、量刑に大きな開きが出る。それを計算した可能性はある。しかしそれでも、実刑は免れない。現に五年数ヵ月も服役していた。

実刑を覚悟してまで死なせた理由はなんだろう。桐恵に対する同情か。いや、この男はそんな青いことは考えないだろう。これから組織の中でのしあがっていこうと思っているときに、粗暴で怠惰な兄の存在が邪魔になったのかもしれない。いや、ひょっとすると弟の本性と、背影にある組織の存在に兄が気づき、自分もかませろと迫ったのかも知れない。

あるいは――。

「まずは、彼らを解放してやってくれないかな」谷川が、松岡たち四人を顔で示した。

青木は谷川には応えず、義信に声をかけた。

「その前に染井さん。たしか、手土産を持ってきてくれるはずじゃなかったですか」

「無理無理、ぼくだってそこまでお人よしじゃない。弱みなんて教えないよ」

義信のことばを遮って、谷川が手のひらを左右に振った。

青木は視線を谷川に向けた。

「本人が乗り込んできたんだから、それなら直接聞こうか。谷川さん、あんたがやったことについて、どう落とし前をつけるつもりだ。こいつらの怪我がどうとかいう心配はそれからだ」

谷川が飄々とした顔つきで応える。

「『公営ギャンブル場ができる』という噂のある土地の周辺で、『贈収賄汚職を暴く』とかいうビラが撒かれた件かな」

ずっと、仮面のように表情を変えなかった青木の、目の周囲に赤みが差した。よほど腹に据えかねているようだ。

「何年かけて、いくら投資したと思っている」青木の口調が厳しくなった。「信用させるために、ありもしない投機をしたことにして、欲張りどもに儲けさせてやった金額だけでもばかにならない」

「大枚をつぎ込んだ計画が頓挫するなんて、詐欺につきものでしょう。クロモズの片腕ともあろう人が、そんなことで熱くなってちゃしょうがない」

にやにや笑う谷川に、じゃがゴリがさっと近づいた。手に特殊警棒を持っている。そちらへ義信が一歩踏み込みかけたとき、青木の声が響いた。

「やめとけ」

冷静だが、厳しく力強い口調だった。

部屋の中の動きが止まった。一瞬、じゃがゴリが青木に対してきつい視線を向けたのを、義信は見逃さなかった。茄子男も値踏みするような視線を青木に向けている。完全な上意下達の関係ではないようだ。

義信は、もしこちらに勝機があるとすれば、彼らの仲間割れを利用することかもしれないと思った。

「乱暴はやめましょうね」ひとりだけ涼しい顔の谷川が、軽い調子で言う。「せっかく神様が、人間に『話し合い』という手段を与えてくれたんですから。――話を戻しましょう。たしか、落とし前の話題だったよね。でもさ、考えようによっては、土地が本来の適正評価額で取り引きされるようになっただけでしょ。悪いことはしてないと思うけど」

飄々と応える谷川に、青木がなにか言いかけた。谷川がそれを制して先を続ける。

「まあそうは言っても、手ぶらじゃ帰れないだろうから、ぼくがいま静岡で手がけている物件を渡しましょう」

「シェールガスの貯蔵庫だかプラントだかができるというあれか」青木が表情を変えずにたずねた。

谷川が小さく手を叩いてみせる。

「さすが、耳が早いね。あそこにだって、なんだかんだで二千万や三千万の金をつぎ込んでるんだ。まあ、泡と消えたおたくらの儲けの皮算用より、ひと桁、いやふた桁ほど少ないかもしれないけどね。どうだろう、あの計画をまるごと差し上げるよ。うまくやれば費用代ぐらいは稼げるはずだ。礼金はいらない。どうしてもって言うなら、盆暮れにビールの詰め合わせでも送ってくれればいいよ」

青木は顔をゆっくりと左右に振った。

「そんな話には乗れない。いま、この場で、おまえに選ばせてやる。あと三カ月以内に二十億よこすか、今夜かぎりおまえたち全員消えていなくなるか」

「それは困ったな」谷川が本当に困ったような表情を浮かべた。「自分で稼いだ金を寄付する習慣はないし、かといってまだ死にたくないし」

茄子男が割り込んできた。青木を見る目がますます険しい色を帯びている。

「だから言うたやろ。こいつは、煮ても焼いても食えん。よう食えん肉は、埋めるしかない」

「まあ、待ってくれ」

青木が手をあげて制すると、茄子男はあからさまに不機嫌な顔をした。稲葉の調べでは、最近ではクロモズに代わって青木が指示系統のかなり上にいるらしいが、さっきから気になっているように、絶対的な服従関係ではなさそうだ。

ふと義信は、時代劇に出てくる「お側用人」だとか「お小姓」といった役どころを思い浮かべた。だとすれば、なおさら切り札として使えそうだ。

その青木が谷川に向かって語る。

「おまえらがなくすものは、金だけじゃない。いま、おまえらが必死に守ろうとしているあのぶどう園も、もうすぐこっちのものになる」

「ほう。どういう段取りで？」谷川が首をかしげた。

「詳しく説明する気はない。とにかく、あの憲吾とかいうおやじには浪費癖があってな。その上、全国の怪しげな開発話にも投資がしたいそうだ。契約も交わしてある。もう、ぶどうの買取り価格に色をつけたぐらいでは、どうにもならない。土地には二番抵当までつけて、借金まみれだ。競売にかけられる直前におれが買い叩く。ただし、その前に、あの親子も連帯保証人になってもらって、とことん追い込む」

「てめえが、うまいこと言って金を使わせたんだろうが」松岡が睨んだ。

谷川が、まあまあ、となだめる。

「その親子というのは、桐恵さんと茉莉さんのこと？」

「そうだ。茉莉はもちろんだが、桐恵もまだ商品になる。風俗業界も年増ブーム真っ盛りだしな」

やはり、兄を殺したのは桐恵を思ってのことではなかったらしい。

ガタンという激しい音がしたので、そちらを見ると、突然立ち上がった松岡を、スキンヘッドが押さえつけようとしているところだった。鉄パイプを振り上げたスキンヘッドに、松岡が膝蹴りを入れ、後ろ手に縛られたまま肩で押して壁際まで突進した。圧倒的優位にいて油断していたのかもしれない。松岡と壁に挟まれた男は鉄パイプを取り落とした。

しかし、反撃はここまでだった。脇からパイプを拾い上げたじゃがゴリが、松岡の背中を殴った。

松岡がうめいて、体を丸めた。

「捷ちゃん」

「松岡」

チェアに縛られた三人の仲間が叫ぶ。

立ち上がったスキンヘッドが、松岡の腹を蹴る。二回、三回……。

さすがの松岡も、されるがままだ。

「やめろよ。捷ちゃんが死んじまうよ」丸山が悲愴な声で叫ぶ。

義信は腹を決めた。人間いつかは死ぬ。こんなアホどものために終えることになるとは思っていなかったが。

かなり無茶だが。奇跡が起きるかもしれない——。

やるか。すばやく、一番近くに立つじゃがゴリに体当たりした。義信自身も反動で二歩ほど後退したが、じゃがゴリはよろめいて、松岡が座るベッドに尻餅をついた。義信は間髪を容れず、松岡を蹴ることに意識を奪われていたスキンヘッド男の顔に肘を打ち込み、鉄パイプを奪った。ポケットに手を差し込みかけた茄子男の顔に、奪ったパイプの先をぴたりと押しつける。茄子男の動きが止まった。

わずか数秒のできごとだった。

部屋中に殺気がみなぎるのを感じる。

局地戦には勝った。問題はこのあとだ。奇跡的に一味が抵抗をやめ——。

「動くな」

あっという間に、均衡は破れた。

ジャージ組の残りふたりのうち、サイドを刈り上げた細身の男が手にしているのは、ボウガンだ。ぴたりと義信の腹に狙いを定めている。もうひとりの、しなやかな動きを見せる金髪の男は右手に細身のナイフ、左手に飛び出すタイプのスタンガンを持っている。

「おまえは目障りだ。腹ばいになれ」

ボウガンの男が言った。義信は命ぜられるまま腹ばいになった。すかさず、茄子男が、拳銃を義信の後頭部に押し当てた。ごりごりと頭蓋骨に食い込んでくる。

「撃つ。ええな」

見えないが、青木に了解を求めたのだろう。荒くなった鼻息が耳元にかかる。こんどこそ本気のようだ。

青木がわずかにいらついた声で応えた。

「だから、少し待てと言っただろう。殺すのは話が終わってからだ。この建物はおれの名義で取得した。床に血をぶちまけて証拠を残さないでくれ。車で少し走れば、山も川もあるだろう」

茄子男は、大きく舌打ちして、床に置いた義信の右手を踏みつけた。

思わず、息が漏れたところを、腹に蹴りを入れられた。

衝撃に息が止まる。必死で呼吸を整えながら、谷川に向かって心の中で呼びかける。

谷川――。

おれは、最後にもう一度全力で抵抗する。そのとき、一瞬の隙が生じるだろう。その機会を逃さず、脱出しろ。小細工はやめて、警察に駆け込め。警察なら、命までは取らない。

「ちょっと待った」聞こえてきたのは、その谷川の、不思議に落ち着いた声だ。「わかったよ。降参する。負けた。これ以上手荒なことはやめてくれ」

義信の体から、こわばりが一気に解けた。

「いまごろ命乞いか」青木の声が応じる。

「なんとでも言ってくれ。命だけは助けてくれないか」

義信は、うつぶせのまま顔をねじって、谷川の声がするほうを見た。膝をついた谷川が、頭を垂れている。

「やっぱり、個人の力じゃ、限界があるのがわかった。きみたちみたいな力のある組織にはかなわない」

さすがの谷川も、ここへきて命乞いの道を選んだ。義信はそれならそれでよかろうと思った。

「もっと早く気づくべきだったな」

そう言いながら、青木が、正座した谷川の肩に足をかけ、ぐいと押した。谷川の細い体がゆれた。谷川が飄々と続ける。

「まったくだよ。目的のためには、喧嘩を装って兄を殺し、必要とあらば自分の体まで差し出す、そのハングリー精神を甘く見てた」

顔をあげて、にやりと笑った。

「おや、図星だったみたいだね」

「きさま」急に青木の声の質が変わった。床に落ちていた金属パイプを拾いあげる。「おれが、手荒なことをしないと思ったら大間違いだ」

そして、振りかぶったパイプを谷川の頭に向けて振り下ろした。

26　捷

松岡捷は、遠のきかけた意識が、自分のもとへ戻ってくるのを感じていた。

みぞおちを思いきり殴られ、息がつまったと思ったら背中に強烈な一発を食らった。そのあとはよく覚えていないが、あちこち蹴られまくった。これほど一方的にぼこぼこにされたのは、はじめての経験だ。

捷は、頭を二、三度振ってからようやくの思いで上半身を起こし、壁に背をあずけた。

どういうわけか、染井が床に寝転がって苦しそうな顔をしている。ほかの男はそのまわりに集まりかけたところでフリーズしたように動かない。

どういうことだ——？

捷は想像をめぐらす。たぶん、元刑事のおっさんが、こいつら相手に暴れようとしたのだろう。ひとりで向かっていくとは、とんだタフガイ野郎だ。『ダイ・ハード』シリーズの再放送でも見て、その気になったのか。しかし結局は、手も足も出なかったらしい。向こうは拳銃もボウガンも持ってる。恥ずかしいことでもないさ。

「いまごろ命乞いか」青木の声が聞こえた。

「なんとでも言ってくれ。命だけは助けてくれないか」

谷川だ。あの、いつもすかしてる詐欺師野郎が、正座して謝ってる。少しだけがっかりした。詐欺師にしては、多少骨があるのかと、見直しかけたところだったのに。

そのあとの会話はよく聞いていなかったが、**なんとかを差し出すハングリー精神**と言った谷川がにやっと笑い、急に青木が激怒した。仲間から金属パイプを奪い取って、谷川に打ち下ろそうとしている。死ぬかもな、と思った。

「やめろ」

とっさに叫んだ捷の声に気をとられたのか、パイプの狙いはそれて、谷川の肩をかすっただけだった。

「あ痛てて」

谷川が大げさに痛がっている。

「なめやがって」

青木は、空振りしてしまった照れ隠しからか、体を丸めた谷川に何回か蹴りを入れた。

「痛い。わかった。こんどこそわかった。もう乱暴はやめてくれ」

青木は、勝ち誇ったように谷川の背中に足を乗せた。

「まず謝罪だ」青木が、荒い息を整えながら吐き捨てるように言う。

「申し訳ない」

「そんなんじゃ、ちっとも謝っているように聞こえないな」谷川の背中に乗せた足をぐいぐいと押す。

「申し訳ありません。金は払いますから、命だけは助けてください」

床に額をこすりつけるようにして、谷川が情けない声を出した。

「『お願いします』はどうした」

「お願いします」

「青木さん、だ」

「お願いします、青木さん」

「けっ」

青木が体重を乗せて蹴ったらしく、谷川の体が転がって仰向けになった。

捷は、谷川の顔を見て驚いた。真っ赤な顔をしている。目から血が噴き出すのではないかと思うほど鬱血している。体を丸めたまま、横向きになって、小刻みに震えている。

いつもすかしてる詐欺師にとっては、ずいぶんな屈辱だったらしい。それとも、恐怖のあまりおかしくなっちまったのか。

「師匠がね、くどいほど言ってたんだ」

体を丸めたまま、谷川がしゃべりはじめた。やっぱり声の調子が少し変だ。

「なんだって？」

「だから師匠がね、いつもしつこいぐらいに、言ってたんだよ。詐欺師にとって一番の敵はなにか、って」

部屋にいるほかの男たちは、口を開かない。

「――師匠はね、詐欺師にとって一番の敵は『慢心』だって言うんだ。仕事をなめたり、思い上がったときに、結局墓穴を掘る。『谷川、慢心にだけは気をつけろ』が口癖だったよ。そのくせ自分は、だました相手に刺し殺されちゃったけど」

ますます谷川の体の震えが激しくなった。まるで痙攣（けいれん）しているようだ。

「おい詐欺師、大丈夫か」捷は思わず声をかけた。

「大丈夫だよ、なんとかかね」

谷川は穏やかな声で応え、すぐに引きつったような声を漏らしはじめた。こんどは泣きだしたのかよ、と思ったとき、谷川が顔を上に向け大声をあげた。

「あははは」

笑っている。やはりさっきから少し変だ。周囲の人間も気味悪そうにただ突っ立って見ている。

ひとしきり笑ったところで、谷川は目尻をハンカチでぬぐった。よっこいしょと言いながら立ち上がり、捷や染井、それにほかのメンバーたちを見まわした。

「あんまりさ、ぼくの立てた計画どおりにいくもんだから、気味が悪くなってね。ここで慢心しちゃいけないと思って、失敗したときの気分をちょっと味わってみたんだ。やっぱりいやなもんだね。土下座ってのは」

「命乞いのあとは、開き直りか」

青木が、手にしていたパイプをいきなり横に払った。谷川はポケットに手を入れたまま、上半身をスウェーして、パイプの切っ先をほんの数センチでかわした。捷のほうを見て、にこっと笑う。

「捷ちゃん、さっきは声を出してくれてありがとう。言ってなかったけど、ぼくは小学四年生まで剣道をやっててさ、ぎりぎりでよける自信はあったんだ。でも、嬉しかった」

ボウガンを持った男が二歩ほど近寄ったところで、谷川の顔が真剣になった。

「残念だけど、松岡ぶどう園は、きみらのものにはならないよ」

「なに言ってるんだ」青木が眉をひそめた。

「松岡ぶどう園には、もう借金がないんだよ」

谷川はそう言って、スラックスについた泥汚れを、神経質そうにハンカチではたき落としている。

「どういう意味だ」

「全額返したんだ。一円残らずね。抵当権抹消の手続きを済ませたし、証拠の書類もある。疑うなら、明日法務局で調べてみるといい。まあ、印紙代が無駄になるだけだけどね」

青木の顔色が少し青ざめたように見えた。何を言っているのか、捷にはほとんど理解できないが、谷川が盛り返しているようにも見える。しかし、こいつら相手に書類だとか印紙だとかぐちゃぐちゃ言ってみても、殺されちまったら終わりだってことに変わりはないだろう。

「いつ、そんなことをした」青木が真剣な目をしている。

「きのう」

「きのうだって」

「まあね。——そうか、さすがにまだ情報を入手できてないみたいだね。金は少し前に松岡さんに貸してあったけど、きのう正式に契約書を交わした。信用貸しでもいいんだけど、なにしろ大金だからね。きちんとしておこうと思って。そうか、捷ちゃんたちが暴れてくれたおかげで、青木さんたちも、そっちに気をとられてたってわけだね。これがほんとの怪我の功名ってやつだ」

谷川が、捷を見て嬉しそうに微笑んだ。まさか、ウインクでもするつもりかと思ったら、ほんとにした。青木が見逃しても、おれがぶっ殺す。

「一億の現金を、おまえが立て替えたのか？　どこで都合をつけた」質問するのは青木ばかりで、ほかの男たちは黙ってやりとりを聞いている。

「出どころは秘密だよ。そんなの詐欺師の基本でしょ」

谷川の人を食った答えに、青木が笑いだした。

「おまえ、それで勝ったつもりか。こっちにしてみりゃ、カモがネギしょってきたみたいなもんだ」

「カモネギね。――そうそう、もうひとつ大切なこと言い忘れてた。さっききみが言ってた〝全国の怪しげな投資話〟とかいうのも、専門家がつつけば欠陥だらけの無効な契約だから、支払いの義務はない。念のために引き落とし口座は空にしてある。ご不満なら民法の条文を読んで聞かせようか。まさかとは思うが、きみとしたことが、〝ぶどう狩り中止作戦〟を盗聴して、こいつらばかだと思って油断してたかな」

谷川は相変わらず涼しげに笑っている。青木は、怒りのせいか顔をどんどん赤らめていく。

「また借金させればいいだけだ。もう一度抵当をつけて、めいっぱいまでな。そしてすぐ、ギャンブルで吐き出させる。ついでに、ベンツやマッサージ器や家財道具一式を取り上げる。二度と邪魔ができないように、おまえたちを始末したあとで」

「無理だと思うよ」谷川が、同情したように言う。

「どういう意味だ」

「いくらつきあいが古いＪＡや信金だって、あの土地に十億もの抵当がついてたら、二番抵当はつけないでしょ」

青木ははっとした表情になった。

「まさか」

「きのう手続きしたって言ったじゃないか。いままでの抵当権は抹消したけど、現在、あの農地の一番抵当はぼくが持ってる。松岡さんに十億貸してね。正確に言うと、九億八千万。あの土地にこの金額はちょっときつかったけど、先行投資かな。とにかく、ぼくが一番抵当ね。もうほかの人は貸さないと思うよ」

谷川がおちゃらけた口調で人差し指を立てると、さすがにほかの男たちの鼻息が荒くなった。しかし、動こうとするものはいない。

「もし疑うなら、さっきのバッグの中を見てもらえばわかるよ。現金の出入りを証明する通帳のコピー、金銭の貸借契約書やなんか、それと念のため公正証書もとってある」

「公正証書だと」青木の声が硬い。

「さすが、意味がわかったみたいだね。十億近い金だから、公正証書ぐらい作らないとね。これで、もし松岡さんが一回でも支払いを怠ったら、即刻ぼくの土地になる。――おっと、そこの顔色の悪いあなた。そう、あなた。あわてて書類を破いても無駄だよ。こんなところに、原本を持ってくるわけないでしょ。説得するためのコピーしか入ってないよ」

拳銃を持っている男――茄子のような顔色をした男――が、谷川の高そうなバッグに手を突っ込んだまま、動きを止めた。冷たく細い目で谷川を睨んでいる。

もう二度とビールは飲めないだろうとあきらめかけたところだったが、雲行きが変わりはじめたらしい。どんなに捷たちが暴れても顔色を変えなかった青木が、ムキになって谷川と言い合っている。どうやら、そのコーセーショーショとかいうものは、相当な威力を発揮するらしい。もしかすると、まだチャンスがあるのだろうか。

「十億の金はすぐに返させる」

きっぱりと言いきる青木に、谷川が変わらぬ調子で答える。

「無理だよ。松岡さんは使ってしまったから」

「なにに使った」

「それがさ、ありがちな話なんだよ」

谷川がくすくすと笑った。

27 涼一

青木がしだいに感情的になってきた。

いい傾向だ、と谷川涼一は内心ほくそえんだ。どんな場面であれ、相手が感情的になるほど勝算は増す。

《逆上は金なり》

《慢心は敵》と同じぐらい、こっちも師匠の口癖だ。経験を積むほど、このことばの深さに感じ入るばかりだ。

青木に向かって説明を続ける。

「北海道に、公営ギャンブルの施設を作る計画があってね。『そこの土地を安いうちに買い占めておけば、遅くとも三年以内に二十倍になる』『ぶどう園の土地を担保に投資してみないか』そう言って、桐恵さんに近づいた男がいた」

「それは……」青木が遮った。

「そう、どっかで聞いた手口だね」涼一がくすくすと笑う。「どっかの詐欺師グループがやってる手口さ。ところで、その桐恵さんに近づいた男を、仮に本堂とでもしておこう。もしかするとそいつは、誰かに車をぶっ壊されて、むかついていたかもしれない」

　いつも車を借りるばかりの本堂に、今回は名義を借りた。もちろん安くない使用料を払ってある。

「——それはそれとして、桐恵さんは、まとまった金が欲しかった。顔見知りであることを隠していた男に、ぶどう園を乗っ取られようとしている。つまり、きみだ。かといって、きみには借りがある。何年もつきまとわれ金をせびられていた疫病神を始末してもらった借りがね。もちろん、桐恵さんが頼んだわけじゃないだろうし、恩義を感じる必要なんかないんだが、義理堅い性格なんだろうね。きみのおかげで身軽になり、結婚できたのも事実だ。夫もきみも裏切らずに事態を収拾するには、自分が金を稼ぐしかない。そこで、その本堂に勧められるとおりにした。

　つまり、彼から一旦金を借りて、いまある借金を返済し、あらためてぶどう園の土地を担保に本堂から金を借り、それで北海道の土地購入ファンドの株を買い、その株を担保にまた金を借りるというややこしいことを繰り返した。

やがて気がつけば、借りた金は九億八千万、手元に残った金はわずかな額だった。さっきも言ったけど、架空取り引きじゃない証拠に、ちゃんと通帳に入金と出金の記録がある。だけど、あっけなくファンドは消滅する。明日にもね。というよりはじめから実体はない。簡単にいえば、詐欺にひっかかったんだよ。詐欺師ってのは、サメと一緒でね、傷ついて、血を流した人間に寄ってくるんだ。債権をばらして売られるところをぼくが全部肩代わりしてあげた。したがってあの土地は事実上すべてぼくのものになる。書類もすべて本物だ」

そこで一旦ことばを区切って、松岡のほうを見た。

「捷ちゃんのために説明すると、公正証書ってのは、裁判と同じぐらいの効力を持つんだ。公証人っていう偉い人が立ち会って作る、日本で一番信頼できる契約書とでも言えばいいかな。だから、さっきも言ったように、松岡さんが、ぼくに対する支払いを一度でも遅らせたら、松岡ぶどう園は即ぼくのものになるんだ」

「きさま」

松岡より先に、青木の顔が歪みはじめた。涼一は、少しクールダウンさせないと、と思った。あまり興奮させては、話を最後まで持っていけないかもしれない。青木が、涼一の顔に指を突きつける。

「きさまが全部仕組んだんだな。一億を貸しただけでは、おれにまた買い戻される。だから、おれがすぐに手を出せない十億近い借金を作らせたな。本堂って男も知ってるぞ。お前に車を貸したけちな詐欺師だ。そのぐらいの調べはついてる。桐恵がだまされたなんて話も、もちろん嘘に決まってる。全部おまえが書いた筋書きだ」

青木の一味たちも、風向きが変わってきたので、手を出しかねているようだ。単に「殺して埋めればいい」という問題ではなくなったことに気づいたのだろう。

「なあ、青木さん」涼一が応える。「こんな言いかたしたら捷ちゃんに悪いが、いくら広いといってもしょせんはぶどう畑だ。ほとんどが市街化調整区域だしね。この土地に十億どころか、一億の価値もないでしょ。どうして狙いをつけたの」

「おまえに関係ない」

「もうすぐぼくの土地だ。教えてくれたら売ってもいいよ」

「いつ、そんな手を考えた」青木が目を細める。

「最初に相談を持ちかけられたときからさ。ここへ一度目の下見に来たころには、設計図はできあがっていたよ」

「この一家を助けるためか。利益のためか」

「両天秤だったけど、ほら、事故があったでしょ」じゃがゴリを見た。涼一は、この男と茄子男のふたりが重りを投げた犯人だと思っている。「あれで気が変わった。借りを返すのが最優先、それがぼくの主義なんだ。なんでも金、金ってわけじゃないんだよ」

「おまえの噂は聞いている。やり手だってな。しかし、一時的にせよ十億の資金は必要だったはずだ。いくらおまえでも、そんな大金は右から左へ動かせないだろう」

「まさかクロモズの片腕のきみから、そんなせりふを聞くとはね。詐欺師は、自分の懐を痛めずに儲けるのが鉄則。金の出どころはもちろん秘密だ」

茄子男が冷たい声で割って入った。

「だから全部始末してまえって言うたやろ。そのあとの手はまた考えたらええ」

相手の話を聞いてないのかと、涼一はあきれた。こいつ、人を殺すことにしか興味ないんじゃないか。

「全部って、こんなにか」青木が、室内をぐるっと見まわした。「ここにいるだけでも、六人いる。その詐欺師の仲間もいるだろうし、桐恵にどこまでしゃべったかもわからない。事情を知ってるやつを、片っ端から殺していくわけにはいかないだろう」

そうそう、とうなずきたくなった。青木は、冷酷ではあるが殺人鬼ではないようだ。助け船を出してやろう。

「桐恵さんは、ここで起きていることも全部知っているよ」

「なに？」青木が探るように涼一を睨んだ。

「桐恵さんだけじゃない。憲吾さんも、ついでに、茉莉ちゃんもね。もしもし、茉莉ちゃん？　聞こえてる？　捷兄さんは生きてるよ。ちょっとだけ可愛がられたけど」

不思議そうに聞いていた周囲の人間に、涼一は胸からシャチのペンを出して見せた。

「身体検査は、徹底的にやらないとね」

そう言って、キャップをはずした。ＩＣチップを埋め込んだ回路を見せる。

「発信機だよ。外の車に増幅装置と携帯電話を合体させたものを置いてきてね、あ、そこのモヒカン風のお兄さん、いまごろ壊しに行っても無駄だよ。いまのここでのやりとりは、全部筒抜けだったからね。松岡さん一家だけじゃない。証人になってもらうために、ご近所さんにも集まってもらってる。松岡家のリビングでみんなで聞いているはずだ。証拠を見せようか。――茉莉ちゃん、ちょっとワンギリしてみてくれるかな」

「てめえ……」

じゃがゴリがわめきながら伸ばした手から、発信機をすばやくどける。

「おっと、やめてくれないか。けっこう高いんだよ。さっき踏みつぶしたのはただのボールペンだからいいけどさ」

じゃがゴリが顔を真っ赤にしたのが合図だったかのように、さっき涼一から取り上げたスマートフォンの呼び出し音が一度だけ鳴り、切れた。

「さてとみなさん。というわけで、ゲームセットみたいですね。ぼくらのうち、誰かひとりでも生きて帰らなかったら、警察に届けが行きます。いくらあなたがたでも、ごまかしきれないでしょ」

涼一は「それじゃ、のちほど」とシャチボールペンに声をかけて、発信機の電源をオフにした。

「青木さん、だからもう公正証書がどうとかいう段階じゃないんだ。引き際は美しくしようよ。ただ、きみも手ぶらじゃ帰れないだろ。手土産を渡すよ。さっき言った、静岡で進行中の物件をあげる。あとは刈り取るばかりになってる。そして、いままでやったことは許してあげる。それで手を引いてくれないか。土下座しろとは言わないよ」

無言で睨む青木の肩に手を回し、涼一は耳元でささやいた。

「それから、ちょっと外で、ふたりだけで話をしないか」

青木の返事を待たずに、ドアのほうへと促す。紅潮から一転、やや青ざめた顔色の青木は抵抗しなかった。

「それじゃ、みなさん。すぐに戻るから、喧嘩しないで待っててくださいね」

28　捷

松岡捷には、谷川が最後にどういう魔法を使ったのかわからない。

ふたりきりでの内緒の話から戻るなり、青木は「引き上げる」と言った。

「だけど」とか「ちょっと待ってください」とか、ほかの連中が騒いだ。

茄子のような顔色をした男が「いくらあんたでも、タダじゃ済まんで」と脅した。

青木は「わかってる」とだけ応えた。

そのあと谷川は、乗ってきたアウディの後部座席に捷のほか小池と石崎を乗せ、ぶつくさ言う丸山をトランクルームに押し込んだ。そのまま、『やまなし中央病院』へ向かう。茉莉の勤務先だ。

捷は完全に納得がいったわけではなかった。しかし、怪我人、とくに小池と石崎は早く病院に連れていってやらないとならない。谷川をぶちのめすのは、それからでも遅くない。

「おそらく、その傷だと警察に通報される。だけど、なにを聞かれても、『笛吹川のほとりを散歩していたら、似たような連中と小競り合いになった。暴力は嫌いだから抵抗しなかった。暗くて相手の人相は見えなかった』と応えるように。『めんどくさいので被害届は出さない』と言えば、警察はたぶんしつこく聞いてこないよ。治療費はぼくが全部持つから安心してくれ」

谷川の言うとおりにすることになった。

怪我人の手当てが終わり、小池と石崎は入院することになった。幸い石崎の腕は、ひびが入った程度で済んだようだ。警察は明日来るらしい。丸山はこのふたりに付き添うと言うので、三人を残して松岡家に引き上げることになった。

いまいましい白い壁の家が見えてきた。

捷が家を出たあとに憲吾が建て替えた家だ。親父のやつ、あの女にそんなに惚れていたのかとあらためて腹が立つ。

駐車場にライトがついている。

谷川が、ゆっくり敷地に乗り入れ、手際よく車を停めた。気配を聞きつけたのだろう、玄関の扉が開いて人影がふたつ出てきた。桐恵と茉莉のようだ。

捷は、誰にも聞かれないように、そっと唾を飲み込んだ。

畳敷きの居間はひっそりとしていた。

「近所の人間を集めたんじゃないのかよ」

谷川に向かって意味のない抗議をしたが、照れ隠しであることは自分にもわかっていた。

「あれもハッタリさ。わざわざ、家の揉めごとをご近所に知らせる必要はないでしょ」

あっさりとかわされてしまった。

「ついでに言うと、生放送してたってのも嘘。車に置いた受信機に自分で信号を送ってワンギリさせた。せこい仕掛けだけど、意外に効果的だったろう。それはともかく、松岡家のみなさんには、今夜ひと騒動あることだけは、先に電話でお知らせしておいたけどね」

「みなさん、どうぞお座りください」

桐恵が、ゆったり八人は座れそうなローテーブルに、捷たち三人を招いた。桐恵は捷と視線を合わせようとしない。捷はそれでべつだん不満もなかった。いまさら昔のことをむしかえすつもりはないし、自分ではなく谷川みたいな男を頼ったらしいことも、ぐだぐだ言うつもりはない。

テーブルの周囲に座布団が配してあり、そのひとつに男が座っていた。捷の実の父親、松岡憲吾だ。

立ったまま憲吾の目を睨む。髪がいくらか少なくなって白髪が混じっている。癌と聞いたせいか、顔もやつれて見えた。この男に会ったら絶対に殴ってやろうと、何度思ったかわからない。しかし、記憶の中の父親は、もっとでかくて憎々しげだった。これでは、殴るに殴れない。むしろそのことに腹が立って、拳を固く握りしめた。

「捷兄さん、どこに座る？」

茉莉が捷の顔をのぞきこむようにして聞いた。青いクッションを胸に抱えている。どこでもいいと応えると、茉莉は「じゃ、あそこね」と一番はしの席へ回り込んだ。もとからあった座布団をどけ、代わりにクッションを置き、軽く叩く。

「どうぞ」

クッションは、海のように青い地にシャチのイラストがたくさんプリントされていた。茉莉のお手製かもしれない。

「みなさんも、どうぞ」桐恵が促す。

「それじゃ、お邪魔します」

谷川が軽い調子で言って、腰を下ろしかけたとき、憲吾がさっと後退した。そのまま、額が畳につかんばかりに頭を下げた。

「このたびは、大変お世話になり、お礼のことばもありません」

あの気位の高い憲吾が土下座同然の姿勢をとっていることに、また驚いた。病気で気が弱くなったのだろうか。それとも、よほどこの件で気を揉んだのだろうか。

「まあ、お父さん、お顔をあげてください。どうせ、たいしたことはしてません。気楽にいきましょうよ」

「はい」

憲吾がかしこまって、もう一度頭を下げると、ようやくテーブルの前に戻った。

「いつか、新参のワイナリーのバイヤーとしてお見えのときには、これほどの深慮遠謀があるとは知らずに、大変失礼しました」

ばかか、と捷は胸の内で毒づいた。なにを時代劇みたいなこと言ってんだ。いまごろ頭を下げるぐらいなら、ふだんから偉そうにするな。それにな、こいつは詐欺師なんだよ。礼なんか言ってると、毛を抜かれちまうぞ——あれはなんの毛だった？　こういうとき小池に聞けばわかるんだが、とにかくあそこの毛まで抜かれるぞくそ親父。

「捷兄さんは怪我しなかった？」いきなり茉莉に声をかけられた。

「あ、いや、毛は大丈夫だ」あわてて応えた。

谷川を見ると、噴き出しそうな顔をしている。待ってろよ、もうすぐ肉骨粉にして、おめえが横取りしたぶどう畑の有機肥料にしてやるからな。

それにしても、クッションに座るというのは、バランスが悪いものだ。

染井が「酒は飲まないから」と言い張るので、谷川と捷が憲吾の相手をすることになった。並びきらないほど料理が載った長いローテーブルを囲んで座った。一方に染井、谷川、捷の順に並び、反対には真ん中の憲吾を挟んで右に桐恵、左に茉莉が座った。捷の向かいに座った茉莉は、いつにも増してにこにこと楽しそうだ。

刺身以外の料理は、すべて桐恵と茉莉の手作りらしい。谷川がいちいちうるさいほど味を褒める。

「そうそう、見せ金の残りは、ぼくの裏口座に戻しておきます。借金返済に充てた差額は、捷ちゃんが実家に戻ったお祝い金ということにしておきましょう。公正証書は破棄しておきますよ」

「ふざけんなよ、おれが意地でも返す」

なぜか、その捷の発言にみなが笑った。むくれてビールをあおる。

「借りた分は、少しずつでもわたしが返します。それにしても、あの男の正体には、気づきませんでした」

憲吾が頭を掻く。

隣で桐恵も深々と頭を下げた。

「もとはといえば、全部わたしが悪いんです。ただ、信じていただけないかもしれませんが、そんな企みがあったなんて本当に知りませんでした。青木さんが、過去を隠してやりなおしたいからと言うので……」

「もういい」憲吾が桐恵の手を軽く叩いた。「もういいんだ」

グラスのビールに口をつけていた谷川が、本当です、と手を振った。

「普通のかたがだまされても無理はありませんよ。ああ見えても、関西で、というより日本でも屈指の詐欺師集団の幹部ですから。恥を忍んで申し上げますが、わたしもころっとだまされました」

「そんなもんですか。詐欺の話で思い出しましたが、たしか一昨年、隣の町の……」

憲吾が今回の一件とはまったく関係のない話をはじめた。

谷川と憲吾が、わざと話題をそらそうとしているのは、捷にもわかった。当の桐恵はそれでも申し訳なさそうにうつむいている。たしか、今年で四十四歳になるはずだが、どう見ても三十代にしか見えない。印象に残っているよりも人のよさそうな表情だ。

夫婦のあいだで今回の一件のけじめはつけたのだろう。もともと、捷は夫婦の問題に口を挟むつもりはなかった。

昔、桐恵が憲吾に「捷が茉莉に色目を使っている」と嘘の告げ口をしたために、家を追い出されることになったのは事実だ。少しは恨んだこともあるが、いまさらそのことを持ち出すつもりもない。

「捷兄さん。いいもの見せてあげようか」

茉莉がテーブルに肘をついて、ぐいと身を乗り出した。捷は、ついのけぞってしまい、クッションから落ちた。

「じゃーん」

茉莉が、隠し持っていたものをテーブルの下から取り出した。丸まった厚手の紙だ。茉莉はそれをテーブルの汚れていないスペースに、両手で一生懸命広げている。すぐに丸まってしまうので、見かねた捷も手伝った。

「なんだこれ？」クッションを膝に抱えてのぞきこむ。

「卒業証書」茉莉がにっこりと笑う。

たしかに卒業証書だった。見れば、捷が通っていた中学だ。そして、そこに書かれた名は、なんと『松岡捷』になっていた。

「どうしたんだよ、これ」

捷は、中学三年の三学期に家出した。三年間学校へもろくに行ってない。卒業していないことになっていると思っていた。

「茉莉がパソコンで作ったのか」

茉莉は、やだ本物よ、と笑った。

「おれは卒業してないぞ」

「義務教育には退学なんてないでしょ。お父さんが校長先生に頼んで、卒業手続きをしてもらったんだって」

「親父が？」

捷は、斜め向かいの憲吾を睨んだ。よけいなことをしやがって。こんなことで、恩に着ると思うなよ。

「違うんだ」憲吾が、あわてて手を振った。「学校に何度も足を運んで、『本人を連れてこい』と言う校長に、熱心に頼んでくれたのは桐恵なんだ」

「え、そうなの？」茉莉も驚いているところを見ると、本当に知らなかったようだ。

「嘘だ」思わず飛び出した捷のことばに、周囲が固まった。「嘘つくな。だったら……だったら、どうしてあんなことを言った」

とうとう触れてしまった。やはり、避けては通れない過去だ。

はにかんだような笑みを浮かべていた桐恵の笑みがこわばった。

「ごめんなさい。わたし……」

「それも違うんだ」憲吾が、さらに勢いよく手を振った。「あれをおれに吹き込んだのは、じつは農協の高畠なんだ。あいつが、『桐恵さんに相談されたんだが、捷ちゃんがどうのこうの』って……」

さすがに、谷川や染井がいる前で「妹の茉莉に色目を使っている」とストレートには言えないのだろう。ことばを濁した。

「――ちょうど、桐恵や茉莉に対して、陰口がたくさん聞こえていたころだ。近所の目もあったし、頭に血が上ったおれは、話も聞かずにおまえを叱った。おまえも弁解しなかった」

「あたりまえだ。くだらなすぎるだろ」

憲吾がうなだれた。

「そうだな。本当にそうだ。冷静に考えればばかげた話だ。あとで桐恵に聞いたら、そんなことを言った覚えはないと言う。高畠のでっちあげだったんだ。もちろん、高畠のことはぶん殴ってやった。二度とつまらん嘘なんかつく気になれないようにな。パトカーが来て、警察に一晩泊められた。

しかし、一番ばかだったのはおれだ。おまえに詫びようと思ったが、どこかに消えて連絡すらとれなくなった。十年間も」

『十年間も』のところは、寂しそうな響きがあった。

捷は、すぐには応えられなかった。まさにその十年間の恨みを晴らすつもりで来たのに。ことと次第では、一発か二発はぶん殴ってやろうと思って来たのに。いまさらそんな真相を聞かされて、自分はどうすればいい。高畠のおやじを殴りに行けば気が晴れるか。

やけになって茉莉がどんどん注ぎ足すビールを飲んでしまい、そのうちどうでもよくなってきた。

寝不足が響いていた。いつもの半分も飲んでないのに、睡魔に襲われた。茉莉が「自分で生地を買ってきて作ったんだよ」と自慢する、シャチの柄のクッションに頭を乗せ、驚くほど急に眠りに落ちた。


茉莉が毛布をかけてくれた気配で、半分ほど覚醒した。谷川の声が聞こえる。捷の噂をしているようだ。そのまま、寝たふりを続ける。

「捷ちゃんの居場所を探したのは、もちろん茉莉さんが自発的にではないですよね。どちらが言い出したのですか。捷ちゃんに戻ってくるよう説得してくれないか、って」

真っ先に応えたのは憲吾の声だ。

「桐恵です」

「やはりそうですか」谷川の落ち着いた声だ。

はい、とこんどは茉莉が応えた。

「母が『あなたのお兄さんが見つかったから、できることなら一度でもいいからこの家に戻ってくるように、説得してみて』って」

「失礼ですが、そうなると青木と揉めることになる。青木との関係が知れてしまうことになる。それは覚悟だったんですね」

「はい。もう、隠すことに疲れました」

「水くさいよ、お母さん。わたしには言ってくれればよかったのに」きっぱり言ったのは、茉莉だ。

「まあ、ご主人にこれだけ大切にされていると、なかなか切り出せないかもしれませんね」

谷川がわかったような助け船を出した。

はなをすすっているのは桐恵か茉莉か、いや親父だ。

くだらねえ。どいつもこいつもいいかげんなやつらだ。腹立ちは、まとめて谷川に責任をとってもらうことに決めた。あとで絶対に半殺しにしてやる。

ただ、いまは起き上がる気になれない。ぶっ飛ばすのは、もうひと眠りしてからだ。

そういえば、東京に戻ったら絵美のところに顔を出さなければならない。なんだかんだで、世話になった。最近よく、柄にもなく考えごとをしてるから、土産に好物のワインでも買っていってやるか。

29　義信

憲吾も桐恵もそして茉莉も、しきりに泊まっていくよう勧めたが、あえて遠慮した。

ぐっすり寝込んでしまった松岡を残し、染井義信は谷川と東京へ帰ることにした。もちろん、ハンドルを握るのは、一滴も飲まなかった義信だ。

「せっかくの親子水入らずに、ぼくらがいたら、完全なおじゃま虫ですからね」谷川がほんのり赤らんだ顔で言う。

「詐欺師先生。〝おじゃま虫〟とかいうのは、いまは死語じゃないのか」

義信は、ついそんな軽口を叩いた自分に驚いた。なんとなく、胸のあたりにたまっていたもやもやが、溶けて流れたような気がする。

「捷ちゃんは、いい家族といい友達がいて幸せだな」谷川もリラックスした雰囲気だ。「友達といえば、あの暴れん坊たちは、少し可哀想なことをした。まあ、いい薬ですけどね。怪我のフォローはぼくのほうでやっときます」

「そうしてやってくれ」

「それはそうと染井さん、あんまり命を粗末にしちゃいけませんね」

「どういう意味だ」

「あんなやけくそになった人間は久しぶりに見ました。死ぬ気だったでしょ」

「好きに解釈してくれ。とにかく世話になった。礼を言う」

谷川が、とんでもないことを聞いたとでも言いたげに、目玉をむいた。

しばらく、無言でアクセルを踏んだ。中央高速の上り線に、車の量は少ない。予定より早く着けそうだ。

「さっき、青木とふたりきりで、どんな話をしたんだ？　なぜやつは素直に手を引いた」

「ああ、あれですか。ブラフですよ。確証はなかったけど、詐欺師の勘です」

「だから、どんな」

「クロモズはもうこの世にいないんじゃないか、って言ったんです」

「どういう意味だ。死んでるのか？」

「今回、クロモズのことを調べていて、なんとなく過去の伝説の男を追っているような気がしていました。謎めいた私生活や超人的な伝説ばかり。ＦＢＩの証人保護プログラムじゃないんですから、狭い日本でこんなに完璧に姿をくらますなんてできっこない。だから、ひょっとしてもうこの世にいないんじゃないかと思ったんです」

　そういえば――。

　稲葉ＡＧにクロモズのことを調べてもらったとき、クロモズの正体について稲葉社長も「幽霊のようなやつだ」と言っていた。前後のことを考えるとクロモズが死んでいるとは知らなかったようだから、あの男特有の勘だったのかもしれない。

「青木たちが、生きてるように見せかけたと？」

「そうです。ごく一部の幹部だけが知っている」

「だが、手間をかけてそんなことをするのはなぜだ？　どんなメリットがある？」

「いわば偶像ですよ。姿を見せない教祖様といってもいい。やつらは、やくざでさえ一目置く武闘派の詐欺師集団ですから、強面が相当揃っているはずです。なまじのキャラじゃ統率できない。バラバラになるのを防ぐために、クロモズを生かしておく必要があった。最後に大仕事をやって隠居する、という設定にして」

「青木の役割は？」

「兄を殺したときには、すでに組織の一員だったんでしょう」

　谷川の意見を受けて、義信もこれまで考えていたことを口にした。

「兄を死なせたのも、そのあたりの事情がからんでいそうだな」

「そうですね。おそらくクロモズとの関係をかぎつけられて、金でもせびられた。金のことより、クロモズに不始末を知られることを恐れた」

義信が読んだ筋は、ほぼ当たっていたようだ。谷川が説明を続ける。

「兄を始末して仮出所したあと、頭角を現し右腕とまで呼ばれるようになった。いや、右腕というより、やつは——」

そこで谷川がことばを濁した。代わりに、義信が感じていたことを口にした。

「クロモズの愛人？」

「ええ。おそらく」谷川がうなずく。

義信もそれは感じていた。青木にもクロモズにもまったく女の影がない。それに、いくら切れ者だといっても、青木の若さで組織の幹部になるのはそう簡単ではないはずだ。そして、さっき谷川が『体も差し出す』と口にしたとき、はじめて青木が逆上した。人は、痛いところを突かれると逆上するものだ。

「だが、ひとりで組織をまとめるほどの力はない」

「だからまとまった金を作って、青木も引退する気なんだと思いました」

「どうして引退するんだ。そこそこの地位にはいたんだろう？」

「いつまでも、クロモズの死をごまかせはしないでしょう。跡目争いになったときに、武力勝負になったら負ける。いままでクロモズの愛人として恨みを買っているかもしれないから、後ろ盾がなくなれば身の危険すらある。ここで稼げるだけ稼いで、足を洗おうと思った」

「さっき、青木に耳打ちしたのはそれか」

「そうです。『クロモズが死んでる証拠を握ってるよ。こんなところで油売ってないで身の安全でも考えたら』って」

「青木が松岡ぶどう園を手に入れようとしたわけは？」

「それが最後までわかりませんでした。ほかの場所のように、リゾート施設や土地買収の噂も流していない。なにが目的なんだろうといろいろ考えたあげく、一番素直な答えにたどり着きました。拠点まであったってことは、仲間にはほかの五カ所と同じだと説明していたかもしれませんが、青木はあそこに住む気だったんだと思います。これまで、まったく手荒なことはしていない。三年もかけて、周囲の信頼も築いてる。あの土地が気に入って、永住したいと思ったからじゃないでしょうか。ほかの土地での計画がうまくいったら、そのどさくさに紛れて自分は組織を抜ける」

「なるほど。『ここが気に入った』というのだけは真実だったのか」

「あんな田舎で、さっき見たようなやつらがうろついていたら、ひどく目立ちます。ところが、調査してもそんな噂はほとんど聞かなかった。つまり、青木以外の仲間が現れたのはつい最近ってことです。青木があまりぶどう園に時間をかけているので、怪しみだしたのかもしれませんね」

「青木も少し焦りはじめていたところへ、思わぬ邪魔が入ったというわけか」

「そうなりますね。ただ、〝食中毒計画〟は、はじめのころは考えたかもしれませんが、いずれ自分が乗っ取るつもりなら園の評判を落とすことはしないだろうと思いました。松岡憲吾個人を借金まみれにさせ、貶めて、奪い取る。そう睨んで対策を立てました」

「詐欺師にしておくのは惜しいな」

皮肉なものだ、と思う。急速に詐欺師集団の中枢にのぼりつめた男が、本心から手に入れたいと思ったものでつまずいた。いまとなっては、ぶどう園で引退生活どころではないだろう。今回の失態の責任をどうとらされるのか、サラリーマンではないから、始末書や進退伺いでは済まされないだろう。さっきまで敵対していた相手だが多少の同情を禁じえない。

短い沈黙のあと、もうひとつ質問した。

「十億円の出どころは、まさかと思うが敷島祐三郎か？」

「ご明察。絵美さんに仲介してもらいました」

「しかし、あの夫婦は……」

「知ってます。ぼくだって情報源はいくつかありますから。祐三郎氏と直接交渉しました。

『クロモズの手が二度と及ばないようにしてやるから軍資金を貸してくれ』と言って」

「いつだ」

「五日ほど前ですかね。とにかく時間がないので忙しかったですよ」

敷島が義信に電話してきた直後あたりのことか。

「驚いたな。あの食わせ者と交渉したのか。それにしても、よくも貸したものだ」

「あの男にしたら、十億なんてはした金ですよ。どんな弱みか知らないが、クロモズと縁が切れるなら安いもんです。しかも、もらったわけではなくて、借りたんです。ちゃっかり利子もとる。年利八パーセントです。あいつの腹はぜんぜん痛まない。世の中、金に汚いやつばっかりです」

そう言って笑った。

「八パーセントか。それだけで八千万だぞ」

「無担保だし、サラ金より安いですよ。それに見せ金が十億近くあれば、どんなことでもできます。金の亡者たちがわらわら寄ってきますよ。考えただけでぞくぞくする。一年後の新聞記事を楽しみにしていてください」

義信は、ただ溜め息をついただけで、感想は言わずにおいた。

終点が近づいている。月島にある高層マンションまで谷川を送り届けたら、それで終わりだ。極端にいえば、二度と顔を合わすことはないかもしれない。義信は、気になっていることを聞いてみることにした。

「騒動とは関係ないんだが、さっき医院の中で感慨深そうに見回していたな。なにか理由があるのか」

「さすが染井さん、鋭いですね」

言うつもりもなかったんですが、と続けた。別れの挨拶代りかもしれない。

「ぼくの生家は、個人経営の内科医でした。たまたま立地のいい場所にあって、そういうやつらに目をつけられました。患者が誤診で死んだと難癖をつけられ、裁判を起こされたり街宣車が来たりして、商売は立ちいかなくなりました。ぼくがまだ小学四年生のころです」

不幸というのは重なるもので、医院の建物が人手に渡って三年も経たないうちに、両親とも相次いで病死したと言う。

「なるほど、へらへらしているくせに、妙に腹が据わっていると思ったが、そんな経験があったのか」

「はるか昔のことです」

いよいよ、谷川が根城にする、タワーのようなマンションが見えてきた。義信はウインカーを出し、車線を変えた。

「もうひとつ、十億借りて、動いた金は九億八千万、金額が二千万合わないのはどういうわけだ」

「いろいろお世話になったので、一千万は絵美さんへの謝礼代わりです。これは捷ちゃんには内緒ですけど、どうやら近々離婚するつもりらしいです。もちろん、旦那にもまだ切り出してないそうですが」

「離婚？　まさかあの若造とくっつくのか」

「違うでしょうね。結果的にあるかもしれませんが。なんでも『捷ちゃんでさえ自分で教習所の費用を稼ぐ気になったのに』とか言ってました。よく意味がわかりません。でも、少し前から考えていたようです。もしかすると、捷ちゃんが東京に戻るころ、家を出ているかもしれません。裁判の準備はこれからとして、一千万は当座の費用です」

　こいつには、いったいいくつの頭があるのだ。

「どうでもいいが、まだ一千万合わないな」

「そうですか？　どこかに落としましたかね」

　思わせぶりな口調に、つい谷川の横顔を見た。

「おい。まさか真知子のところに？」

　谷川は知らん顔で、暢気に古い映画音楽など口ずさんでいる。

「そうか——」小さく頭を下げ、ありがとう、と素直に礼を言った。「この恩義はいつか返す」

「お礼なんてやめてください。蕁麻疹が出ますよ」

「いつか自分で言ってたとおり、おまえさんは、本当に前世は天使だったかもしれないな。多少腹黒いが」

谷川はもう一度、やめてください、と照れた。

「前言撤回します。もしもぼくが天使なら、こんなに苦労してまで、人助けなんてしてませんよ。さっさと天国に戻って、女神相手に結婚詐欺でも働いてます」

「そうか。おれは意外に楽しかった」

「へえ、そりゃまたどういう風の吹き回しです」

「久しぶりに、義理とか借りとか関係のないところで、少し熱くなった。そんな感覚は、とっくの昔に失くしたと思っていたよ」

いつになくしゃべりすぎたなと反省する。

星がひとつ尾を引いて流れたように見えたが、もちろん気のせいだろう。

解　説

日野淳

孤島の刑務所から脱走した男が三人。

囚人服のまま街中に身を隠し、海の向こうへ逃亡するチャンスをうかがっている。

しかし船に乗ろうにも金がない。国境を越えるためのパスポートもない。おまけに腹が減ったが食うものがない。

どうするか？

ないものは盗めばいい。

詐欺や殺人を犯してきた悪人にとって、ちょっとした窃盗なんて朝飯前。三人は街の雑貨屋に足を踏み入れる。

どう見ても繁盛しているとは言えなそうなその店で、気儘に物色を始める男たち。お人好しの店主は彼らの思惑に気が付かず、あろうことか家の中にまで引き入れてしまう。

そこで三人が見たものとは……雑貨屋一家のつつましくも愛情溢れる暮らし。夫婦が、親子が、互いを思い合いながら懸命に生きていこうとする姿。

三人の心は温かい感情で満たされていく。思わず涙腺も緩んでしまう。

しかし、同時に気が付くのだ。

雑貨屋一家のささやかな幸福を脅かそうとする者がいることに！

頂くものを頂いたら、一刻も早く街を脱出するつもりだった。窓の外には血眼になって脱獄囚を探している者たちがいる。

だが、このまま立ち去るのは忍びない。家族を守るためには、俺たちがひと肌脱いでやるしかないんじゃないか。

奇しくもその日は聖なる夜、クリスマスイブ。

「俺たちは天使なんかじゃないのに……」

映画好きの方には余計な説明だったかもしれないが、これは今から約60年前（１９５５年）に作られたハンフリー・ボガート主演の名作コメディ「俺たちは天使じゃない」の冒頭部分のストーリー。後にロバート・デ・ニーロ主演によるリメイク版も製作されていて（89年）、現在の知名度としてはリメイク版の方が高いと思われるが、私が好きなのは断然オリジナル版の方。

そして本作『もしも俺たちが天使なら』の著者・伊岡瞬氏がタイトルを含めて意識した、いやオマージュとして捧げようとしたのもオリジナル版の方ではないかと推察する。

なぜそう考えるかについては後に詳しく述べるとして、まずはこの小説の物語と登場人物を見ていこう。

谷川涼一は「セレブ専門」の詐欺師。ターゲットは金持ちばかりで、彼らの強欲を逆手にとって金を巻き上げることを得意とする。暴力や脅迫は一切使わないスマートな詐欺、相手が最後まで騙されたと気が付かないほど芸術的な詐欺を志向している。

巧みな話術と端整な顔立ちを武器に、有閑マダムへ偽のインド国債を売りつけることに成功した夜、谷川は公園でオヤジ狩りの現場を目撃する。

柄の悪い若者たちに囲まれたサラリーマン風の中年男を気の毒には思うけれど、こんなところでトラブルに巻き込まれるのはご免だ。足早に通り過ぎようとした時、正義の味方のように一人の男が颯爽と現れた。

松岡と呼ばれたその男は、モデルか俳優かと見紛うほどのイケメン。しかも喧嘩が滅法強くて、たった一人で瞬く間に若者たちをなぎ倒してしまった。

谷川の詐欺師としてのアンテナが激しく反応する。

このイケメンは使える！

若者たちがナイフや特殊警棒を手に立ち上がったことで、事態は再び緊迫。その時、ずっとやられっぱなしだったサラリーマン風の中年男がゆっくりと立ち上がる。

無精髭(ひげ)にぼさぼさの髪の毛だが、眼光だけはいやに鋭いその顔に谷川は見覚えがあった。

5年前、同じように若者に絡まれていた谷川を救ってくれた刑事。いや、今は元刑事だ。谷川を助けたことがひとつのきっかけとなって警察を辞めざるを得なくなった、谷川にとっては恩も負い目もある、染井義信だった。

このままでは染井も巻き込んでの大乱闘が始まってしまう。

谷川はとうとう自分の出番かとスーツの内ポケットから身分証を取り出して掲げる。

「警察だ」「このまま引き上げれば、今夜のところは見逃してやる」

もちろん警察だなんて真っ赤な嘘。身分を偽るのは詐欺師にとってのご挨拶だ。

しかしそこに騒ぎを聞きつけた本物の警察官が現れるとは谷川も思ってはいなかった……。

この公園での一場面で本作の主役三人が顔を揃えたことになるが、もう少しストーリーを追っていこう。

詐欺師の谷川はその日のうちにイケメン松岡が居候する豪邸に上がり込むことに成功。豪邸の持ち主が長者番付の常連で、その家の情報がインプットされていたことが功を奏した。滅多に家に帰ることのない家主の代わりに豪邸を守るのは、若くて美しすぎる妻、絵美。暇と金、そして色気を持て余した絵美が若い男をくわえこんでいるというのも調査済みで、その男がイケメンの松岡捷だったというわけ。

松岡は山梨の大きなぶどう農家の息子として生まれたが、父親や継母との折り合いが悪く、中学卒業を前に家出して上京。以来10年もの間、一度も働くことなく知り合いの家を転々としては、喧嘩くらいしか楽しみがない自堕落で自暴自棄な生活を送っていた。

谷川の誘いに乗り、詐欺の片棒を担ぐようになった松岡。彼のもとに突然、山梨から妹の茉莉が訪ねてくる。

「家に、変なやつが棲みついてるの」

3年前、父親が癌を患って入院したことで、松岡家のぶどう園は深刻な人手不足に陥った。その時、流れ者のような男、青木を臨時で雇いいれたところ、青木は父親が退院後も松岡家に居着いて、今ではぶどう園のほぼすべてを取り仕切っているという。勤務態度は真面目で、人柄も実直。周囲の人間はそう思っている。しかし茉莉はどうしても信用することができない。嫌な予感を拭うことができないのだ。

「あの家と、畑を、とられるかもしれない」

切々と訴える茉莉。茉莉と松岡は血の繋がっていない兄妹。10年振りに会う彼女はアイドル並みに美しい女に成長していた。いや、10年前の彼女も十分に魅力的だったのであり、そのことと松岡の家出は無関係ではなかった。家出してから一度も戻っていない実家はどうなっても構わないが、茉莉が困っているのならば黙っているわけにはいかない。

茉莉から得意の暴力を禁じられた松岡は、仕方なく詐欺師の谷川に依頼する。

「ぶどう農家から男をひとり追い出してほしい」


さてもう一人の主役のことも忘れてはいけない。元刑事の染井義信である。

警察を辞めて以降、染井の生活は「坂道をゆっくり転がるように下っていった」。今は安アパートにひとり住まい、小さな探偵事務所から不定期に下りてくる仕事で糊口を凌いでいた。

6年前に別れた妻は再婚して北海道に。最愛の娘も妻のもとにいて、もう何年も会っていない。元来の性格から請け負った仕事は真面目にこなしてはいるものの、なんの張り合いも生き甲斐も見つけられない毎日だ。

染井に与えられた新たな任務は、松岡を囲う絵美にまとわりついているストーカーを撃退すること。その依頼を首尾よく片付けた染井は、堅物な人柄が気に入られたこともあり、絵美からもうひとつの仕事を頼まれる。

最近、松岡が谷川という詐欺師とつるんでいるらしい。しかも10年間一度も寄り付かなかった山梨に二人で足を運んでいるようだ。一体何を企んでいるのか知りたい。おまけに血の繋がっていない妹の茉莉が気になる。ついては一緒に山梨に行ってほしい。

やたらと色気を振りまく女の嫉妬心からの依頼。昔から女心というものがさっぱり理解できない染井には苦手な分野だ。しかしギャラは倍という申し出は魅力的。元妻の家は生活が苦しいらしく、娘のためにも多少の援助はしてやりたい。

かくして染井と絵美は山梨へと向かうことに。

茉莉と直接対面し、ついでだからとぶどう園も見物に行った二人は、谷川が松岡家から出てくるところを目撃する。

あの詐欺師は何をしようとしているのか？

東京へ戻る谷川の車を後ろからつけていったところ、高速道路に架かる陸橋から、谷川の車に向かって何かが落ちてくるのが見えた。そして次の瞬間、谷川の車は猛スピードのまま壁にぶつかっていくのだった。

ここまで書いてしまうと、谷川の運命やいかに？　となるわけだが、以降の展開をこの解説で語ってしまうわけにはいかない。

そもそも谷川と松岡は、ぶどう園を守るために青木という男を追い出そうとしていた。その男、青木とは一体何者なのか？　真面目で実直という評判は本当なのか？　茉莉が語ったように松岡家を乗っ取ろうとしているのか？　そして谷川の事故は、事故ではなく事件なのか？

いくつもの謎を孕みながら物語はスピーディーに転がっていく。

谷川は松岡家のぶどう園に対して得意の詐欺を持ちかけることで、姿の見えない悪人たちを燻り出そうとしていた。やがて動きを見せるのは関西を拠点にした詐欺師集団「クロモズ」。大胆不敵な計画と狙った獲物はどんな残忍な手を使っても仕留めるという悪名高き組織だ。そんな奴らが、長閑なぶどう農園でどんな詐欺を働こうとしているのか。さすがの谷川にも見当が付かない。

何事も腕力で解決しようとする松岡を制して、谷川は詐欺にはさらに大胆な計画を練り上げていく。

物事の裏をかくのが詐欺というものだが、その裏のさらに裏を捲ったら何が出てくるのか。間違いなくこのあたりが、本作の一番の読みどころとなる。

谷川と「クロモズ」の頭脳戦、騙し騙されというスリリングなコンゲームを堪能したい方は、どうか細部まで慎重に読み進めていってもらいたい。テンポよい展開と度々挟まれるコミカルなシーンによってどんどんページを捲らされることになるのだが、軽く読み飛ばしてしまいそうなところに重要なインフォメーションが隠されていないとも限らない。

同時に、このコンゲームの登場人物たちのキャラクターや心情が、ストーリーに花を添える以上の意味合いを持っていることも強く主張しておきたい。

詐欺師である谷川が、松岡から頼まれたからといって、ぶどう園救出に乗り出さなくてはいけない義理はない。谷川は言う。

「詐欺師はタダ働きはしません」

それなのに谷川は松岡や松岡家の人々のために、割に合わなそうな危険な橋を渡ることになる。

元刑事の染井にしても、絵美のボディーガードという任務を大きく踏み越えて、この一件に関わっていくことになる。最初はギャラにつられた形だったが、後には身銭を切ってまでも、クロモズの正体を突き止めようとする。

松岡だって同じようなものだ。確かに可愛い妹からの頼みは断りにくいかもしれないが、もう10年も前に縁を切った実家のこと。絵美の住む豪邸で贅沢しながら、今まで通り悪友たちとつるんで喧嘩でもしていればよかったのだ。

でもそうしなかった。そうはできなかった。

三人はどうしてもぶどう園を、そしてお互いのことを助けてあげたくなってしまったのだ。

ここで冒頭に紹介した映画「俺たちは天使じゃない」との関連性の話になる。

脱獄囚三人が本作では、谷川、松岡、染井へと置き換えられていることは説明するまでもないだろう。谷川たちは囚人でないけれど、それぞれがそれぞれの事情に囚われてはいる。

谷川は群れることを嫌い、大きな計画でもたった一人で遂行しようとする個人主義、秘密主義なところがある。きっと過去に彼を孤独な詐欺師にしてしまったなんらかの出来事があったに違いない。

谷川ほど謎めいてはいないけれど、松岡と染井にも過去や家族とのいまだ解決していない確執があることは既に述べた通りだ。

映画における雑貨屋が松岡の実家、およびそのぶどう園であることも明らか。三人はぶどう園に忍び寄る悪の手を追い払うため、柄にもなくチームとなって戦う。協力して善良な人々のささやかな幸福を守ろうとするのだ。

　このあたりが映画のオリジナル版とリメイク版の決定的な違いと関わっている。

　リメイク版で、デ・ニーロとショーン・ペン演じる脱獄囚が身を隠すのは雑貨屋ではなく修道院である。しかし彼らは修道院の危機を救ったりはしない。聖職者たちの静かな生活は彼らがいなくても十分に守られている。その代わり、街で出会った娼婦まがいの女と聾啞（ろうあ）の娘の親子を救うという課題が差し出されるのだが、脱獄囚たちは物語の最初から最後まで、その母娘の事情に心を寄せようとはしない。助けてあげようという気にもならない。次々と事件が起こり、結果的には小さな奇跡を起こすことになるけれど、それはあくまでも偶然の産物。脱獄囚が願っていたのは自分たちの安全と利益だけなのだ。

　デ・ニーロとショーン・ペンが修道院の神父になりすますということで、「俺たちは天使じゃない」というタイトルが語るテーマをオリジナル版より分かりやすく、そしてコミカルに演出しようとしたことは理解できる。でも、と私は思う。ドタバタコメディに寄り過ぎたお陰で、人間ドラマとしての味わいや深みは失われてしまったんじゃないの？　と。

　オリジナル版の面白みとは、天使でもなんでもない男たち、というか単なる悪党にすぎない男たちが、図らずも目の前の人に同情してしまい、いつの間にか人助けという善行に身を投じてしまうというところにあったのに……。

そしてこのことこそが、本作『もしも俺たちが天使なら』が、リメイク版ではなく、オリジナル版へのオマージュではないかと私が推察する最大の根拠なのだ。

谷川、松岡、染井の三人が善行に向かっていく理由はそれぞれだし、彼らには特別にいいことをしている自覚もない。むしろ自分たちはそんな柄ではないと知っている。それなのに命まで危険にさらして、人助けに奔走するのである。

どんな悪いやつ、ダメなやつでも人間である以上、人のために何かをしたいという気持ちはどこかにある。困っている人を前にしたら手を差し伸べてあげたくなる瞬間がある。自分の利益になりそうもないことにでも首を突っ込みたくなってしまう。

そんな出来心みたいな善意で大きな悪に立ち向かうというところにこそ、本作が映画オリジナル版から引き継いだ物語の核がある。そして重要なのは、その核は決して借り物というのではなく、伊岡瞬という作家がデビュー以来描き続けてきたこと、登場人物たちの心理に投影させてきたひとつの人間観のようなものと源を同じくしていることだ。

どんな人間も善のままではいられない。どんな人間も悪のままではいられない。人が人である以上、心は絶えず揺らいでいるのであり、その揺らぎの中にこそ、人間の、そしてその人間たちが織りなす物語の面白さがある。

善と悪の対立構造では語り切れない、人間の揺らぎ。これは何も伊岡氏に限らず、古今東西の多くの小説家が見つめ続けてきたことだ。

　しかし伊岡氏の目線の温かさ、登場人物への寄り添い方からは、独特の矜持のようなものが感じられる。それを人間讃歌と言ってしまうと途端に空々しくも陳腐にもなってしまうが、明るさや純粋さ、優しさや誠実さを感じさせる何かなのだ。そう、本作のタイトルから言葉を借りてくるとすれば、ほんの少しだけ「天使」的な匂いのする、人間への愛情なのかもしれない。

　だからこそ私は、伊岡作品の中でどんなに凄惨な事件が起き、悪人たちがのさばろうと、きっとどこかで救いが訪れるはずだという希望をよすがにして、ページを捲ることができるのだと思う。


「この三人がチームを組むのは宿命かもしれない」

　谷川は松岡と染井を前にして語る。

「天使界にも落ちこぼれはいるんだ。腹黒いやつ、喧嘩好きなやつ、協調性のないやつ。でも、そういう問題児は人間界に落とされるらしい。修行してこいってね。だからこんなふうに、自分のためにもならないのに人助けしなきゃならない。しかも、そんな変わり者が三人も集まったんだぜ。これは神様のいたずらとしか思えないだろ」

谷川の言葉にある「神様のいたずら」は、伊岡氏によって仕掛けられた、我々読者に対するいたずらであるとも言えよう。

いたずらに巻き込まれた四人目の堕天使である私たちは、大いに頭を悩ませ、冷や汗を流し、固く拳を握ることになる。そんな「修行」の後に、私たちを待っているものとは……。

それが天国みたいとは言わないけれど、愉快、痛快、そして爽快!

読後、この三つの快に包まれることを私は保証する。

——書評家・ブックライター

この作品は二〇一四年六月小社より刊行されたものに加筆・修正しました。

幻冬舎文庫

●最新刊
悪夢の水族館
木下半太

「愛する彼を殺せ」。花嫁の晴夏は、「浪速の大魔王」の異名を持つ醜い洗脳師にコントロールされつつあった。そこへ洗脳外しのプロや、美人ペテン師などが続々集合。この難局、誰を信じればいい!?

●最新刊
僕は沈没ホテルで殺される
七尾与史

日本社会をドロップアウトした「沈没組」が集う、バンコク・カオサン通りのミカドホテルで、殺人事件が勃発。宿泊者の一橋は犯人捜しを始めるが、他の「沈没組」が全員怪しく思えてきて——。

●最新刊
探偵少女アリサの事件簿
溝ノ口より愛をこめて
東川篤哉

勤め先をクビになり、なんでも屋を始めた良太。有名画家殺害事件の濡れ衣を着せられ大ピンチ!そこにわずか十歳にして探偵を名乗る美少女・有紗が現れて……。傑作ユーモアミステリー!

●最新刊
ふたり狂い
真梨幸子

小説の主人公と同姓同名の男が、妄想に囚われ作家を刺した。クレーマー、ストーカー、ヒステリー。「私は違う」と信じる人を震撼させる、一瞬で狂気に転じた人々の「あるある」ミステリ。

●最新刊
光芒
矢月秀作

所詮ヤクザは堅気になれないのか!? 伝説の元暴力団員・奥園が裏稼業から手を引こうとした矢先、ヤクザ時代の因縁の相手の縄張り荒らしに気づく。微かなノイズが血で血を洗う巨大抗争に変わる!

もしも俺(おれ)たちが天使(てんし)なら

伊岡瞬(いおかしゅん)

平成28年10月10日　初版発行
令和2年12月25日　5版発行

発行人――石原正康
編集人――袖山満一子
発行所――株式会社幻冬舎
〒151-0051東京都渋谷区千駄ヶ谷4-9-7
電話　03(5411)6222(営業)
　　　03(5411)6211(編集)
　　　振替00120-8-767643

印刷・製本―中央精版印刷株式会社
装丁者――高橋雅之

幻冬舎文庫

ISBN978-4-344-42526-2　C0193　い-53-1

幻冬舎ホームページアドレス　https://www.gentosha.co.jp/
この本に関するご意見・ご感想をメールでお寄せいただく場合は、
comment@gentosha.co.jpまで。